Alexander Hartung

Bis alle Schuld beglichen

EDITION M

Das Buch

An einem Sonntagmorgen wird Jan Tommen von seinen Kollegen der Berliner Mordkommission aus dem Bett geklingelt. Er steht unter dringendem Tatverdacht, die Beweislage ist eindeutig: Fingerabdrücke, Zeugenaussagen, Motiv – alles weist auf Jan hin. Das Opfer: Richter Georg Holoch, der Jan vor Jahren wegen Körperverletzung im Dienst verurteilte.

Jan hat keinerlei Erinnerung an den Tatzeitpunkt. Dem erfahrenen Mordermittler bleibt nichts anderes übrig, als aus der Untersuchungshaft zu fliehen und abzutauchen. Er muss auf eigene Faust nach dem wahren Täter suchen. Sein unorthodoxes Ermittlerteam hilft ihm dabei – doch der Mörder hat gerade erst angefangen, seine schrecklichen Pläne in die Tat umzusetzen…

Der Autor

Alexander Hartung wurde 1970 in Mannheim geboren. Schon während seines Volkswirtschaftsstudiums begann er mit dem Schreiben und entdeckte seine Liebe zu Krimis. Mit den ersten vier Bänden der Jan Tommen-Serie eroberte er die Kindle-Bestsellerliste. Nach seinem ganz anders angelegten Thriller »Ich werde nicht ruhen« liefert er mit »Was verborgen bleiben sollte« (Band 5) neuen Stoff für Fans der Reihe.

Aktuell lebt Alexander Hartung mit Frau und Kind in seiner Geburtsstadt Mannheim.

ALEXANDER HARTUNG

BIS ALLE SCHULD BEGLICHEN

EIN JAN-TOMMEN-THRILLER

EDITION M

Die Originalausgabe erschien 2013 unter dem Titel »Bis alle Schuld beglichen« im Selbstverlag.

Deutsche Erstveröffentlichung bei
Edition M, Amazon Media EU S.à r.l.
38, avenue John F. Kennedy, L-1855 Luxembourg
Februar 2020

Umschlaggestaltung: bürosüd° München, www.buerosued.de
Umschlagmotiv: © Guenter Albers / Shutterstock;
© KariDesign / Shutterstock
Lektorat: Simon Jaspersen
Satz: infidia Textservice und Lektorat, Würzburg
Gedruckt durch:
Amazon Distribution GmbH, Amazonstraße 1, 04347 Leipzig /
Canon Deutschland Business Services GmbH, Ferdinand-Jühlke-Str. 7, 99095 Erfurt /
CPI books GmbH, Birkstraße 10, 25917 Leck

ISBN 978-2-49670-459-4

www.edition-m-verlag.de

Für Philipp.
Ich wusste nicht, was Glück ist, bevor ich dich das erste Mal in den Händen halten durfte.

Prolog

Der Schmerz seines gebrochenen Beins riss Georg aus der Gnade der Bewusstlosigkeit. Er lag neben dem Couchtisch seines Wohnzimmers und starrte auf den Knochen, der aus seinem Unterschenkel ragte. Blut hatte seine zerrissene Anzugshose getränkt. Er wimmerte leise, als er die Wunde betrachtete.

Er war wie jeden Abend nach Hause gekommen, hatte seinen Mantel an die Garderobe gehängt und war ins Wohnzimmer gegangen, um sich einen Scotch einzuschenken. Ein Drink und das Spätprogramm des Sportsenders, mehr hatte er nicht gewollt.

Er erinnerte sich an einen kurzen Schmerz im Nacken, als er nach dem Glas gegriffen hatte. Dann nichts mehr. Bis er auf dem Boden erwacht war.

Georg drehte den Kopf und sah zur Uhr neben dem Bücherregal. Kurz vor Mitternacht. Er war eine Stunde ohnmächtig gewesen. Vielleicht war er auf den Fliesen ausgerutscht und unglücklich auf sein Bein gefallen. Oder hatte die Putzfrau wieder einen Wischlappen liegen lassen? Auf jeden Fall brauchte er Hilfe.

Er tastete seinen Anzug nach dem Handy ab, konnte das Telefon aber nicht finden. Er hatte es immer in der Hosentasche. Vielleicht hatte er es beim Sturz verloren. Er schloss die Augen und fluchte. Das war nicht sein Tag heute.

Dann hörte er die Musik. Leise und kaum hörbar. Streicher

untermalten den traurigen Gesang eines Baritons. Georg drehte den Kopf zur Hi-Fi-Anlage. Auf seinen Lautsprechern standen weiße Kerzen, deren Schein das Wohnzimmer in ein diffuses Licht tauchten. Ein feiner Vanilleduft ging von ihnen aus.

Entweder hatte sich eine verflossene Freundin einen schlechten Scherz erlaubt oder er war Opfer eines eigenartigen Raubüberfalls geworden. Der Fernseher stand am Platz und seine wertvollen Gemälde zierten die Wand.

Georg hob das gebrochene Bein an der Hose ziehend hoch und drehte sich auf den Rücken. Der Schmerz trieb ihm die Tränen in die Augen.

Bis auf sein Wohnzimmer war es im Haus dunkel. Er hätte schwören können, dass er im Gang Licht angemacht hatte.

»Hallo?«, rief er ins Dunkel.

Es blieb still. Einen Augenblick.

Schwere Stiefel hallten auf den Fliesen. Erst langsam, dann immer schneller. Eine Gestalt rannte in den Lichtkreis. Sie trug eine schwarze Hose und eine Lederjacke. Eine Strumpfmaske war über ihr Gesicht gezogen.

»Was zum Teufel …«, begann Georg, als die Gestalt ausholte und ihm mit einem Hammer auf den Arm schlug. Der Knochen barst mit einem lauten Knirschen.

Georg schrie. Der Schmerz raubte ihm fast die Sinne. Sterne tanzten vor seinen Augen. Er biss sich auf die Unterlippe und spürte das Blut in seinen Mund laufen.

Er verfluchte das große Grundstück seines Hauses. Die Bäume im Garten und die Mauern ließen kein Geräusch nach außen dringen. Niemand hörte ihn schreien. Die Putzfrau würde erst morgen früh kommen.

Die Schritte ertönten wieder. Georg richtete ängstlich seinen Blick nach vorne. Als er die vom Mondlicht beschienenen Militärstiefel sah, begann er zu weinen.

»Bitte«, flehte er und legte schützend seinen gesunden Arm über den Kopf. »Ich gebe Ihnen alles, was ich habe. Geld, meinen kleinen Goldvorrat, das Auto. Ich habe ein Nummernkonto in der Schweiz. Da sind hunderttausend Euro drauf.«

Die Gestalt rührte sich nicht. Georg starrte nur auf die Stiefel.

In dem Moment wusste er, dass er sterben sollte. Sein Angreifer wollte ihn nur noch leiden sehen, bis er ihm den Schädel einschlagen würde. Mit einem zertrümmerten Arm und einem gebrochenen Bein hatte er keine Chance, sich zu wehren. Die einzige Hoffnung war der Alarmknopf neben dem Eingang. Meist hatten Banken oder Geschäfte eine solche Anlage. Seit bei einem Kollegen eingebrochen worden war, hatte auch er seine Wohnung damit ausgestattet. Wann immer es Ärger gab, genügte ein Knopfdruck. Die Polizei wurde sofort informiert. Man brauchte nicht anrufen, kam in keine Warteschleife und musste nicht erst seine Adresse nennen. Im Haus gab es zwei Melder. Einen im Schlafzimmer. Den anderen im Flur.

Georg sah den Knopf im Kerzenlicht scheinen. Er wirkte unauffällig, fast wie ein Lichtschalter. Er schätzte den Weg bis dorthin. Drei große Schritte. Der Angreifer stand rechts neben ihm. Der Weg war frei. Wenn sein Bein nicht gebrochen wäre, hätte er es schaffen können, aber der Schmerz in seiner rechten Seite war unerträglich.

»Was habe ich getan?«, versuchte Georg ein Gespräch anzufangen, während er sich aufrichtete. »Wenn ich ein zu strenges Urteil gefällt habe, helfe ich Ihnen, da wieder rauszukommen. Ich rede mit dem Staatsanwalt oder mit Ihrem Bewährungshelfer. Ich habe Verbindungen in die Politik. Ich biege das wieder hin.«

Die Gestalt bewegte sich noch immer nicht.

Georg belastete sein gesundes Bein. Sein Blick wandte sich wieder dem Alarmknopf zu. Zwei Hüpfer auf einem Bein.

Vielleicht drei und dann nach vorne fallen lassen. Die Schmerzen ignorieren. Weiter. Egal, was passiert. Nur eine Chance.

Georg stemmte sich hoch. Ein qualvoller Schmerz durchzuckte seine rechte Seite. Verzweifelt schrie er auf, aber er hüpfte nach vorne. Georg ruderte mit dem gesunden Arm, um die Balance nicht zu verlieren. Er nahm seine ganze Kraft zusammen und humpelte weiter. Der erneute Schock ließ ihn aufkeuchen. Noch einen Sprung bis zum Knopf.

Dann fuhr der Hammer auf sein gesundes Bein. Es knackte laut, als das Knie brach. Georg fiel zu Boden und schlug mit dem Kopf auf die Fliesen. Sein Schreien wurde zu einem unmenschlichen Kreischen.

Die Gestalt ließ sich zu ihm hinunter, bis ihre Gesichter eine Handbreit voneinander entfernt waren.

»Wie fühlt es sich an?«, begann sie leise. »Hilflos auf dem Boden zu liegen und verprügelt zu werden? Macht es Spaß?«

Georg blinzelte überrascht. Er kannte die Stimme. Für einen Augenblick überlagerten die Erinnerungen den Schmerz. Konnte es sein? Nach all den Jahren?

Er öffnete den Mund. »Bist du es wirklich?«, wollte er fragen, doch der Hammer fuhr krachend auf seine Stirn. Dann glitt er in die Dunkelheit, um nie mehr zu erwachen.

Kapitel 1

Jan bereute sofort, dass er die Augen geöffnet hatte. Sein Schädel pochte und seine Lippen waren verklebt. Sein Mund war trocken und das grelle Licht des Morgens schmerzte in seinen Augen. Er lag nackt in einem großen Bett. Ein dünnes Leinentuch bedeckte seine Beine. Betty hatte ihren Kopf auf seine Brust gelegt und hielt ein Kissen in ihren Armen. Er wünschte, er wäre nie aufgewacht. Dann müsste er sich keine Sorgen machen, woher der bittere Geschmack in seinem Mund kam.

Während er sich elend fühlte, rochen ihre Haare berauschend nach Kräutershampoo. Er betrachtete die feinen Gesichtszüge und den sanften Schwung ihrer Lippen. Gepaart mit ihrer Klugheit und ihrem Kleinmädchenlächeln war er ihr vom ersten Moment an verfallen gewesen. Selbst im Schlaf lächelte sie noch.

Ein Klingeln an der Haustür sandte schmerzhafte Blitze durch Jans Schädel. Er drehte sich zum Wecker. Neun Uhr dreiundzwanzig. Es war Samstag. Wer warf ihn um diese Zeit aus dem Bett?

Betty wälzte sich schläfrig und klammerte sich fester an das Kopfkissen.

Jan schob vorsichtig ihren Kopf zur Seite und rollte sich von der Matratze. Die Fliesen waren kalt, und er hatte Mühe, sich aufzurichten. Das Zimmer drehte sich um ihn und er musste sich auf dem Nachttisch abstützen. »Verfluchte Cocktails«, murmelte er und schüttelte den Kopf. Ein weiteres Klingeln ließ ihn aufstöhnen.

»Ich komm ja schon«, brüllte er. Auf dem Weg zur Tür mühte sich Jan in seine Hosen. Beim Vorbeigehen riskierte er einen kurzen Blick in den Spiegel. Sein Abbild mit schläfrigen Augen, wild abstehenden Haaren und einem kleinen Wohlstandsring um den Bauch besserte seine Laune nicht. Er schob den Riegel zur Seite und riss die Tür auf. Wer auch immer so penetrant war, sollte einen guten Grund haben.

»Pat?«, fragte Jan überrascht. »Was machst du hier?«

Sein Kollege Patrick Stein stand im dunklen Anzug im Flur, dahinter zwei Polizisten in Uniform. Die letzte Person, die Jan erwartet hätte. Patricks Haare waren mit Pomade zur Seite gekämmt und er hatte ein weißes Einstecktuch in der Anzugtasche. Er sah aus wie eine Hommage an die Comedian Harmonists.

Pat war ein Jahr nach Jan zur Kripo gekommen. Sie arbeiteten gut zusammen, aber man konnte nicht behaupten, dass sie sich mochten. Er hielt Patrick für einen spießigen Wichtigtuer, und dieser bezeichnete Jan im Gegenzug als undisziplinierten Raufbold, der besser beim SEK aufgehoben wäre. Außerdem mochte er es nicht, wenn man ihn Pat nannte.

»Wir haben einen neuen Mordfall«, antwortete sein Kollege. Jan hätte schwören können, durch Patricks sonst so nüchterne Maske Schadenfreude erkennen zu können.

»Und wir haben neun Mordkommissionen«, murrte Jan. »Hätte da nicht die Bereitschaft einspringen können? Es ist Samstagmorgen. Wird man nicht mal bei seiner Freundin in Ruhe gelassen?«

»Es ist Sonntagmorgen«, bemerkte Patrick lächelnd. »Vielleicht solltest du die Finger vom Alkohol lassen.« Dieses Mal war seine Belustigung echt.

»Was?«, stöhnte Jan.

Was hatte er gestern nur gemacht? Betty und er waren am Freitag in die *Newton Bar* gegangen und hatten sich mit Raspberry Coladas betrunken. Nirgends in Berlin gab es bessere. Er erinnerte sich noch, wie er ein Taxi gerufen hatte und sie die Treppen zu ihrer Wohnung hochgetorkelt waren. Er hatte immer wieder Aussetzer gehabt, aber noch nie einen ganzen Tag verloren.

»Warum habt ihr mich nicht auf dem Handy angerufen?«

»Das ist aus.«

»Und wie habt ihr mich gefunden?«

»Wir haben nach deinem Wagen gefahndet.«

»Wollt ihr mich verarschen?«, fuhr Jan auf. »Was für ein Fall ist das, dass ihr mich dafür suchen lasst? Das ist doch ein Witz.«

»Sehe ich aus, als würde ich Scherze machen?«

»Hm«, murmelte Jan. Patrick hatte recht. Er hatte das gleiche verkniffene Gesicht und die angespannte Haltung wie immer. Außerdem konnte er sich nicht erinnern, wann sein Kollege je einen Witz gemacht hatte. Wahrscheinlich bügelte er sogar seine Unterhosen.

»Ich zieh mich schnell an und komme in die Zentrale. Wann ist Teambesprechung?«

»War vor einer Stunde. Alle der Mordkommission zugeteilten Personen sind am Fall dran. Ich bin nur hier, weil dein Auto gestern am Tatort gesehen wurde.«

»Mein Auto?«, fragte Jan verblüfft.

Pat nickte.

Jan massierte sich die Schläfen. Wenn es einen Preis für beschissene Morgen geben würde, würde der heutige in allen Kategorien gewinnen.

»Wer zur Hölle wurde ermordet? Und wo? Und was hat mein Wagen damit zu tun? Der steht seit Freitagmorgen unten vor meiner Haustür.«

»Kann ich nicht sagen.«

»Ist hier irgendwo eine versteckte Kamera?«

»Wie du schon bemerkt hast, neige ich nicht zu Scherzen.«

Jans Verstand wurde langsam wach. »Wenn nach meinem Auto gefahndet wurde und du mir nichts sagen darfst, heißt das …«

»Dass du zu den Tatverdächtigen gehörst.«

Jan lehnte sich an den Türrahmen. Der pochende Schmerz in seinem Kopf vereinigte sich mit einer unsichtbaren Hand, die seinen Magen zusammenpresste.

»Die Kollegen bringen dich auf die Wache. Dr. Bergman will ein paar Worte mit dir wechseln.«

Jan hob die Hände. »Okay, Leute. Ich weiß, dass ihr mich nicht aus den Augen lassen dürft, aber bitte wartet hier. Ich lasse die Tür auf, hole mein Handy und ziehe mich an.«

Die Polizisten zögerten. Dann nickte Patrick leicht.

»Danke.« Jan hastete hinein. Er knöpfte sich die Hose zu und zog sein Hemd an. Es roch nach Rauch und Schweiß, aber er hatte nichts anderes zum Anziehen da. Dann setzte er sich aufs Bett und schlüpfte in seine Bikkembergs.

Unter Bettys blonder Mähne drang ein Seufzen hervor.

»Jan?«, fragte sie müde. »Was ist? Mit wem redest du?«

»Nichts, Liebling«, wiegelte er ab. »Nur ein dringender Fall. Ich muss los, aber ich rufe dich heute Abend an und erzähle dir alles.«

»Geh noch nicht«, sagte sie und legte ihren Kopf auf seinen Arm.

Als er die Wärme ihrer Wangen spürte, war er versucht, sich wieder hinzulegen. Er wollte ihr beim Schlafen zusehen, beobachten, wie sich ihre Brust hob, und sich an ihrer Schönheit erfreuen. Es war ein körperlicher Schmerz, dem allem zu widerstehen, doch er musste diese Anschuldigung aus der Welt schaffen und nachsehen, was mit seinem Auto war. Er streichelte ihr sanft über den Rücken, küsste sie auf die Stirn und löste sich von ihr. »Bis heute Abend«, flüsterte er. Dann nahm er sein Handy und stand auf.

Patrick und die beiden Polizisten warteten vor der Tür. Die Schmerzen in Jans Kopf waren nicht besser geworden, aber die Mattigkeit war verflogen. Er war Verdächtiger in einem Mordfall. Schlimmer konnte es nicht kommen.

Jan ließ einen Kaffee aus der Maschine und gab vier Stück Süßstoff hinzu. Er nahm einen großen Schluck und verzog angewidert das Gesicht. Was war so schwer daran, einen Kaffee zu machen, der nicht nach Metall und Torf schmeckte, dachte er und stellte die Tasse in die Spülmaschine. Er konnte sich nicht erinnern, dass es im LKA jemals so ruhig gewesen war. Seine Kollegen von der neu gegründeten Mordkommission »Richter« waren noch am Tatort und die Leute von der Bereitschaft saßen die Zeit in den Büros ab. Jan öffnete den Wasserhahn neben der Kaffeemaschine und trank einen Schluck. Der eigenartige Geschmack blieb hartnäckig. Er fühlte sich noch immer gerädert, als hätte er nur zwei Stunden geschlafen. Die Erinnerung an den gestrigen Tag war wie ausgelöscht. Er würde noch ein paar Stunden brauchen, dann wäre er wieder der Alte.

Sein Magen gab ein verzweifeltes Geräusch von sich. Er hätte sein Monatsgehalt für ein anständiges Frühstück bezahlt.

»Jan«, hallte die Stimme seines Chefs durch den Flur. Ein Wort genügte und Jan wusste, woran er war. Er drehte sich um und sah in das mürrische Gesicht des Mordkommissionsleiters Klaus Bergman, Doktor der Rechtswissenschaften. Sein griesgrämiger Ausdruck war normal. Er war so ernst, dass er sogar eine Lachmöwe zum Verstummen hätte bringen können. Sein faltiges, zusammengekniffenes Gesicht war ungehaltener als sonst. Wie immer trug er einen dunklen Anzug, Budapester Schnürschuhe und eine blaue Krawatte, die er am Hals etwas gelockert hatte. Sein dunkles Haar war unordentlich zur Seite gekämmt, als hätte er nur wenig Zeit für sein morgendliches Waschritual gehabt. Ein seltener Anblick bei Jans sonst so akkuratem Chef.

»In den Verhörraum«, blaffte ihn Bergman an. Jan unterdrückte den Drang zu salutieren und folgte ihm. Er hasste den Verhörraum. Es gab keine Fenster und nur einen Tisch mit vier Stühlen, die ihre beste Zeit schon hinter sich hatten. Die Klimaanlage quietschte und das grelle Licht der Neonleuchte brachte seine Augen zum Tränen.

Während Bergman sein Notizbuch auf den Tisch knallte und einen goldenen Füller aus seiner Jackentasche holte, setzte sich Jan ihm gegenüber. Es war ein eigenartiges Gefühl, auf der anderen Seite zu sein. Bisher war er der Verhörende gewesen.

»Ich habe jetzt keine Lust auf den Scheiß mit angenehme Atmosphäre schaffen und Kontakt zum Besucher herstellen«, begann Bergman. »Ich habe die Videoüberwachung aus, und wenn du mir nicht alles erzählst …«

»Warum zum Teufel bin ich hier?«, unterbrach ihn Jan.

»Was hat dir Stein erzählt?«

»Nur, dass mein Wagen am Tatort gesehen wurde und ich ein Tatverdächtiger bin.«

»Wo warst du gestern Abend?«

»Ich weiß es nicht.«

»Was soll das heißen?«

»Das soll heißen, dass ich es nicht weiß«, gab Jan ungehalten zurück.

»Das fängt ja gut an«, murrte Bergman.

»Wieso ist das wichtig?«

»Heute Morgen wurde Georg Holoch tot von seiner Putzfrau gefunden.«

»Richter Georg Holoch?«

»Derselbe Richter, der dich wegen Körperverletzung verurteilt und dir damit die nächste Gehaltsstufe versaut hat.«

»Den habe ich schon zwei Jahre nicht mehr gesehen.«

»Und warum hat man dein Auto vor seinem Haus identifiziert?«

»Mein Auto?«

»Holochs Nachbar hat die Polizei angerufen, weil dein BMW seine Ausfahrt blockiert hat und er kaum in seine Garage gekommen ist. Als der Abschleppdienst nach Mitternacht vor Ort war, war das Auto wieder weg. Daher komme ich zu meiner ersten Frage zurück. Wo warst du gestern Abend?«

Jan rieb sich müde über das Gesicht. »Ich weiß es nicht. Ich bin am Freitagabend mit dem Auto zu meiner Freundin nach Charlottenburg gefahren. Dann waren wir in der *Newton Bar* und haben ihre bestandene Zwischenprüfung in Medizin begossen. Ich weiß noch, wie wir mit dem Taxi nach Hause gefahren sind. Die nächste Erinnerung ist von heute Morgen.«

»Du hast einen Filmriss von sechsunddreißig Stunden? Was zur Hölle hast du eingeworfen?«

»Ich werfe nichts ein«, antwortete Jan. »Ich trinke mal einen über den Durst, aber sonst bin ich clean.«

»Hast du dich im Spiegel angesehen? Schau dir in die Augen und dann sag mir das noch mal.«

»Verflucht.« Jan schlug auf den Tisch. »Was soll ich jetzt machen?«

»Die Mordkommission ist noch in Holochs Haus. Sie haben Blut gefunden. Wahrscheinlich vom Mörder. Wir nehmen jetzt eine DNA-Probe von dir und vergleichen sie mit dem Fund. Damit halten wir dich aus dem Gröbsten raus. Wenn der Tatort gesichert ist, soll KT dein Auto absuchen.«

KT war das Kompetenzzentrum Kriminaltechnik. Lauter kluge Leute, die sich mit Spurensicherung, DNA-Analytik, Ballistik und anderem Kram auskannten. Wenn jemand anderes Jans Auto benutzt hatte, würden sie es herausfinden.

Bergman stand auf und öffnete die Tür. »Richi«, brüllte er in den Gang hinein und knallte die Tür wieder zu. Er notierte sich etwas in sein Notizbuch, ohne sich hinzusetzen.

Einen Augenblick später betrat Richard Matiak den Raum. Einer der besagten KTler. Sein ergrautes Haar und sein Bart machten ihn zehn Jahre älter, als er in Wirklichkeit war. Aus unerfindlichen Gründen trug er immer einen weißen Kittel, der ihm das Aussehen eines verwirrten Psychiaters verlieh, der zwar einen IQ von 150, aber außer seinem Computer keine Freunde hatte. Wie immer hatte er seinen Aktenkoffer dabei, den er wie sein eigenes Kind hegte. Wahrscheinlich wich der silberne Klotz nicht einmal beim Schlafen von seiner Seite.

»Ich ernenne dich heute ehrenhalber zum Notarzt«, sagte er zu Richi. »DNA-Profil und volles Blutbild.«

»Wieso ein Blutbild?«, fragte Jan. »Reicht nicht ein …«

»Hör auf zu diskutieren«, unterbrach ihn Bergman. »Wenn du dich nicht mehr erinnern kannst, müssen wir wissen, was dich weggeschossen hat.«

Jan seufzte. Er war kein Weichei, aber er hasste es, eine Spritze in den Arm gestochen zu bekommen und zusehen zu müssen, wie das Blut in die Ampullen lief. Irgendwie fröstelte ihm bei dem Anblick.

Richard lächelte und packte eine Spritze aus. Jan gab sich bei der Blutentnahme Mühe, unbeteiligt zu wirken, ohne auf die Ampulle zu sehen. Der Kriminaltechniker zog die Nadel heraus und klebte ihm ein Pflaster mit Teddybärmotiv auf den Arm. »Soll ich das Hemd auch untersuchen?«, fragte er.

Bergman hob den Kopf. »Wieso das Hemd?«

»Wegen der Blutspritzer.« Richard deutete auf einen Ärmel. Jan hatte das dunkelblaue Hemd eilig angezogen. Der Fleck war ihm nicht aufgefallen, aber jetzt sah er es auch. Blut. Kein Zweifel.

»Jan«, sagte Bergman und schloss kurz die Augen. Er hatte sichtlich Mühe damit, sich zu beherrschen. »Ich will für dich hoffen, dass das nur die Folgen einer Rempelei in der Kneipe sind.«

Jan zog das Hemd aus und stopfte es in eine sterile Plastiktüte, die Richard aus seinem Koffer gezaubert hatte.

»Bis heute Abend will ich was sehen, Richard.«

Der Kriminaltechniker nickte, packte seine Sachen ein und ging aus dem Raum.

Jan fröstelte. Er hatte nur eine Hose und ein Paar Turnschuhe an. Über den komischen Geschmack in seinem Mund wollte er weiterhin nicht nachdenken. Etwas, das nicht einmal der Metallkaffee aus der Polizeistelle wegspülen konnte, musste schon sehr übel sein.

»Du gehst jetzt in mein Büro und nimmst meinen Mantel«, befahl Bergman, ohne den Kopf zu heben. »Ich hoffe, dass er nicht deinen Gestank aufnimmt. Das Ding ist aus Kaschmir, also sei vorsichtig. Du fährst mit einem Taxi nach Hause, duschst und ziehst dich an. In einer Stunde bist du wieder hier. Wenn du nur eine Minute zu spät kommst, rufe ich das SEK und lass dich mit einem Panzer holen. Du weißt, dass ich dich eigentlich hierbehalten müsste.«

Jan stand auf. »Danke, Chef.«

Er hastete in Bergmans Büro. Der Teppich und der Ledersessel in der Ecke gaben dem Raum eine gewisse Distinguiertheit. Auf dem Schreibtisch lag stapelweise Papier. Bergman schien zehn Fälle gleichzeitig zu bearbeiten und doch wirkte alles geordnet. Hinter der Tür war ein Kleiderständer mit dem besagten Mantel. Er war mindestens drei Nummern zu groß für Jan, aber er zog ihn über und lief wieder hinaus.

Am Spiegel im Flur hielt er kurz an und fluchte. Er sah aus wie ein Penner. Mürrisch ging er aus der Polizeiwache zum nächsten Taxistand. Eine Stunde war nicht viel Zeit, aber er war froh, sich umziehen zu können. Dann würde er herausfinden müssen, warum sein Auto am Tatort war.

Jan schloss die Eingangstür auf und eilte die Treppe zu seiner Wohnung hoch. Im ersten Stock traf er auf Pfarrer Anberger. Eigentlich war er im Ruhestand und hieß nur noch Hinrich Anberger, aber er hatte seine priesterliche Würde behalten, sodass er für Jan immer der Pfarrer blieb.

»Guten Morgen, Pfarrer Anberger.« Er mochte den alten Mann. Hinrich hatte eine Halbglatze und kämmte seine grauen Haare von der rechten auf die linke Seite, sodass die kahlen Stellen verdeckt waren. Sein freundliches Lächeln war hinter einem weißen Vollbart zu erkennen. Wie immer war seine schwarze Hose akkurat gebügelt und sein weißes Hemd leicht gestärkt. Um diese Uhrzeit begann er seinen Spaziergang durch seine ehemalige Gemeinde. Das Wohl seiner Mitbürger lag ihm noch immer am Herzen. Jan hatte mit der Kirche nichts am Hut. Nur Pfarrer Anberger war der Grund, warum er immer noch Mitglied war.

Die Zeit in der Mordkommission hatte Jan hart und zynisch werden lassen. Manchmal konnte er selbst nicht glauben, zu was die Menschen in der Lage waren. Pfarrer Anberger konnte ihn mit seinem naiven Glauben an das Gute immer wieder davon überzeugen, dass das Böse seine gerechte Strafe erhalten würde.

Es war Jan peinlich, dass er übernächtigt und mit dem langen Mantel vor seinem Nachbarn stand, aber er konnte keinerlei Anklage in den Augen des Pfarrers lesen. Hinrich nahm die Menschen, wie sie waren.

»Guten Morgen, Herr Tommen«, begrüßte er Jan mit seiner warmen Stimme. »Müssen Sie heute wieder arbeiten?«

»Das Gute ruht nicht«, lockerte Jan das Gespräch auf.

Hinrich lachte höflich über den Scherz.

»Wir haben leider einen neuen Fall«, fuhr Jan fort. »Sie werden morgen davon in der Presse lesen, aber jetzt muss ich mich erst einmal umziehen.« *Und den kratzigen Mantel ausziehen,* fügte er in Gedanken hinzu.

»Dann wünsche ich Ihnen viel Glück bei der Verbrecherjagd«, verabschiedete sich der Pfarrer und setzte seinen Weg fort.

Jan beeilte sich, in seine Wohnung zu kommen. Die Tür war noch nicht aufgeschlossen, als er schon den Mantel ausgezogen hatte. Er legte ihn auf einen Stuhl und begann sich ausgiebig zu kratzen. Entweder war in dem Mantel der schlechteste Kaschmir der Welt verarbeitet oder sein Chef benutzte Juckpulver als Reinigungsmittel.

Erleichtert, das Ding endlich los zu sein, ging Jan zum Kühlschrank, trank einen großen Schluck Milch und stopfte sich den Rest Edelbitterschokolade in den Mund. Er seufzte zufrieden. Sein ungeduldiger Magen beruhigte sich und seine Knie hörten auf zu zittern. Jan trank die Milch aus und nahm das Handy aus seiner Hosentasche. Er drückte die Kurzwahltaste und wandte sich zum Küchenfenster. Der trübe Sonntag war perfekt, um im Bett liegen zu bleiben. Doch stattdessen war er Verdächtiger in einem Mordfall und zerbrach sich den Kopf darüber, was er in den letzten sechsunddreißig Stunden gemacht hatte. Er überlegte kurz, ob er Betty danach fragen sollte, aber dann müsste er ihr sagen, dass er unter Mordverdacht stand. Sie war so eine empfindliche Seele und nahm sich alles zu Herzen. Er wollte sie nicht aufregen. Außerdem würde ihn das DNA-Profil entlasten, und das mit dem Wagen würde sich irgendwie aufklären. Heute Abend war er wieder bei ihr. Dann war alles gut.

Nach dem dritten Klingeln nahm sie ab.

»Jan?«, hörte er eine verschlafene Stimme. »Bist du das?«

»Ja, Aphro«, sagte er zärtlich. Aphro war die Abkürzung für Aphrodite. Den Kosenamen hatte er ihr gegeben, weil sie wunderschönes langes Haar hatte und ihre Leidenschaft die griechische Mythologie war. In ihrem Wohnzimmer sah es aus wie in einem schlechten griechischen Restaurant. Überall standen kleine Statuen herum, die sie von ihren Urlauben mitgebracht hatte. Sie verschlang Bücher über die griechische Mythologie, so viele, dass Jan sich manchmal fragte, ob ein Geschichtsstudium nicht die bessere Wahl gewesen wäre.

»Ich wollte nur sagen, dass wir einen neuen Fall haben. Ich muss leider arbeiten.«

»Warum müssen Mörder immer am Wochenende töten? Hätte das nicht bis Montag Zeit gehabt?«

Jan lachte. »Ich wünschte, es wäre so. Es hätte so ein schönes Wochenende werden können.«

»Es war ein schönes Wochenende«, hauchte sie anzüglich.

Jans Entschlusskraft schwand. Der Gedanke, dass sich Betty nackt im Bett räkelte und auf ihn wartete, beschleunigte seinen Puls. Einen Moment war er gewillt, in die U-Bahn zu steigen und wieder zu ihr zu fahren.

Sie seufzte. »Wo bist du gerade?«

»Ich bin nach Hause gegangen, um mich umzuziehen. Ich muss gleich wieder los. Ich denke, das mit dem gemütlichen Abendessen wird heute nichts.«

»Schade«, sagte sie verführerisch. Jan knirschte mit den Zähnen. Er musste sofort auflegen, sonst würde er zu ihr gehen. Dann wäre seine Karriere bei der Mordkommission zu Ende, und er würde nicht einmal mehr Strafzettel ausstellen dürfen.

»Ich muss wieder los. Hab dich lieb, Aphro«, sagte er zum Abschied.

»Ich dich auch.« Dann legte er auf.

Jan zog Schuhe und Hose aus. Er rannte ins Bad, stellte die Dusche auf kalt und ließ das Wasser über seinen Kopf fließen. Er unterdrückte einen Aufschrei, als die Kälte jegliche Erregung aus seinem Körper trieb. Er wartete einen Augenblick, bevor er warmes Wasser in den Strahl mischte. Langsam konnte er wieder klar denken. Heute Abend musste er sich von Betty erzählen lassen, was sie gestern gemacht hatten, ohne dass sie den Gedächtnisverlust bemerkte. Doch zuerst galt es, mehr über den toten Richter zu erfahren. Es war ein beschissenes Gefühl, ein Mordverdächtiger zu sein.

Nach einer Stunde war Jan zurück auf der Wache. Er kannte Bergman und wusste, dass eine Verspätung unabsehbare Folgen gehabt hätte. In der Zwischenzeit hatte die Mordkommission einen großen Besprechungsraum in Beschlag genommen. Laptops wurden aufgebaut, Whiteboards beschrieben und die ersten Tatortfotos ausgedruckt. Jan wusste, dass er nichts darüber erfahren durfte, eigentlich hätte er nicht einmal in der Nähe sein dürfen, trotzdem riskierte er einen kurzen Blick auf die Bilder.

Der Richter war schrecklich zugerichtet worden. Er lag zusammengekrümmt vor einem großen LED-Fernseher. Der Mund wie in einem letzten Schrei des Leids geöffnet. Seine Knochen waren regelrecht zu Brei geschlagen worden. Er hatte eine große Platzwunde an der Stirn, die wahrscheinlich die Todesursache war. Von dort war das Blut über sein Gesicht gelaufen und hatte sich am Kinn in einer klebrigen Pfütze gesammelt. Es war kein leichter Tod gewesen.

»Jan«, donnerte Bergmans Stimme durch den Flur. Er unterbrach die Spekulationen und hastete in Bergmans Büro.

»Ihr Mantel«, sagte Jan und legte ihn über die Stuhllehne. »Vielen Dank.«

Bergmans Augen huschten prüfend über den Stoff. »KT hat sich noch nicht gemeldet, aber solange ich die Ergebnisse des DNA-Tests nicht habe, verlässt du die Wache nicht. Nicht einmal, um dir einen Döner zu kaufen.

Setz dich auf deinen Platz, mach deine Arbeit oder surfe im Internet und lass dich nicht bei der Mordkommission blicken. Ich will das sauber über die Bühne bringen. Wenn dich die Blutanalyse entlastet hat, kannst du dich wieder frei bewegen.«

Jan nickte. Bergman war ein aufbrausender Chef, der seine Mitarbeiter ständig kritisierte und umherscheuchte. Er tauchte immer dann auf, wenn man ihn nicht gebrauchen konnte, hatte Jan noch nie gelobt, aber ihm schon mehrfach mit dem Tod durch Erwürgen gedroht.

Vordergründig ein Albtraum, war Bergman in Wirklichkeit eine fürsorgende Wolfsmutter. Er liebte jeden seiner Leute, auch wenn er es niemals zugeben würde, und beschützte sie vor übereifrigen Richtern, Anwälten oder Journalisten. Bei all der Schreierei war es schön zu wissen, dass Bergman ihm uneingeschränkt vertraute.

»Danke, dass Sie mir glauben. Es ist gut …«

»Werde mir nicht rührselig«, fuhr Bergman dazwischen. »Ich hab nur zu viel zu tun, sonst würdest du eine ordentliche Abreibung bekommen. Und jetzt beweg deinen Arsch hier raus und mach dich unsichtbar.«

Jan ging grinsend hinaus. Auf manche Dinge konnte man sich einfach verlassen.

Auf dem Weg zu seinem Platz fiel es ihm schwer, nicht ins Besprechungszimmer zu laufen und den vorläufigen Bericht zu lesen. Aber er wollte seine Kollegen nicht in Schwierigkeiten bringen oder den Fall gefährden, also setzte er sich auf seinen Stuhl und fuhr den Computer hoch. Auf dem Monitor erschien ein Bild einer verchromten Harley Davidson vor einem roten Gewitterhimmel. Jan klickte auf das blaue »e«, öffnete eine Sportseite und las die Berichte des Wochenendes. Er kniff die Augen zusammen, da die Schrift des Fußballportals klein geraten war, aber er wollte seine Brille nicht herausholen, da sie ihn fünf Jahre älter aussehen ließ.

Nachdem er über den Stand in der Bundesliga informiert war, öffnete er seinen Mail-Account. Eigentlich waren die Zugänge zu Google Mail, GMX und Web.de auf den Bürocomputern gesperrt, aber sein Hacker-Freund Max hatte ihm erklärt, wie man diese Sperre mit einem *Anonymizer* umgehen konnte. Jan hatte keine Ahnung, was das war, aber er war leicht zu bedienen und funktionierte. So konnte er seine privaten Mails checken, wann immer er wollte. Lächelnd schrieb er eine Nachricht an »Aphrodite1988«. Betty hatte den Account extra für ihn eingerichtet.

Dabei gähnte er herzhaft. Sonntagmittag. Es gab keine langweiligere Zeit. Wenn er nicht schlief, trieb er sich entweder bei Betty herum oder schaute DVD. Jan schickte die Nachricht ab und schloss das Mailprogramm. Müde legte er die Arme auf die Tischplatte, bettete seinen Kopf darauf und schloss die Augen. Einen Moment später war er eingeschlafen.

Klaus Bergman klickte sich durch die Fotos des Tatorts. Wer immer der Mörder von Georg Holoch gewesen war, musste den Richter gehasst haben. Die Obduktion der Leiche war noch nicht abgeschlossen, aber es war offensichtlich, dass kaum ein Knochen im Körper noch ganz war. Nach der ersten Einschätzung der Forensiker waren viele Schläge postmortal durchgeführt worden. Der Mörder hatte Richter Holoch erschlagen und sich dann an der Leiche ausgetobt.

Das Telefon klingelte. Bergman nahm den Hörer ab, ohne den Blick vom Bildschirm zu wenden. »Bergman«, meldete er sich genervt. Er lauschte kurz den Ausführungen seines Gesprächspartners.

»Ist das sicher?« fragte er. »Habt ihr es überprüft?«

Sein Gesprächspartner antwortete.

»In Ordnung.« Bergman legte den Hörer auf und atmete

hörbar aus. Wütend fegte er das Telefon hinunter. Er sprang auf, gab dem Stuhl einen Tritt, dass er polternd gegen das Buchregal krachte.

»Verdammt«, brüllte er und stürmte aus dem Büro.

»Aufwachen«, schrie jemand und schlug auf die Tischplatte.

Jan schreckte hoch. Bergman stand vor ihm und hatte die Hände in die Seiten gestemmt. Seine Stimmung hatte sich in den letzten Minuten nicht gebessert.

»Sind die Ergebnisse endlich da?«, fragte Jan verschlafen.

»Ja.«

»Kann ich jetzt wieder nach Hause gehen?«

Bergman setzte seine Brille ab und sah Jan in die Augen. In seinem Blick schienen Wut und Enttäuschung miteinander zu ringen. So hatte Jan ihn noch nie erlebt.

»Deine DNA stimmt mit dem Blut am Tatort überein.«

Jans Herz verkrampfte sich. Das Frühstück in seinem Bauch versuchte sich den Weg nach oben zu bahnen.

»Haben Sie das Ergebnis überprüfen lassen?«

»Zwei Mal«, antwortete Bergman. »Doch das ist nicht alles. Die Blutspritzer auf deinem Hemd können dem Opfer zugeordnet werden.«

Bergman setzte sich und knallte das Notizbuch auf den Tisch. »Der Staatsanwalt hat schon weniger gebraucht, um jemanden lebenslänglich hinter Gitter zu bringen. Ich schlage vor, du fängst an zu erzählen.«

»Ich weiß nicht, was passiert ist«, brüllte Jan frustriert.

»Red keinen Scheiß«, erwiderte Bergman ebenso laut.

»Sie müssen mir glauben.«

Jan konnte Bergmans Wut verstehen. Er hatte ihn von der Kripo zur Mordkommission geholt und ihm immer geholfen, wenn er Mist gebaut hatte. Doch jetzt sprachen die Beweise dafür, dass Jan ein Mörder war. An seiner Stelle hätte er ihn sofort ins Gefängnis gesteckt.

»Sie wissen, dass ich ab und zu einen über den Durst trinke, aber ich habe noch nie einen Blackout gehabt.«

Bergman öffnete sein Notizbuch. »Wir haben dein Blut auf Rauschmittel getestet. Außer Alkohol haben sich darin große Mengen MDMA gefunden.«

Jan fluchte. MDMA. Methylendioxy irgendwas. Ecstasy. Was zum Teufel war gestern los gewesen? Er nahm keine harten Drogen. Er kannte genug Leute, die das Zeug kaputtgemacht hatte. So betrunken konnte er gar nicht gewesen sein, dass er freiwillig Ecstasy geschluckt hatte.

»Vielleicht hat mir jemand was in den Drink getan.«

»Genau. Und außerdem hat er dir Blut abgezapft und es am Tatort verteilt. Danach hat er das Blut des Opfers genommen, ist zurück in die Bar und hat es dir aufs Hemd gespritzt, während er zwischendurch deinen Wagen bei Holochs Nachbarn abgestellt hat.«

»Wir müssen meine Freundin anrufen«, flehte Jan. »Bei ihr habe ich das ganze Wochenende verbracht.«

»Und was nützt uns das?«

»Sie kann mir sagen, was ich gestern Abend gemacht habe.«

»Ich glaube, du verstehst es noch nicht, Jan. Selbst wenn deine Freundin bei ihrem Leben schwört, dass du gestern den ganzen Tag bei ihr warst, ändert das nichts. Die Beweise sind eindeutig.«

Jan vergrub sein Gesicht in den Händen. Er hatte die Tat nicht begangen. Er mochte den Richter nicht, aber selbst im Vollrausch würde er sich nie zu einem Mord hinreißen lassen. Niemals.

»Nur eine Minute. Sie wird die Lücke in meinem Kopf schließen können.«

»Jan«, sagte Bergman langsam, als würde er einem Vierjährigen etwas erklären. »Deine Freundin ist eine Zeugin. Ich kann dich nicht mit ihr reden lassen, sonst macht mir der Staatsanwalt die Hölle heiß.« Bergman rieb sich die Augen. »Das weißt du.«

»Wie kann ich helfen?«

»Indem du dich an den Samstag erinnerst.«

»Das versuche ich schon den ganzen Tag. Wahrscheinlich ist das Ecstasy daran schuld.«

»Ich bin kein Mediziner, aber du wirst dir für den Staatsanwalt was Besseres einfallen lassen müssen.«

Es entstand ein bedrückendes Schweigen. Die Art von Stille, bei der jeder der Anwesenden wusste, was als Nächstes kommen würde, aber jeder hoffte, dass ein anderer die unangenehme Wahrheit aussprechen würde.

»Was passiert jetzt?«

Bergman hob genervt den Kopf, als hätte er die Fragerei satt.

»Ihr müsst mich in Untersuchungshaft nehmen«, kam ihm Jan zuvor.

Bergman nickte.

»Ich habe den Richter nicht ermordet. Bei allem, was mir heilig ist.«

»Ich würde dir gerne glauben. Wirklich.«

»Irgendjemand will mir das anhängen.«

»Wer?«

»Ich weiß es nicht«, sagte Jan. »Aber ich bin kein Mörder. Und wenn mein Blut am Tatort ist, will mich jemand in die Sache hineinziehen.«

»Jan«, begann Bergman ungewöhnlich freundschaftlich. »Ich verspreche, dass wir mit Hochdruck an dem Fall arbeiten und Beweise suchen werden, um dich zu entlasten. Aber ich kann dich nicht nach Hause gehen lassen. Du musst in Untersuchungshaft. Ich werde mit dem Staatsanwalt reden und versuchen, dich bis zur Verhandlung freizubekommen. So lange musst du stillhalten.«

Bergman blätterte in seinen Notizen. »Du hast noch eine Menge Urlaub. Momentan weihe ich nur die Leute in den Fall ein, die unbedingt darüber informiert werden müssen. Ich verzögere das drohende Disziplinarverfahren, so gut ich kann. Vielleicht ist in ein paar Tagen alles geklärt. Bitte, Jan, mach keinen Mist. Zügle dein Temperament, rede mit niemandem und misch dich nicht in den Fall ein.«

Jan schloss die Augen. »In Ordnung. Versprochen.«

Bergman entspannte sich und klappte sein Notizbuch zu. »Ich rufe Stein. Er bringt dich nach Moabit. Die Wärter wissen schon Bescheid. Keiner der Gefangenen wird erfahren, dass du von der Kripo bist.«

»Geben Sie mir fünf Minuten, um auf die Toilette zu gehen. Die ganze Sache ist mir auf den Magen geschlagen, und ich habe keine Lust, das Knastklo zu benutzen.«

»Stein«, rief Bergman in den Gang. Einen Augenblick später kam Jans Kollege in das Zimmer.

»Begleite ihn auf die Toilette und halte ihn von Dummheiten ab. Dann bringst du ihn nach Moabit.«

»Danke«, sagte Jan und erhob sich. Patrick folgte einen Schritt dahinter. An der Toilette angekommen, öffnete Jan die Kabinentür, schloss ab und setzte sich auf die Schüssel.

»Dauert nicht lange«, rief er und holte sein Handy aus der Tasche. Damit sein Kollege die Geräusche des Mobiltelefons nicht hören konnte, betätigte er die Spülung. Hastig schrieb er eine SMS an seinen Freund Chandu. Eigentlich gehörte sein afrikanischer Freund zur Berliner Unterwelt, aber seit Jan ihm den Hintern bei einer Schießerei gerettet hatte, fühlte er sich ihm verpflichtet. Er würde alles für ihn tun, und heute brauchte er ihn dringender denn je.

Jans Finger flogen über die Tastatur. Noch bevor der Spülkasten wieder voll war, hatte er die SMS abgeschickt. Hoffentlich würde Patrick ihm keine Handschellen anlegen, denn es war Zeit für eine Dummheit.

Kapitel 2

Jan versuchte, niedergeschlagen zu wirken, als er mit Patrick das Gebäude verließ, aber seine Sinne waren angespannt. Seine Augen huschten umher und er beobachtete jeden Schritt seines Kollegen.

Er hoffte, dass Chandu seine SMS erhalten hatte und rechtzeitig losgefahren war. Mit seinem Toilettenbesuch und der Bitte, noch einen Kaffee trinken zu dürfen, hatte er zwanzig Minuten rausschlagen können. Mehr wäre verdächtig gewesen. Jan war zwar kräftiger als sein Kollege, aber eine Schlägerei wollte er vermeiden.

Für einen Sonntag war viel Verkehr auf der Straße. Ein großer SUV fuhr langsam an ihnen vorbei. Am Steuer saß eine Frau, die mit ihrem Gefährt überfordert war. Sie drehte ständig den Kopf, als hätte sie Angst, irgendwo gegenzufahren. Dem großen Auto folgte ein schwarzer Mercedes mit abgedunkelten Scheiben. Er hatte einen großen Heckspoiler und Chromfelgen, die ihm das Aussehen eines Rennwagens verliehen. Der silberne Stern prangte übergroß auf dem Kühler und die LED-Leuchten über den Scheinwerfern wirkten wie dämonisch glitzernde Augen. Auf der Fahrerseite hob sich der kräftige Arm eines Afroamerikaners aus dem Fenster. Er spreizte den Daumen und den kleinen Finger ab. Der australische Surfergruß. Dann verlangsamte er merklich das Tempo und öffnete die Beifahrertür. Jan sah aus dem Augenwinkel zu

Patrick, der gerade sein klingelndes Handy aus der Tasche holte. Jan dankte dem Gott der Mobiltelefone und wartete, bis der Mercedes auf seiner Höhe war.

Die meisten Probleme in seinem Leben waren aus unüberlegten und impulsiven Handlungen entstanden. Schon im Kindergarten war er deswegen bestraft worden. Den unrühmlichen Höhepunkt hatte die Gerichtsverhandlung mit Georg Holoch dargestellt. Was er jetzt vorhatte, würde alles in den Schatten stellen.

»Ich werde das bereuen«, murmelte er, packte Patrick am Kragen seines Mantels und zog ihn nach hinten. Sein Kollege schrie überrascht, fiel auf den Hintern und ließ sein Handy fallen. Jan sprintete los. Er rannte zum Mercedes, riss die Tür auf und sprang auf den Beifahrersitz.

»Einen schönen Sonntag, Jan«, sagte der Fahrer fröhlich. Er trat das Gaspedal durch und der Mercedes beschleunigte. Jan krallte sich an der Mittelkonsole fest, als die Beifahrertür zuschlug und er in den Sitz gepresst wurde.

Das Telefon flog wieder vom Schreibtisch. »Bin ich nur von Amateuren umgeben?«, brüllte Bergman. »Was ist so schwer daran, einen Verdächtigen in Moabit abzuliefern?«

»Er hatte Hilfe«, rechtfertigte sich Patrick kleinlaut.

»Von wem?«

»Einem Unbekannten in einem getunten Mercedes.«

»Hast du die Nummer?«

Patrick nickte.

»Und warum stehst du noch hier rum? Gib eine Fahndung heraus und hol Jan wieder her.«

Jans Kollege beeilte sich, aus dem Raum zu kommen.

Bergman unterdrückte einen Schrei. Er hatte nicht nur einen zu Tode geprügelten Richter, jetzt war auch noch einer seiner Männer Hauptverdächtiger. Und statt in Untersuchungshaft zu sitzen, war dieser flüchtig. Er würde sich rechtfertigen müssen, warum er keine Handschellen angeordnet hatte. Bergman wollte sich die Pressemeldungen gar nicht vorstellen. Der Polizeipräsident und der Bürgermeister würden ausrasten.

Bergman ging zu seinem Schreibtisch und setzte sich. Er kannte Jan schon lange. Er war ein guter Ermittler. Ein wenig aufbrausend und undiplomatisch, aber er hatte eine Zukunft in der Mordkommission gehabt. »Verdammter Idiot«, murmelte er und hob das Telefon wieder auf. Er musste ein paar Leute informieren, und das würde kein Spaß werden. Wie hatte er sich nur so täuschen können?

Hätte er in dem Moment in den Gang gesehen, wäre ihm der grinsende Patrick Stein aufgefallen, der sich mit einer Tasse Kaffee in der Hand an die Fahndung machte.

»In welchen Schwierigkeiten steckst du wieder?«, fragte Chandu. Der Afrikaner trug eine breite Sonnenbrille und grinste über das ganze Gesicht. Zwei kleine Tribal-Tattoos zogen sich vom Haaransatz über die Schläfen bis unter seine Augen. Unter dem blauen Hemd zeichneten sich breite Schultern und die Muskeln eines Bodybuilders ab. Mit seinen zwei Metern Größe war Chandu eine beeindruckende Gestalt, die in der Berliner Unterwelt bekannt war. Jans Freund war Türsteher und betrieb ein Inkassobüro. An sich noch nichts Illegales, aber seine Kunden standen auf jeder Fahndungsliste. Chandu redete nicht von seinen Aufträgen, und dafür war Jan dankbar. So geriet er nicht in Konflikt mit seiner Arbeit und konnte die Zeit mit seinem verrückten Freund genießen.

»Man verdächtigt mich, jemanden umgebracht zu haben«, antwortete Jan und versuchte, eine bequeme Haltung in dem Sportsitz zu finden.

Chandu stieß einen Pfiff aus. »Und du glaubst, es war eine gute Idee, abzuhauen?«

»Was sollte ich machen?«, verteidigte sich Jan. »Sie wollten mich in Untersuchungshaft stecken.«

»Das ist mehr als ein Verdacht.«

Jan brummte mürrisch. »Die Indizien gegen mich sind wasserdicht.«

»Und? Warst du es?«

»Natürlich nicht«, empörte sich Jan. »Irgendjemand will mir was anhängen, und die Art und Weise, wie er es gemacht hat, deutet auf sehr gute Planung hin.«

Chandu schoss um eine Kurve. Jan hatte Mühe, sich im Sitz zu halten.

»Wohin fahren wir eigentlich?«

»Du kannst bei mir untertauchen.« Er warf Jan einen Schlüssel zu. »Meine Wohnung in der Oranienburger kennst du noch. Ich lass dich an der Ecke raus. Halt den Kopf unten, damit dich niemand sieht.«

»Und was machst du?«

»Ich muss das Auto loswerden. Die fahnden sicher schon nach uns.«

»Schade«, sagte Jan und strich mit den Fingern über die Holzarmatur. »Ein schöner Wagen.«

»Ist … geliehen«, antwortete Chandu. »Ich werde ihn in der Spree parken.«

Chandu verlangsamte das Tempo und streckte die Hand aus.

»Was willst du?«

»Deine SIM-Karte.«

»Was willst du damit?«

Chandu sah zu ihm rüber, als hätte Jan ihm gerade erklärt, dass die Erde eine Scheibe ist.

»Jeder Amateurdetektiv kann dich damit aufspüren. Gib sie mir. Ich stecke sie in ein altes Handy und schmeiße es angeschaltet auf einen Güterzug. Das müsste uns ein paar Stunden verschaffen.«

Jan holte sein Mobiltelefon aus der Tasche und versuchte den kleinen Chip herauszuziehen, doch seine Hände zitterten zu stark.

»Ganz ruhig, Jan«, beruhigte ihn sein Freund. »Wir kriegen das hin.«

Während Chandu mit dem kleinen Finger seiner linken Hand das Lenkrad hielt, nahm er ihm das Handy ab und zog die Karte heraus.

Jan schlug gegen die Armatur. Er war keiner dieser verheulten Typen, aber der Mordverdacht hatte ihn schwer getroffen. Langsam wurden ihm die Folgen bewusst. Er konnte nicht mehr nach Hause, musste sein Handy ausschalten und durfte keine Freunde mehr anrufen. Die Wohnung von Betty würde überwacht werden. Er konnte ihr nicht einmal eine Mail schreiben. Die Kripo würde alle Freunde und Verwandten befragen. Heute Abend würde jeder wissen, dass er wegen Mordes gesucht wurde.

Jan wischte sich über das Gesicht.

»Deine Karte musst du auch rausziehen.«

»Wieso das?«, fragte Chandu.

»Die Kripo wird meine SMS bis zu deinem Gerät nachverfolgen. Ich nehme nicht an, dass dein Handy auf dich läuft.«

»Natürlich nicht.«

»Bei der SMS habe ich keinen Namen geschrieben. Die Spur wird ins Leere laufen, wenn du die SIM-Karte entsorgst.«

»Du hast richtig nachgedacht«, sagte der große Mann grinsend.

»Mit der Zeit geht einem so was in Fleisch und Blut über.«

Chandu bremste ruckartig und fuhr den Wagen an den Straßenrand.

»Ich habe meinen Biervorrat aufgefüllt. Mach es dir gemütlich. Zapp durch das Fernsehprogramm, aber lass dich nicht draußen blicken. Ich muss noch ein paar Sachen erledigen und bin bald wieder da. Ich besorge neue SIM-Karten, dann kannst du dein Handy wieder benutzen. Heute Abend erzählst du mir alles.«

Jan schlug Chandu freundschaftlich auf die Schulter. »Danke, mein Freund.«

»Nicht dafür.«

Jan stieg aus, schloss die Tür und ging über die Straße. Der Wagen fuhr mit quietschenden Reifen weiter. Jan unterdrückte den Drang zu rennen. Er wollte keine Aufmerksamkeit erregen. Es fiel ihm schwer, sich nicht umzudrehen und nach Polizeiautos Ausschau zu halten. Es kam ihm wie eine Ewigkeit vor, bis er den dunklen Hinterhof erreichte. Die Wände des Hauses waren voller Graffiti. Es stank nach Urin und Schimmel. Briefkästen suchte man hier vergebens. Die Stufen des Treppenhauses waren abgelaufen und schief. Der Fahrstuhl war kaputt. Ein perfektes Versteck.

Als Jan die schwere Metalltür hinter sich geschlossen hatte, hätte der Unterschied zum Treppenhaus nicht größer sein können. Chandus Wohnung war tadellos aufgeräumt. Der Duft von herben Räucherstäbchen schwängerte die Luft. Auf dem Boden lag ein beiger Knüpfteppich, der den Raum angenehm wohnlich machte. Die Einrichtung war eine Mischung aus westlicher Lebensart und afrikanischer Tradition.

Chandu war als Kind mit seiner Mutter aus Ruanda geflohen. Er redete nicht gerne über diese Zeit, aber die schwarzen Regale mit den zahllosen Statuen und Masken drückten die Sehnsucht nach der alten Heimat aus. Eine dunkle Designercouch fügte sich in das Bild ein und erlaubte den Blick auf einen breiten Flachbildschirm an der Wand. Jan ging in die offene Wohnküche und nahm ein Bier aus dem Kühlschrank. Er trank gemächlich und musste unwillkürlich an seinen ersten

Besuch denken.

Tage zuvor hatte er Chandu das Leben gerettet. Damals war er noch Streife gegangen. Er war wegen einer Rangelei in eine Disko nach Wedding gerufen worden. Chandu war Türsteher gewesen und hatte die Sache eigentlich schon geklärt, als ein Verrückter eine Knarre gezogen hatte. Die erste Kugel hatte den großen Mann in die Schulter getroffen. Chandu hatte sich zur Seite gerollt, aber der Schütze war ihm nachgegangen. Er hatte sich über ihn gestellt, die Pistole auf seinen Kopf gerichtet und breit gegrinst. Jan hatte den Verrückten mit zwei Schüssen niedergestreckt.

Die Untersuchung des Vorfalls hatte lange gedauert. Ein erschossener Mann war keine Bagatelle, auch wenn er 1,2 Promille und eine Ladung Kokain im Blut gehabt hatte. Dank Chandus Aussage hatte man Jan kein Fehlverhalten nachweisen können. Trotzdem war ein Makel hängen geblieben. Der Ruf eines Schießwütigen hing ihm bis heute nach.

Nach dem Freispruch war Chandu auf die Wache gekommen und hatte sich bedankt. Vom ersten Moment an hatte Jan den großen Mann gemocht, daher hatte er die Einladung in dessen Stammkneipe angenommen, wo er das erste Mal Bananenwein getrunken hatte. Über die Jahre war der große Afrikaner sein bester Freund geworden.

Jan setzte sich auf die Couch, nahm die Fernbedienung und wählte den Sportkanal aus. Die letzten Stunden hatte er sich an den gestrigen Samstag zu erinnern versucht. Das hatte ihm nur Kopfschmerzen beschert. Vielleicht würde ihm die Ablenkung helfen. Er trank einen Schluck Bier und legte die Füße auf den kleinen Tisch.

Seine selbst verordnete Ruhe hielt fünf Minuten. Dann setzte er sich an Chandus Computer.

Für Andreas Emmert war es der schwierigste Einsatz seiner Karriere. Sie hatten schon so oft zusammengearbeitet. Jans Eifer, gepaart mit seiner unverbesserlichen Sturheit, hatten ihn immer wieder dazu motiviert weiterzumachen, auch wenn sie in einer Sackgasse gelandet waren. Schon damals hatte Andreas befürchtet, dass sich Jan irgendwann in Schwierigkeiten bringen würde. Ihm fehlten sowohl das diplomatische Feingefühl als auch das Bewusstsein, dass Polizisten es den bösen Jungs nicht mit gleicher Münze heimzahlen durften.

Trotzdem glaubte Andreas nicht, dass Jan den Richter ermordet hatte. Niemals. Auch das Gerichtsverfahren wegen Körperverletzung im Dienst würde daran nichts ändern.

Er fühlte sich schäbig, als er Jans Bücher aus dem Regal nahm und nach versteckten Notizen suchte. Vor Jahren hatten sie hier Silvester gefeiert. Sie hatten auf der abgewetzten Schlafcouch gesessen und auf dem alten Holztisch Bierflaschen gestapelt. Jetzt untersuchte ein Tatortermittler den Tisch nach Blutspuren.

»Pennst du?«, riss ihn Patricks Stimme aus den Grübeleien. »Ich will heute fertig werden.«

»Bleib locker«, antwortete Andreas. »Das ist Jans Wohnung. Ein wenig Respekt wäre angebracht.«

»Respekt?« Patrick lachte verächtlich. »Jan ist ein gesuchter Mörder. Seit wann behandeln wir die mit Respekt?«

»Erst mal ist Jan nur Mordverdächtiger«, hielt Andreas ihm entgegen. »Und außerdem hat er fünfmal so viele Leute in den Knast gebracht wie du.«

»Ist mir scheißegal, ob er ein guter Polizist war«, fuhr Patrick auf. »Umso schlimmer für uns, dass er in der Mordkommission gearbeitet hat. Ganz Berlin wird über uns lachen. ›Mörder in der Mordkommission‹ oder so ähnlich werden die Schlagzeilen lauten. Vielleicht solltest du daran denken.«

»Ich glaube trotzdem nicht, dass er es war.«

»Wie viele Beweise brauchst du noch? Wir haben seine DNA und seine Fingerabdrücke am Tatort gefunden. Wir haben ein Motiv und das Blut des Opfers auf seiner Kleidung.«

Patrick wandte sich von Andreas ab. »Alle mal herhören.« Er winkte die Ermittler zu sich. »Neben der Beweissicherung nehmt ihr alle Fotos in Alben und auf dem Computer mit. Ich will zu jedem Bild wissen, wo es aufgenommen wurde. So erstellen wir ein Profil von Jans bevorzugten Orten. Vielleicht finden wir eine alte Datsche oder eine weitere Lieblingskneipe. Bis morgen früh brauche ich die ersten Ergebnisse, auch wenn es die ganze Nacht dauert.«

Patrick klatschte in die Hände. »Und jetzt weiter.«

Andreas nahm sich ein weiteres Buch und blätterte es genervt durch. Er konnte sich kaum auf die Arbeit konzentrieren.

»Jan, du Vollidiot«, fluchte er verärgert. Die Beweise sprachen gegen ihn, und so engagiert, wie Patrick Stein an die Sache heranging, würde er Jan nicht entkommen lassen. Jetzt hatte Jan wirklich ein Problem.

»Du weißt, dass das eine miese Idee ist«, sagte Chandu und trank einen Schluck Bier.

»Hast du eine bessere?«, fragte Jan.

»Nur, dass ich es richtig verstehe. Du willst in die Wohnung deiner Freundin schleichen, obwohl sie von deinen Kollegen überwacht wird?«

»Ich kenne alle Polizisten, die dafür eingeteilt werden könnten. Wir werden sie umgehen.«

»Die werden vorm Eingang stehen. Wie willst du hineinkommen? Aufs Dach fliegen?«

»Es gibt einen Hinterausgang, der zu den Mülltonnen führt. Über den Keller kommen wir ins Treppenhaus.«

»Und der Hinterausgang ist nachts offen?«, fragte Chandu.

»Nein«, erwiderte Jan sichtlich genervt. »Aber daneben ist ein schlecht gesichertes Fenster. Ich habe den Hausbesitzer auf die Gefahr hingewiesen, aber er hat es noch nicht machen lassen.«

»Und was machen wir dann? Klingeln wir an Bettys Tür, als wäre nichts gewesen? Dir ist klar, dass sie verhört worden ist und weiß, dass du wegen Mordes gesucht wirst?«

»Betty würde nie glauben, dass ich den Richter umgebracht habe.«

»Wie lange kennst du sie?«

»Vier Monate.«

Chandu gluckste. »Eine lange Zeit, um solches Vertrauen aufzubauen.«

»Der Plan hat Lücken«, gab Jan zu, »aber ich kann nicht hier rumsitzen und nichts tun. Dafür bin ich nicht geflohen und habe meine Karriere ruiniert.«

»Ein schwachsinniger Plan, aber ich bin dabei«, sagte Chandu und hob seine Flasche zum Gruß.

Jan lächelte. Sein Freund würde ihn nie im Stich lassen.

»Hast du einen Glasschneider oder irgendwas anderes, mit dem wir das Fenster leise aufkriegen?«

»Natürlich«, antwortete Chandu gekränkt. »Ich zieh mir was Passendes für den Bruch an, dann können wir los.«

»Das ist kein richtiger Einbruch«, rechtfertigte sich Jan.

»Ich weiß, ich weiß«, wiegelte Chandu grinsend ab und ging in sein Schlafzimmer.

Jan versuchte sich an alle Stellen zu erinnern, von wo aus Bettys Wohnung überwacht werden konnte. Wenn die Polizisten ihm auflauern würden, wären sie geliefert. Dann würden sie beide in Moabit landen.

Es war dreiundzwanzig Uhr. Chandu hatte das Auto in einer Seitenstraße geparkt und schlich mit Jan zu Bettys Wohnung. Der große Mann trug eine dunkle Hose und einen schwarzen Rollkragenpullover. Die Schwarztöne waren gut aufeinander abgestimmt, sodass es nicht wie Tarnkleidung für einen nächtlichen Einbruch wirkte. Jan hatte sich für eine dunkle Jeans, eine Lederjacke und eine Strickmütze entschieden, die Chandu ihm aus einem Second-Hand-Laden besorgt hatte.

Betty lebte in einem typischen Kreuzberger Häuserblock. Das Untergeschoss war von einem Ein-Euro-Shop belegt. Das Weiß der Fassade war verblichen und wurde nur durch blaue Farbelemente über den Fenstern unterbrochen. Verkümmerte Platanen spendeten ein wenig Grün, schwach erhellt von grauen Straßenlaternen.

Jan schlich sich hinter einen Baum und beobachtete die Straße. Auf dem Randstein parkten unzählige Autos. Im ersten Moment war nichts Ungewöhnliches zu sehen, doch dann flackerte in einem Opel ein Licht auf.

Jan lächelte. Glücklicherweise hatten nicht alle Kollegen das Rauchen aufgegeben.

»Das Überwachungsteam ist auf der anderen Straßenseite in dem dunklen Opel.«

»Und jetzt?«

»Wir müssen ins Nachbarhaus. Von dort kommen wir über den gemeinsamen Hof zum Kellerfenster.«

»Ist der Zugang offen?«

Jan schüttelte den Kopf. »Ab zwanzig Uhr sind die Türen geschlossen, aber nur mit einem alten Schloss. Mit dem Brecheisen kannst du die Tür aufstemmen. Hoffentlich schauen die Ermittler in dem Moment nicht in den Rückspiegel.«

»Ist das nicht zu laut, wenn ich die Tür aufbreche?«

»Bis zwei Uhr kommt alle dreißig Minuten ein Bus durch. Vor Bettys Haus ist eine Ampel, die nachts angeschaltet ist.

Wenn du den Lärm genau dann machst, wenn der Bus bremst, hört man das nicht. Wenn die Jungs sich nur auf den Eingang konzentrieren, kommen wir rein.«

»Das sind eine Menge Wenns.«

»Eigentlich ein Kinderspiel. Ist lediglich eine Frage des Timings.«

»Wann kommt der Bus?«

Jan sah auf die Uhr. »In den nächsten fünf Minuten. Nimm das Brecheisen und stell dich schräg hinter den Baum vorm Haus. Ich behalte meine Kollegen im Auge.«

Chandu öffnete seine Tasche und nahm das Brecheisen heraus. Das Werkzeug wirkte in den großen Händen wie ein Kinderspielzeug. Gemächlich überquerte er die Straße, ging zum Baum und lehnte sich an den Stamm. Dann nahm er sein Handy aus der Tasche und tippte auf dem Bedienfeld herum. Das Brecheisen verbarg er hinter seinem Rücken.

Es war ungewöhnlich ruhig. Nur ab und zu fuhr ein Auto vorbei. Auf der anderen Straßenseite führte ein älterer Mann seinen Hund aus, sonst waren sie allein. Jan drückte sich neben eine Litfaßsäule und ließ das Auto seiner Kollegen nicht aus den Augen. Er tippte nervös mit dem Fuß auf den Asphalt. Was würde Betty sagen? Würde sie ihm glauben, dass er nichts mit dem Mord zu tun hatte, oder würde sie ihm die Tür vor der Nase zuschlagen und die Polizei rufen? Chandu hatte recht. Vier Monate waren keine lange Zeit, und doch vertraute er ihr. Sie würde ihn nicht im Stich lassen.

Jans Gedanken wurden von dem nahenden Bus unterbrochen. Chandu steckte sein Handy weg, nahm das Brecheisen und ging zur Hoftür. Als der Bus quietschend an der Ampel zum Stehen kam, setzte der große Mann das Brecheisen an, ruckte kurz mit dem Arm und stieß die Tür auf. Jan sah zu seinen Kollegen. Alles blieb ruhig. Sie hatten es nicht bemerkt. Jan nahm die Tasche und ging zur aufgebrochenen Tür, wo

Chandu mit einem breiten Grinsen wartete, das Brecheisen lässig über die Schulter gelegt.

»Manche Leute sollten mehr Geld für ihre Sicherheit ausgeben.«

»Lass uns schnell rein, bevor jemand das kaputte Schloss bemerkt.«

Ein dunkler Gang führte in den Hof. Die Briefkästen waren mit Bergen von Werbung zugemüllt. Jan schlich vorsichtig weiter, als Schritte aus dem Hof drangen. Er gab Chandu ein Zeichen und drückte sich an die Wand. Der lichtlose Gang schützte sie. Im Mondlicht sah Jan eine schmale Gestalt mit einer Mütze. Sie trug eine Tasche in der Hand und lief eilig aus dem Hof. Jan hielt den Atem an und versuchte kein Geräusch zu machen. Er durfte nicht gesehen werden. Dann verklangen die Schritte und der nächtliche Spaziergänger war verschwunden. Jan zählte bis fünf, dann gab er Chandu ein Zeichen und hastete zur Kellertreppe des Nachbargebäudes.

Chandu ging zum Kellerfenster, verstaute das Brecheisen in der Tasche und nahm ein kleines Werkzeug heraus, das Jan an einen Kartoffelschäler erinnerte. Es hatte einen Holzgriff und einen metallenen Aufsatz, der wie ein »E« geformt war, mit einem Rädchen an dessen Ende. Chandu setzte einen Saugnapf auf die Scheibe und schnitt das Glas am Rahmen heraus. Das kratzende Geräusch ließ Jans Zähne schmerzen. Dann nahm sein Freund die am Saugnapf haftende Scheibe weg, trat einen Schritt zur Seite und deutete lächelnd auf die Öffnung.

Jan hielt sich am Rand fest und kletterte kopfüber hindurch. Er rollte sich ab und öffnete die Kellertür, die nur mit einem Riegel von innen verschlossen war. Chandu folgte ihm hinein. Schweigend gingen sie den Flur entlang, bis sie im Treppenhaus waren. Das Licht der Straßenlaternen, die durch die Fenster schienen, erhellte den Aufgang.

Jan schloss die Augen und lauschte. Ein schlafloser Nachbar könnte seine Pläne vereiteln, aber im Treppenhaus war es ruhig. Jan ging bis in den vierten Stock hoch. Mit jeder Stufe wuchs seine Anspannung. Gestern war er bei der Mordkommission gewesen, und jetzt brach er in das Haus seiner Freundin ein, weil sie ihn als Einzige vor einer Mordanklage bewahren konnte.

Chandu legte ihm die Hand auf die Schulter. »Das wird schon«, ermutigte ihn der große Mann. »Finde heraus, was gestern passiert ist, dann ist der Spuk bald vorbei.« Er deutet auf die Treppe. »Ich warte hier.«

Jan nickte und ging weiter. Er war so nervös wie bei seinem ersten Date. Zweifel plagten ihn bei jedem Schritt. Hätte er vorher anrufen sollen? Er wrang unsicher die Hände.

»Jan«, holte ihn die Stimme seines Freundes aus der Grübelei. Chandu deutete auf seine Nase. Dann roch er es auch.

Gas. Es kam aus dem Flur vor ihm. Jan wollte weitergehen, als die Tür von Bettys Wohnung mit einem lauten Knall explodierte. Jan wurde vom Druck an die Wand geworfen. Der Aufprall presste ihm die Luft aus den Lungen. Er schlug hart mit dem Kopf auf und sah Sterne vor den Augen.

Der Gang drehte sich um ihn. Chandu rief ihm etwas zu, aber das Pfeifen in seinen Ohren überlagerte alle Geräusche. Jan wollte aufstehen, aber seine Beine gaben unter ihm nach. Er sank zu Boden. Dann wurde es schwarz.

Kapitel 3

Jan kam in einem dunklen Lagerraum zu sich. Er hatte kaum Kraft, die Augen zu öffnen. Das Atmen fiel ihm schwer. Er hatte den Geschmack von Erbrochenem im Mund. Sein Kopf pochte qualvoll.

Durch eine schmutzige Scheibe drang ein schmaler Lichtstreifen, der ein wenig vom Zimmer preisgab. Alte Stühle und Tische standen übereinander gestapelt in einer Ecke. Eine Glühbirne hing nackt in der Fassung über ihm. Ein großer Tischgrill lehnte an der Wand. Der Geruch von Rauch und verbranntem Plastik war allgegenwärtig.

Er lag auf einer alten Gartenliege, die so bequem wie ein Folterstuhl war. Stöhnend richtete er sich auf.

»Willkommen zurück«, hörte er Chandus dunklen Bass. Sein Freund stand an der Tür und beobachtete durch einen Spalt den Gang. Von draußen drangen laute Rufe in das Zimmer. Der Lärm im Treppenhaus war ohrenbetäubend, als würde eine Schulklasse unbeaufsichtigter Kinder hoch- und runterrennen.

»Wie geht es dir?«, fragte Chandu.

»Hatte schon bessere Tage«, antwortete Jan. Er fasste sich an die Stirn und zuckte zurück, als er eine Wunde über dem Auge ertastete.

»Kannst du dich an irgendwas erinnern?«

»Nur an eine Explosion, die mich von den Beinen gefegt hat.«

Das Poltern wurde wieder lauter. Ein Mann schrie Befehle und eine Sirene ertönte.

»Was ist hier los, verdammt?«

Chandu schloss die Tür und seufzte.

»Wie du bemerkt hast, gab es eine Explosion. Wahrscheinlich ein Gasleck. Du hattest Glück. Zwei Schritte weiter und die Trümmer hätten dich durchlöchert.«

»Gab es Verletzte oder Tote?«

Chandu biss auf seine Unterlippe. »Bettys Wohnung ist explodiert.«

»Was?«, schrie Jan. »Wir müssen sofort nach oben gehen.« Er sprang auf, hatte aber Mühe, das Gleichgewicht zu halten. Seine Beine knickten ein und Sterne tanzten vor seinen Augen. Chandu fing ihn auf und legte ihn wieder hin.

»Bleib liegen«, sagte er bestimmt. »Du hast ganz schön was abgekriegt. Die Wunde auf der Stirn hat lange geblutet. Ein Wunder, dass du keine Verbrennungen hast. Deine Lederjacke hat das Schlimmste abgefangen.«

»Was ist mit Betty?«, drängte er.

»Ich weiß es nicht. Ich habe dich sofort nach der Explosion in den Keller gebracht. Dann brach die Hölle los. Überall sind Lichter angegangen und Leute haben geschrien. Deine Kollegen sind in das Haus gestürmt, als ich gerade den Keller erreicht hatte. Beinahe hätten sie uns gehabt. Ich hab dich hierhingelegt und bin in dem Chaos nach oben gegangen. Bettys Wohnung war ein einziges Trümmerfeld. Es hat sogar Teile der Außenwand herausgeschlagen. Die Wohnung stand in Flammen und der Gang war voller Rauch.«

Er legte Jan die Hand auf die Schulter. »Es tut mir leid.«

Tränen liefen Jans Wangen herunter. »Das darf nicht sein.«

Er versuchte wieder aufzustehen. »Ich kann mich nicht hier unten verstecken. Ich muss wissen, was los ist.«

Chandu drückte ihn zurück auf die Liege. »Was auch immer

passiert ist, du kannst Betty nicht helfen. Oben wimmelt es von Polizei. Wenn du aus dieser Tür gehst, werden sie dich verhaften. Draußen stehen zwei Krankenwagen. Wenn sie verletzt ist, wird man sie gut versorgen. Wir finden heraus, in welchem Krankenhaus sie liegt, und besuchen sie. Aber Rausstürmen bringt dich in den Knast.«

»Betty«, sagte Jan leise. Sein Kopf fiel auf die Liege zurück. Dann verlor er das Bewusstsein.

Als Jan wieder zu sich kam, beleuchtete Sonnenlicht den feinen Staub, der träge durch das Zimmer trieb. Einen Moment hatte er geglaubt, dass es noch Sonntagmorgen war und er bei Betty liegen würde, doch der abgestandene Kellergeruch brachte ihn wieder in die Wirklichkeit zurück. Eine Wirklichkeit, in der er sich wie eine Ratte im Keller verkriechen musste, während seine Freundin vielleicht irgendwo um ihr Leben kämpfte. Eine Wirklichkeit, in der jeder Polizist sein Feind war und er bei seinem Freund unterkommen musste, weil er nicht mehr zurück in seine Wohnung konnte. Eine Wirklichkeit, bei der er ein Verbrecher auf der Flucht war.

Es hatte nur einen Tag gedauert, und die Welt, wie er sie kannte, war verschwunden, ersetzt durch einen Albtraum, den man schlimmer nicht hätte träumen können.

Er drehte den Kopf und sah die massige Gestalt seines Freundes auf einem Stuhl vor der Liege sitzen. Wenigstens ein Lichtblick in seinem beschissenen Leben.

»Wie geht es dir?«

Jan stöhnte. »Ich habe einen Presslufthammer in meinem Kopf, die Wohnung meiner Freundin ist explodiert und ich werde wegen Mordes gesucht. Mir geht es bestens.«

»Wenn du dumme Witze reißen kannst, kann die Kopfwunde nicht so schlimm sein.«

Jan brummte mürrisch.

»Du warst acht Stunden ohne Bewusstsein«, erklärte Chandu. »Ich war kurz davor, dich ins Krankenhaus zu schaffen, aber es war zu viel los. Mit dir auf den Armen wäre ich nicht weit gekommen, und dann wärst du mit Handschellen am Bett aufgewacht.«

»Danke, dass du auf mich aufgepasst hast.« Jan stand auf. Er war noch wackelig auf den Beinen, aber der Schwindel war weg.

»Was ist draußen los?«

»Polizei und Feuerwehr sind weg. Im Haus ist es ruhiger geworden, aber irgendwelche Leute sind noch immer in Bettys Wohnung.«

Jan rieb sich die Augen. Er war müde und ausgelaugt, wie nach einer durchzechten Nacht. Er konnte kaum glauben, dass er so lange geschlafen hatte.

»Was machen wir jetzt?«, fragte Chandu.

»Wir müssen rausfinden, wie es Betty geht. Zuerst gehen wir hier weg, dann rufe ich die Krankenhäuser an.«

Jan drehte sich zum Fenster. Im Hof stand eine junge blonde Frau mit einer Zigarette in der Hand. Sie wirkte genervt, als hätte sie sich den Montagmorgen anders vorgestellt. Sie hatte ein makelloses Gesicht, lange blonde Haare fielen über ihre Schulter und ihre Haltung ließ auf ausgeprägtes Selbstbewusstsein schließen. Die schmal geschnittene Jeans legte sich eng an ihren schlanken Körper. Die Absätze ihrer High Heels machten sie einen Kopf größer. Bei den meisten Frauen hätten diese Schuhe nuttig gewirkt, aber bei ihr war es eher Understatement. Neben ihr lag ein weißer Plastikanzug, den die Spurensicherung an Tatorten trug.

Jan wurde bleich. »Mein Gott«, flüsterte er. Wortlos ging er hinaus.

»Was ist los?«, fragte Chandu.

Jan vernahm die Worte seines Freundes, doch sie drangen nicht zu ihm durch. Er vergaß alle Vorsicht und trat in den Hof.

Als die Frau ihn bemerkte, zog sie überrascht die Augenbrauen hoch. Einen kaum merklichen Moment. Dann wurde ihr Gesicht wieder eine undurchsichtige Maske kühler Schönheit. Sie warf die halb gerauchte Zigarette auf den Boden und trat sie aus. Jetzt wusste Jan, was mit Betty passiert war.

»Hallo, Zoe«, sagte Jan niedergeschlagen.

»Ich hab dich schon immer für einen Idioten gehalten«, begann die Frau ohne Begrüßung, »aber dass du so einen Scheiß baust, hätte ich nicht gedacht.«

»Vielleicht war es ein Fehler abzuhauen«, rechtfertigte sich Jan, »aber das ist jetzt egal. Sag mir nur, was mit Betty ist. Dann kannst du mich mitnehmen.«

Zoes harte Gesichtszüge wurden etwas weicher. »Es gibt nur einen Grund, warum ich gerufen werde. Ich bin Rechtsmedizinerin.«

Jan nickte.

»Hat sie …?«, fing er mit erstickter Stimme an.

Zoe schüttelte den Kopf. »Sie war in der Küche, als die Gasleitung hochgegangen ist. Sie war sofort tot.«

»Wo ist sie jetzt?«

»Sie wird in die Rechtsmedizin gebracht. Ihre Identität ist noch nicht festgestellt, weil der Körper völlig verbrannt ist.«

Jan schluckte. »Meine kleine Betty«, flüsterte er.

Zoe wandte verlegen den Kopf ab. Wahrscheinlich hatte sie noch nie einem Angehörigen eine solche Botschaft überbringen müssen.

»Hatte sie irgendwelche Merkmale, anhand derer wir sie identifizieren können?«

»Ein Piercing in der Nase.« Jan wischte sich über das Gesicht. »Ich habe ihr außerdem noch eine Kette von Gucci gekauft, mit zwei Namensschildern, die wie Hundemarken vom Militär aussehen. Darauf steht ihr Name.«

»Sie hatte eine Kette an, aber die Wucht der Explosion war so groß, dass das Metall in die Brust getrieben wurde. Bei der Autopsie werde ich darauf achten.«

Zoe nahm eine weitere Zigarette aus der Tasche. Gauloises. Ohne Filter. Sie zündete sie mit einem silbernen Sturmfeuerzeug an und blies den Rauch in die Luft, ohne Jan aus den Augen zu lassen.

»Was willst du jetzt machen?«, fragte sie.

»In den Knast gehen. Was bleibt mir übrig?«

»Warum bist du weggelaufen?«

»Die Beweise gegen mich sind eindeutig, aber ich habe den Richter nicht ermordet. Jemand will mir das anhängen, und in der Untersuchungshaft kann ich nicht herausfinden, wer.«

»Hättest du nach all den Jahren nicht deinen Kollegen vertrauen können? Anstatt nach Beweisen zu suchen, die dich entlasten, läuft jetzt eine Fahndung nach dir.«

Jan senkte beschämt den Kopf. »Ich habe mich wie ein Idiot benommen. Aber als meine DNA-Probe mit der vom Tatort übereingestimmt hat, wollte ich nur weg.«

Zoe zog an der Zigarette und atmete geräuschvoll aus.

»Wer ist der laufende Berg da hinten?«

»Das ist Chandu. Er hat mir geholfen abzuhauen.«

»Du meinst Chandu Bitangaro, der Türsteher?«

»Du kennst ihn?«

»Ich war öfter in einem Club, bei dem er Aufpasser war.«

»Wirklich? Welcher Club?«

»Das willst du nicht wissen. Aber dir ist schon klar, dass er Kontakte zu den Schwergewichten der Berliner Unterwelt hat?«

»Er ist nicht so kriminell, wie alle glauben. Vieles über ihn ist erfunden und konnte nie nachgewiesen werden.«

»Dich zu verstecken wird seine Akte nicht verbessern.«

»Hör zu, Zoe.« Jan richtete den Finger auf sie. »Ruf von mir aus Bergman an und lass mich abholen. Aber wenn du Chandu …«

Zoe blies ihm Rauch ins Gesicht. »Spar dir deine Drohungen, Janni. Damit kannst du nicht mal im Kindergarten Eindruck schinden. Nerv mich nicht, oder zur Wunde auf der Stirn wird noch eine gebrochene Nase hinzukommen.«

Ihre Miene war eine Winzigkeit angespannt. Man musste sie kennen, um diese gefährliche Veränderung zu bemerken. Jan zweifelte nicht, dass sie ihm eine reinhauen würde.

»Woher weißt du das über ihn?«, wechselte er das Thema.

»Ich finde meinen Job in der Rechtsmedizin langweilig. Ist nicht wie bei CSI Las Vegas. Und wenn ich mich langweile, klicke ich herum und schaue mir die neusten Ermittlungsergebnisse an.«

»Aber die Ordner sind passwortgesichert.«

Zoe zuckte mit den Achseln. »Die alten Fälle nicht.«

»Warum bewirbst du dich nicht bei der Mordkommission?«

»Ich bin Wissenschaftlerin, Jan. Ich habe ein abgeschlossenes Biologie- und Medizinstudium, keine Polizeiausbildung.«

»Na, egal«, sagte Jan frustriert. »Nimm dein Handy und rufe Bergman an. Ich warte vor der Tür.«

»Warum sollte ich das tun?«

»Nach mir wird gefahndet. Auch wenn du keine Polizistin bist, so arbeitest du doch für den Verein.«

Sie zuckte die Achseln. »Ich halte dich für einen Langweiler mit beschränkter Intelligenz, Jan, aber irgendwie bist du ein guter Ermittler. Das mit deiner Freundin tut mir leid, daher werde ich noch eine rauchen, bevor ich Bergman stecke, dass ich dich gesehen habe.«

»Warum tust du das?«

Zoe zögerte. »Viele halten mich für eine oberflächliche Tussi, aber ich kann Menschen sehr gut beurteilen. Mein Vater war ein lügnerischer Bastard, der mehr Menschen ins Unglück gestürzt hat, als es in Berlin Dönerbuden gibt. Es war eine harte Schule, und wenn du den Richter umgebracht hättest, würde ich das wissen. Außerdem«, fuhr sie zwischen zwei Zügen fort, »glaube ich nicht, dass du dich dabei so dumm angestellt hättest.«

Jan wollte sich bedanken, aber Zoe hob sofort die Hand.

»Werd bloß nicht sentimental«, sagte sie ernst. »Ich stehe nicht auf so ’n Gefühlsscheiß. Ganz selbstlos mache ich das nicht.«

»Okay«, stotterte Jan. »Aber wie …«

»Erst mal leihst du mir den Steroid-Mann aus.« Sie deutete auf Chandu. »Mein Nachbar regt sich morgens immer auf, wenn ich die Musik zu laut mache. Der braucht jemanden, der ihm gut zuredet. Und zudem ist der Fall eine einzigartige Chance auf Abwechslung.«

Jan sah sie verwirrt an. Mehr als ein »Äh« brachte er nicht zustande.

»Du bist echt schwer von Begriff.« Sie rollte mit den Augen und zog an der Zigarette. »Ich verschaffe dir Vorsprung, dafür beziehst du mich in deine Ermittlungen mit ein. Bergman würde mich nie an einem Mordfall arbeiten lassen und ich wollte schon immer bei einem dabei sein.«

»Du bist verrückt«, entfuhr es Jan.

Zoe nickte. Sie nahm einen Kuli, griff nach Jans Hand und schrieb ihm eine Nummer auf den Ballen.

»Ruf mich heute Abend an. Dann sage ich dir, was die Tatortermittler herausgefunden haben.«

Sie kicherte. Für einen Augenblick wirkte sie wie ein kleines Mädchen, das etwas Verbotenes getan hatte.

»Und jetzt hau ab.« Sie steckte sich eine neue Zigarette an.

Jan brauchte einen Moment, bis er sich von der Überraschung erholt hatte. Dann winkte er Chandu und sie schlichen aus dem Hof.

Jan lag auf der Couch und starrte zur Decke. Chandu hatte ihn in seine Wohnung gefahren, seine Wunde versorgt und versucht ihn aufzumuntern. Sie hatten Aufzeichnungen von Eishockey- und American-Football-Spielen gesehen, aber die Begeisterung von früher hatte sich nicht eingestellt. Irgendwann war es wieder dunkel geworden und Chandu war zu Bett gegangen. Jan hatte sich niemals so einsam gefühlt. Er war froh, hier untergekommen zu sein, aber sein Leben lag in Trümmern. Er konnte niemanden anrufen und keine Mails schreiben. Die Zeit des gemütlichen Stadtbummelns war vorbei. Auch in seiner Stammkneipe konnte er sich nicht blicken lassen.

Betty war tot. Er konnte es noch immer nicht begreifen. Am Sonntag hatte er noch bei ihr geschlafen und mit ihr telefoniert. Jetzt lag sie in der Forensik auf einem kalten metallenen Untersuchungstisch, bis zur Unkenntlichkeit verbrannt. All ihre Schönheit war vergangen. Er würde nie wieder ihr Lächeln sehen, über ihren makellosen Rücken streichen oder ihre Stimme hören. Vielleicht war es eine Gnade, dass er nicht mehr bei der Mordkommission war, sonst wäre er in die Rechtsmedizin gestürmt und hätte ihre Leiche sehen wollen. Wenigstens das blieb ihm erspart.

Jan nahm den Geldbeutel aus seiner Tasche und betrachtete das Foto hinter dem durchsichtigen Plastikfenster. Es war ein Schnappschuss ihrer ersten Begegnung. Sie hatten sich auf einer Party eines gemeinsamen Freundes getroffen und von Anfang an gemocht. Rene und er waren zusammen in die Schule gegangen. Während Jan sein Glück bei der Polizei gesucht hatte, hatte Rene ein Studium begonnen. Betriebswirtschaft. In seinem Fall ein Ausdruck von »Ich habe keine Ahnung, was ich später mal machen werde, aber BWL hört sich ganz gut an«. Rene kannte Betty von einer Uni-Fete, und so war sie schließlich auf der Geburtstagsparty seines Schulfreundes gelandet. Es war eine der typischen Rene-Partys gewesen. Laute Musik, tonnenweise Cocktails, aber nichts zu essen außer Chips und Tiefkühl-Sushi.

Betty hatte während des Abends immer wieder Jan angesehen, sodass er irgendwann zu ihr gegangen war. Dann hatte sie ihm ihr strahlend schönes Lächeln geschenkt und sein Herz war verloren gewesen.

Er war ihr keinen Augenblick mehr von der Seite gewichen. Irgendwann war Rene durch das Wohnzimmer getorkelt und hatte seine Gäste mit einer Digitalkamera aufgenommen. Jan hatte ihm mit seiner Bierflasche zugeprostet, als Betty sich neben ihn gestellt und ihren Arm um ihn gelegt hatte. Immer wenn er das Foto betrachtete, kam die Erinnerung an diese erste Berührung zurück, an ihre warme Haut, den Duft ihrer Haare und die Sanftheit ihrer Finger.

Schon am nächsten Tag hatten sie sich wiedergesehen. Und den Tag darauf und auch den folgenden. Das war vor vier Monaten gewesen, zu einer glücklicheren Zeit.

Jan legte das Bild auf seine Brust. Die Uhr über Chandus Fernseher zeigte 3:08. Er schloss die Augen und ließ seine Gedanken an diesen Abend zurückschweben. An den Moment des Fotos zwischen den lachenden Menschen und der lauten Musik. Er meinte Bettys Hand auf seiner Schulter zu spüren und ihre Stimme zu hören. Sein Mund verzog sich zu einem Lächeln. Dann schlief er ein.

Kapitel 4

Der Lärm eines Müllfahrzeugs weckte Jan. Er hatte nur drei Stunden geschlafen.

Er fragte sich, ob er aufstehen sollte. Was hatte Weitermachen noch für einen Sinn? Er war des Mordes verdächtig und hatte seine Marke abgeben müssen. Seine Freundin war tot. Alles, was er geliebt hatte, war zerstört. Verweht. Auf dem Tisch lag Chandus Revolver in einem Holster. Eine 45er. Marke Dirty Harry. Es wäre einfach, dem allem zu entfliehen. Ein einziges Krümmen des Fingers, ein kurzer Schmerz. Vielleicht war man gar nicht tot, sondern versank nur in ewigen Schlaf. Ein verlockender Gedanke. Im Schlaf konnte er träumen. Vom vergangenen Glück.

Schließlich stand er auf und zog sich an. Im Badspiegel betrachtete er sein ausgelaugtes Gesicht. Selbst nach der wildesten Party hatte er nicht so erbärmlich ausgesehen. Er wusch sich und richtete mit nassen Händen seine wild abstehenden Haare. Dann schlüpfte er in die Schuhe, zog eine Mütze auf und ging hinaus.

Er liebte diese Stadt. Sie war seine Heimat, aber heute wirkte sie alt und dreckig. Grau und ohne Liebe. Auf dem Weg zur U-Bahn fing es an zu regnen. Erst ganz fein. Er spürte die Tropfen kaum. Dann wurde es stärker, als wollte der Himmel den Schmutz der Erde in die Kanalisation treiben. Jan hob seinen Kopf, zog seine Mütze ab und streckte sein Gesicht den

Wolken entgegen. Er schloss die Augen, als sich der Regen mit seinen Tränen mischte. Als er ungehemmt weinte, löste sich der Kummer aus seinem Herzen.

Irgendwann ließ der Regen nach. Und mit dem blauen Himmel versiegten seine Tränen. Er fuhr sich durch die nassen Haare und atmete die frische Luft ein. Es kam ihm ein Leben entfernt vor, dass er sich das letzte Mal so frei gefühlt hatte. Erlöst. Und seine Gedanken an den Tod waren fortgeschwemmt.

Es war acht Uhr. Jan kannte Pfarrer Anbergers Gewohnheiten. Der alte Mann stand immer um die gleiche Uhrzeit auf, betete, zog sich an und machte einen Spaziergang durch den Tiergarten. Seine Knie waren vom Alter schon mitgenommen, aber weder die Schmerzen in seinen Beinen noch schlechtes Wetter hielten ihn von seinem Spaziergang ab. Immer das Gleiche. Egal ob Werktag oder Wochenende war.

Jan stand neben einer ausladenden Eiche und wartete. Er hatte sich eine Zeitung gekauft, um den Eindruck eines harmlosen Spaziergängers zu machen. Die Worte auf dem Papier nahm er kaum wahr, weil er auf seine Umgebung konzentriert war. Er wollte nicht zufällig einer Streife begegnen. Die Männer vom Ordnungsamt kannten ihn. In solchen Momenten war Berlin ein Dorf. Man traf immer die falschen Leute zur falschen Zeit.

Als er Pfarrer Anberger sah, atmete Jan beruhigt aus. An diesem Dienstagmorgen war wenig los im Tiergarten. Die Radfahrer waren auf dem Weg zur Arbeit und der Regen hatte viele Spaziergänger abgeschreckt. Für Touristen war es zu früh. Die perfekte Zeit für ein solches Treffen.

Pfarrer Anberger ging ein wenig gebückt, sodass er Jan erst erkannte, als er vor ihm stand.

»Guten Morgen, Herr Tommen«, begrüßte ihn der Geistliche freundlich. Nichts in seiner Haltung ließ darauf schließen, dass sich etwas an ihrem guten Verhältnis geändert hatte. Vielleicht hat er es noch nicht gehört, dachte Jan. Er hatte die ganze Fahrt lang überlegt, wie er vorgehen wollte, und hatte sich schließlich für die direkte Methode entschieden.

»Guten Morgen, Pfarrer Anberger.« Er hatte Mühe, seinem Gegenüber in die Augen zu sehen. »Wie Sie vielleicht gehört haben, stehe ich unter Mordverdacht«, begann Jan ohne Umschweife.

»Ihre Kollegen waren bei mir und haben mich befragt.«

»Ich habe niemanden getötet«, sagte Jan bestimmt.

»Das habe ich auch nicht geglaubt«, sagte der Pfarrer mit solcher Überzeugung, dass Jan einen Kloß im Hals bekam. Der Geistliche verlor nie seinen Glauben an das Gute im Menschen. Jan schwor sich, jeden Sonntag wieder zur Kirche zu gehen, wenn er aus der Sache heil herauskommen würde.

»Ich danke Ihnen«, sagte er gerührt. »Jemand möchte mir diesen Mord anhängen, und ich benötige Ihre Hilfe, um den wahren Schuldigen zu finden.«

»Ich helfe gerne. Was soll ich tun?«

Jan räusperte sich. Er war von der Lockerheit des Gesprächs überrascht. Er war ein Narr gewesen, daran gezweifelt zu haben.

»Nur ein paar Sachen aus meiner Wohnung holen. Das Haus wird überwacht, aber als mein Nachbar könnten Sie zu mir hineingelangen, ohne Verdacht zu erregen. Ich benötige ein paar Kleidungsstücke, aber vor allem einen eigenartig aussehenden USB-Stick, den meine Kollegen vielleicht übersehen haben. Darauf sind Dinge gespeichert, die mir bei der Suche helfen.«

»Wenn Sie mir Ihren Schlüssel geben, hole ich alles aus der Wohnung. Dann können wir uns morgen früh wieder hier treffen«, schlug Pfarrer Anberger vor.

»Das ist zu auffällig«, wiegelte Jan ab. »Meinen Kollegen

würde es komisch vorkommen, wenn Sie mit einer großen Tasche spazieren gehen. Treffen wir uns gegen dreizehn Uhr wieder hier.«

Jan zog einen Stift hervor und schrieb auf den Rand der Zeitung. »Ich notiere Ihnen kurz die wichtigsten Dinge.«

Nachdem sie alles geklärt hatten, winkte ihm der Geistliche zum Abschied zu. Jan sandte ein Dankesgebet zum Himmel und bekreuzigte sich. Hoffentlich würde ihm Pfarrer Anberger lange erhalten bleiben.

Zurück in Chandus Wohnzimmer betrachtete Jan das Handy mit seiner neuen SIM-Karte. Er wollte nicht wissen, woher sein Freund eine Karte aufgetrieben hatte, die ein unbegrenztes Guthaben aufwies. Er atmete tief durch und wählte Zoes Nummer. Er musste wissen, ob die Tote wirklich Betty war. Das Freizeichen erklang. Nach dem dritten Klingeln nahm sie ab.

»Hallo?«

»Zoe, hier ist Jan.«

»Warte einen Moment.« Kurz darauf hörte er eine Tür knallen. »Jetzt sind wir allein.«

»Ich will dich nicht unnötig in Schwierigkeiten bringen, aber bist du mit der Obduktion fertig?«

»Ja. Kaum war ich wieder zurück, lag das Fax vom Staatsanwalt mit der Obduktionsanordnung auf meinem Schreibtisch. Die Hauptarbeit hat mein Kollege Walter gemacht, weil wir heute Nacht noch mehrere Fälle reinbekommen haben.« Sie räusperte sich. »Bist du sicher, dass du die Ergebnisse wissen willst?«

Jan schloss die Augen. »Sag es mir.«

Ein Feuerzeug klickte. Dann atmete Zoe hörbar aus.

»Im ersten Schritt mussten wir feststellen, ob die Explosion die Todesursache war«, begann Zoe mit sachlicher Stimme. »Es wurden Rußeinatmungen in der Luftröhre und der Lunge gefunden. Die Schleimhäute der Atemwege waren vollständig mit Ruß belegt. Weiterhin wurde ein erhöhter Kohlenmonoxidgehalt im Blut nachgewiesen, was darauf hindeutet, dass das Feuer die Todesursache war. Leider sind Teile der Decke auf sie gefallen, was die Arbeit erschwert hat. Das Löschwasser der Feuerwehr hat nicht zu einer Verbesserung beigetragen.«

Sie zog wieder an ihrer Zigarette.

»Anhand deiner Beschreibung konnten wir sie schließlich identifizieren, ohne auf einen Zahnabdruck zurückgreifen zu müssen. Die Piercings stimmen mit jenen auf aktuellen Fotos von ihr überein. Weiterhin haben wir den erwähnten Anhänger gefunden. Auf diesem stand ihr Name. Schließlich passen Größe und Gewicht zu den Maßen von Bettina Windsten.«

Jan rieb sich über die Augen. Jetzt hatte er Gewissheit. Irgendwie hatte er sich der trügerischen Hoffnung hingegeben, dass die Tote nicht seine Freundin war.

»Sonst noch was?«, fragte er müde.

Sie zögerte. »Eine Kleinigkeit noch.«

Jan spürte ein kaltes Frösteln. Er ahnte, dass Zoe noch eine weitere schreckliche Erkenntnis parat hatte.

»In dem ganzen Chaos haben wir Teile eines Abschiedsbriefs gefunden. Lag im Schlafzimmer, verpackt in eine Plastikhülle.«

»Einen Abschiedsbrief?«, fragte Jan atemlos. »Du willst sagen, dass Betty …«

»Suizid begangen hat.«

»Das kann nicht sein«, fuhr er auf. »Sie war eine glückliche Frau mit einer ansteckenden Fröhlichkeit. Sie hatte nicht das kleinste bisschen Depression in sich.«

»Manche Menschen können das gut verbergen.«

»Du kanntest sie nicht. Sie hätte sich niemals umgebracht.«

»Ich habe den Brief nicht gelesen, Jan, aber ich habe den Bericht gesehen. Die Gasleitung ist manipuliert worden. Sie hat auf einem Stuhl vor dem Gasherd gesessen und eine Tasse in der Hand gehalten. Das zusammen mit dem Abschiedsbrief spricht eine deutliche Sprache.«

»Willst du mir sagen, dass die Ermittlungen in diesem Fall eingestellt werden?«

»Ich fürchte ja.«

»Sind denn alle irre geworden?«, brüllte er. Er warf das Telefon mit aller Kraft an die Wand. Es brach auseinander. Jan trat auf das Display ein. Dann ballte er die Fäuste und schrie seine Verzweiflung hinaus.

Als Chandu in das Zimmer gelaufen kam, sah er missbilligend auf das kaputte Handy. Er runzelte die Stirn und ging zum Fenster. Jan starrte abwesend auf den Verkehr. Die Straße war hoffnungslos überfüllt, weil ein Getränkelaster eine Fahrspur blockierte. Chandu stellte sich neben Jan, ohne ein Wort zu sagen. Jan war kein Typ für trübe Gedanken und depressive Stimmungen. Irgendetwas hatte ihn sichtlich erschüttert.

»Sie sagen, dass sich Betty umgebracht hat«, begann Jan, ohne seinen Blick von der Straße zu wenden. »Sie hat die Gasleitung manipuliert und einen Abschiedsbrief geschrieben.«

Chandu nickte. Jetzt verstand er. Jan hatte die kleine Frau gemocht, vielleicht sogar geliebt.

»Es war nicht deine Schuld«, versuchte ihn Chandu zu trösten, aber er spürte, wie hohl seine Worte klangen.

»Ich weiß, dass sie keinen Selbstmord begangen hat«, sagte Jan.

»Manchmal kennen wir die Menschen nicht so gut, wie wir glauben.«

»Sie hatte so viele Pläne für die Zukunft. Sie wollte nach

ihrem Medizinstudium ins Ausland gehen. Ich habe sie nicht ein Mal traurig oder niedergeschlagen erlebt. Niemals hätte sie sich das Leben genommen.«

»Was ist dann passiert?«

»Man hat sie ermordet.«

»Ermordet?«, fragte Chandu überrascht. »Wieso?«

»Um den letzten Spatenstich für mein Grab zu vollenden.« Er drehte sich zu Chandu um. »Betty war die einzige Person, die meine Gedächtnislücke hätte schließen können. Wenn wir uns nicht mit anderen Freunden getroffen haben oder es eine Aufnahme von mir auf irgendeiner Überwachungskamera gibt, werde ich nie erfahren, was ich am Samstag gemacht habe. Alle Beweise sprechen gegen mich, und die einzige Person, die mich entlasten könnte, ist tot. Wer immer das geplant hat, muss mich sehr hassen.«

Jan drehte sich wieder zum Fenster. »Vorgestern war ich noch glücklich. Jetzt ist meine Freundin tot und meine Kollegen machen Jagd auf mich. Wir haben zusammen Geburtstage und Hochzeiten gefeiert, auf Nachwuchs angestoßen und sind mehr als einmal zusammen im Berliner Nachtleben versackt. Wie können sie nur glauben, dass ich den Richter umgebracht habe?«

»Politik.«

»Was hat Politik damit zu tun?«

»Georg Holoch war ein bekannter Richter. Ein gefundenes Fressen für die Presse. Da sie keine andere Spur haben, schieben sie die Schuld auf dich und präsentieren dich als Mörder auf der Flucht. Man muss dich nur noch fassen, und der Fall ist abgeschlossen.«

»Aber ich war es nicht.«

»Das spielt keine Rolle. Wenn man dich hat, ebbt das Interesse am Fall wieder ab.«

Sein Freund hatte recht. Er hatte nie das große Ganze betrachtet.

»Wir müssen den wahren Mörder finden«, sagte Chandu. »Dann haben wir vielleicht auch Bettys Mörder.« Er kramte in seiner Tasche. Dann holte er zwei Ausweise und zwei Metallmarken mit dem Aufdruck »Kriminalpolizei« heraus. Eine warf er Jan zu.

»Woher hast du die?«, fragte er interessiert.

»Hier und da«, antwortete der große Mann achselzuckend.

Jan nahm einen der Ausweise und betrachtete das weiße Stück Plastik kritisch. »Das Hologramm fehlt.«

»Ich weiß. Der Ausweis hält keiner Überprüfung stand, aber in der kurzen Zeit war es das Beste, was ich besorgen konnte.«

Jan sah sich den anderen Ausweis an. »Polizeimeister Chandu Aswanika.« Das Bild zeigte ihn mit adrettem Haarschnitt und Krawatte.

Chandu grinste. »Gut, nicht?«

»Du weißt schon, dass du bei der Polizei und in der Berliner Unterwelt bekannt bist.«

»Das ist für die einfachen Leute, falls wir ein paar Fragen stellen müssen.«

»Und was machen wir jetzt?«

»Wir gehen auf Mörderjagd.«

Jan betrachtete seinen Ausweis. »Jemand hat meine Freundin umgebracht, um mich zur Strecke zu bringen.« Er ballte die Faust. »Wer immer das war, wird dafür bluten.«

Er steckte die Marke und den Ausweis in seine Hosentasche. »Ich hole meine Jacke. Dann gehen wir jemanden besuchen.«

Chandu nickte zufrieden. Sein alter Freund war zurück.

Jan betrachtete den hohen Metallzaun, der in stilisierten Spitzen endete. Das Grundstück war von akkurat geschnittenen Hecken umgeben, die sich harmonisch in das Bild der modernen Villa einfügten. Der eckige Bau war mit großen Fenstern und einem säulengetragenen Balkon versehen.

»Sieht teuer aus«, bemerkte Chandu.

Jan drückte die Klingel und wartete. Die Tür öffnete sich und ein älterer Mann schob seinen Kopf hinaus. Er trug einen Bademantel. Seine schütteren Haare standen wild vom Kopf ab. Mit misstrauischem Blick betrachtete er Chandus Tätowierungen.

»Harald Nieborg?«, fragte Jan.

»Wer sind Sie?«

»Kriminalpolizei Berlin«, fuhr Jan fort und zeigte seine Marke. »Das ist mein Kollege Herr … Asamoah.«

»Aswanika, du Idiot«, zischte ihm Chandu zu.

»Wir würden Ihnen gerne ein paar Fragen zum Mord an Georg Holoch stellen.«

»Schon wieder«, seufzte Nieborg. »Ich habe doch Ihren Kollegen schon alles gesagt.«

»Ich weiß«, fuhr Jan fort. »Aber wir haben noch ein paar Anschlussfragen. Unsere Kollegen haben bei der Dateneingabe geschlampt.«

»Wozu bezahl ich eigentlich die ganzen Steuern an diese Scheißstadt, wenn die Kripo nicht mal mit einem Computer umgehen kann?«

Jan ignorierte die Bemerkung. »Dürfen wir kurz reinkommen?«

»Das geht im Moment nicht«, wich Nieborg aus. »Meine … Putzfrau ist hier und der Boden ist ganz feucht.«

Chandu runzelte die Stirn.

»Wir können das auch an der Tür machen«, lenkte Jan ein. Er holte einen Notizblock aus der Tasche.

»Kannten Sie Georg Holoch gut?«

»Wir waren Mitglieder im selben Golfclub und haben regelmäßig an Weinproben teilgenommen. Er war ein kluger, gebildeter Mann.«

»Hatte er Feinde?«

»Er war Richter von Beruf. Sicher hatte er Feinde.«

»Hat er eine bestimmte Person diesbezüglich erwähnt?«

»Nein.«

»Hm«, sagte Jan und machte sich eine Notiz.

»Wann sind Sie in der Mordnacht nach Hause gekommen?«

»Gegen dreiundzwanzig Uhr.«

»Und dann haben Sie das Auto in Ihrer Ausfahrt bemerkt.«

»War nicht zu übersehen. Ich bin kaum hineingekommen. Ich habe den Abschleppdienst und die Polizei gerufen, aber die waren erst gegen halb eins hier.«

»Und dann?«

»Dann war das Auto wieder weg, und ich musste erklären, was passiert ist.«

»Sie haben die Nummer aufgeschrieben?«

»Ja.«

»Und es war ein dunkelblauer BMW M3?«

»Ja.«

»Haben Sie den Fahrer gesehen?«

»Nein. In einem Moment stand der Wagen noch halb in meiner Ausfahrt. Ein paar Minuten später war er weg.«

»Hm«, sagte Jan wieder und notierte sich etwas.

»Sind wir jetzt endlich fertig?«, fragte Nieborg ungehalten.

»Sie wollen Ihre Putzfrau nicht unbeaufsichtigt lassen«, sagte Chandu und zwinkerte ihm zu.

»Nur noch eine Sache, dann lassen wir Sie in Ruhe.«

Nieborg seufzte.

Jan streckte seinen Kopf vor. »Es gab eine kleine Panne bei der Sicherung der Beweise«, flüsterte er. »Leider wurde ein

Karton verlegt. Jetzt fehlen ein paar Tatortfotos und außerdem der Hauptschlüssel. Georg Holoch hat Ihnen nicht zufällig einen Ersatzschlüssel gegeben? Es wäre uns unendlich peinlich, wenn wir den Schlüsseldienst bemühen müssten. Wenn Sie uns den Ersatzschlüssel aushändigen, sind wir weg und belästigen Sie nie wieder.«

Jan gab sich Mühe, ein zerknirschtes Gesicht zu machen. Nieborg schnaubte abfällig. »Warten Sie.«

»Nicht schlecht«, sagte Chandu. »Woher wusstest du das?«

»Ich wusste es nicht. Ich hatte nur gehofft, dass Richter Holoch einem Nachbarn einen Ersatzschlüssel gegeben hat.«

»Und was, wenn er das nicht getan hätte?«

»Dann hätten wir wirklich den Schlüsseldienst gebraucht, denn einen Einbruch hätten wir uns nicht erlauben können. In dieser Gegend sind die Nachbarn aufmerksam und die Häuser gut gesichert. Wenn wir herumgeschlichen wären, hätte irgendjemand die Polizei gerufen. So kommen wir ohne Probleme rein, und kein Nachbar wird misstrauisch, weil wir uns quasi angekündigt haben.«

»Warum hast du ihm diese komischen Fragen gestellt? Das wusstest du sowieso schon.«

»Direkt nach dem Schlüssel zu fragen, wäre zu auffällig gewesen.«

»Was, wenn deine Kollegen mitbekommen, dass du da warst?«

»Werden sie so schnell nicht. Die Befragung ist abgeschlossen und der Tatort versiegelt. Bis wieder jemand herkommt, vergeht noch Zeit.«

Harald Nieborg kam zurück. »Hier ist der Schlüssel.« Er drückte ihn Jan in die Hand. »Verlieren Sie ihn dieses Mal nicht«, sagte er belehrend, bevor er die Tür zuschlug.

»Arschloch«, murmelte Chandu.

»Dann lass uns die Bude vom Richter ansehen«, sagte Jan.

Jan ritzte mit dem Schlüssel das lila Siegel der Berliner Polizei auf und öffnete die Tür. Er blieb am Eingang stehen und betrachtete den mit Marmor ausgelegten Flur. Eine eigenartige Furcht beschlich ihn bei dem Anblick. Was, wenn er sich an die Wohnung erinnern konnte? Wenn ihm der Tatort bekannt vorkam? Wenn er im Drogenrausch doch hierhergefahren war?

»Jan«, riss ihn Chandu aus seinen Überlegungen. »Gehen wir jetzt rein oder willst du hier warten?«

Jan schüttelte den Kopf und vertrieb die trüben Gedanken. Er schloss die Tür und ließ seinen Blick umherschweifen.

Der Besitzer legte Wert auf eine Zurschaustellung seines Reichtums. Der Boden war mit bräunlichem Marmor ausgelegt, der symmetrisch von schwarzen Platten unterbrochen wurde. Das Licht kam von bodentiefen Fenstern, deren edle metallene Fassungen mit dem Stein harmonisierten. Über einer lachsfarbenen Chaiselongue hing ein großer Leuchter mit feinen Glaslichtern, deren Äste wie bei einer Trauerweide nach unten fielen. An den Wänden prangten zwei Gemälde, die wie eine wirre Ansammlung von Farbklecksen wirkten. Jan fiel die klinische Reinheit auf. Nirgends war ein Staubkorn. Es gab keine Streifen an den Schränken, und der Teppich auf den Stufen wirkte, als wäre er gerade erst verlegt worden.

»Als Richter scheint man gut zu verdienen.« Chandu war von der Pracht sichtlich beeindruckt. »Was machen wir jetzt?«

»Wir suchen nach Spuren.«

»Ich will dir ja nicht deine Arbeit erklären, Jan, aber haben deine Kollegen das Haus nicht schon durchsucht?«

»Sicher, aber vielleicht haben sie etwas übersehen.«

»Du erzählst mir doch immer, wie gründlich ihr vorgeht.«

»Vielleicht waren die Tatortermittler schlampiger als sonst. Vor dem Mord standen wir bis zum Hals in Arbeit. Außerdem war der Fall gleich aufgeklärt. Das verleitet dazu, die Spurensuche schneller abschließen zu wollen.«

Chandu gab ein mürrisches Geräusch von sich.

»Ich weiß, es gibt nur wenig Hoffnung, aber ich musste hierherkommen, auch wenn wir nichts finden.«

»Wo wurde der Richter ermordet?«

»Beim Fernseher«, sagte Jan und deutete auf einen in der Wand eingelassenen Bildschirm. Als sie näher kamen, intensivierte sich der Geruch nach scharfen Reinigungsmitteln.

»Sieht alles normal aus«, sagte Chandu.

»Der Tatort wurde gereinigt. Hier finden wir nichts mehr. Wir müssen woanders suchen.«

»Heute ist mein erster Tag als Mordermittler. Für einen Tipp wäre ich dankbar.«

»Wir suchen nach Dingen, die niemand rumliegen lassen würde. Jeder Mensch hat ein dunkles Geheimnis. Bei den meisten sind es Pornoseiten oder anderer kranker Kram, den man im Internet findet. Der Computer des Richters ist weg, aber viele haben auch greifbare Dinge, wie getragene Unterwäsche, abstoßende Fotos oder Drogen.«

»Und wo sollen wir anfangen?«

»Spielt keine Rolle«, sagte Jan. »Schau dir die Wohnung an und suche nach Stellen, bei denen man etwas verstecken kann. In Hohlräumen von Schreibtischen, hinter Büchern oder unter Abdeckleisten.« Jan zuckte die Achseln. »Tob dich aus, aber zieh dir Handschuhe an. Deine Fingerabdrücke sind in unserem System.«

»Na dann«, sagte Chandu und ging zur Treppe. »Ich fange oben an.«

Jan stellte sich in die Mitte des Raums und drehte sich um die eigene Achse. Er versuchte sich jede Einzelheit einzuprägen. Dann schloss er die Augen.

»Wo ist dein Geheimnis, Georg?«, flüsterte er. Er hatte schon massenhaft Wohnungen von kranken Typen durchsucht. Viele von ihnen ließen die Snuff-Videos neben der Crack-Pfeife auf dem Tisch liegen, aber ein Mann wie Richter Holoch war zu clever dafür. Wenn er etwas zu verbergen hatte, würde man danach suchen müssen. Nicht so umständlich, dass man eine Wand herausbrechen musste, aber auch nicht so offensichtlich, dass die Putzfrau darüber stolpern konnte.

Die Wohnung des Richters war seine einzige Hoffnung auf die Rückkehr seiner Erinnerung. Sie mussten etwas finden, selbst wenn es ihn am Ende belasten würde. Die Ungewissheit war das Schlimmste. Dann hörte er Chandu rufen.

Als die Mordwaffe im Fall Richter Holoch gefunden worden war, hatte Zoe alles liegen lassen und war sofort losgefahren. Zwei Strafzettel wegen überhöhter Geschwindigkeit später war sie im Labor, hatte Handschuhe angezogen und alle Analysegeräte hochgefahren.

Sie öffnete den Plastiksack mit dem Beweisstück, nahm den Hammer heraus und legte ihn ehrfürchtig auf zwei kleine Metallständer. Dann ging sie um den Tisch herum, als überprüfe sie dessen richtige Lage.

Die mutmaßliche Mordwaffe war armlang und am Griff mit Industrieband abgeklebt. Getrocknetes Blut zog sich bis zum Klebeband hinunter. Konzentriert betrachtete sie jeden Zentimeter der Oberfläche, bis sie schließlich ein Röhrchen mit einem Wattestäbchen aus ihrem Kittel holte. Sie öffnete die Kappe und nahm eine Probe getrockneten Bluts. Sie reichte das Stäbchen hinter sich zu ihrem Kollegen Walter, der kurz nach ihr gekommen war.

»DNA-Vergleich«, sagte Zoe, ohne sich umzudrehen, was Walter mit einem mürrischen Grunzen quittierte. Er hasste es, wenn er wie ein Assistent behandelt wurde, aber Zoe war das gleichgültig. Wenn sie ein Beweisstück untersuchte, durfte sich niemand einmischen. Es entstand eine Symbiose zwischen ihr und dem Gegenstand. Ein Birkenstock tragender Langweiler würde das zarte Band zerstören.

Je länger sie die Tatwaffe betrachtete, umso mehr entstand in ihrem Kopf ein Bild des Mordes. Das Klebeband zeigte, dass der Hammer vom Mörder mitgebracht worden war. Damit konnte er beim Schlagen nicht abrutschen. Im Gegensatz zu einer Pistole ist ein Hammer nicht so einschüchternd. Es besteht das Risiko, dass das Opfer sich zu wehren versucht. Das würde die leichte Verbrennung am Nacken erklären, die von einem Elektroschocker stammen konnte. Der Mörder hatte wahrscheinlich in der Wohnung gewartet und den Richter überraschend angegriffen. Das Opfer war sofort kampfunfähig. Danach wurde Holoch das Knie zertrümmert und der Kampf war entschieden.

Zoe ging weiter um den schmalen Tisch herum. Sie nahm einen breiten Pinsel und begann mit dem Einstäuben des Griffs. Die ersten Fingerabdrücke wurden sichtbar. Einige waren verwischt und kaum noch zu gebrauchen, aber zwei Abdrücke zeichneten sich deutlich ab. Sie nahm ein Stück Folie und übertrug den Abdruck auf das durchsichtige Plastik.

Sie ging zum nächsten Tisch, nahm eine Lupe aus der Tasche und betrachtete den Abdruck. Die Schleifen und Bögen kamen ihr bekannt vor. Sie waren identisch mit jenen, die sie am Tatort gefunden hatten, und gehörten Jan.

Zoe sicherte auch den zweiten Abdruck und ging zu Walter, der mit der DNA-Analyse beschäftigt war.

»Jag das mal durch die AFIS-Datenbank«, sagte sie. »Ich nehm noch ein paar Blutproben.«

Das Blut stammte wahrscheinlich vom Opfer, aber man konnte nie wissen. Vielleicht hatte sich der Täter beim Kampf verletzt. Was immer sie herausfinden würden, sie musste dringend mit Jan telefonieren. Das Ergebnis würde ihm nicht gefallen.

Jan eilte die Treppen hoch und kam ins Schlafzimmer. Der Stil des Erdgeschosses wurde hier fortgesetzt. Rechts und links vom großen Bett lagen zwei kleine Teppiche mit edlem Muster. Die Schränke waren in poliertem Holz gehalten. An der Decke waren kleine Halogenstrahler eingelassen. Einzig ein Hirschgeweih über dem Bett, das gar nicht zu dieser Einrichtung zu passen schien, unterbrach den sehr kühlen Stil.

Chandu erhob sich vom Boden und hielt ein schmales, ledergebundenes Fotoalbum in die Höhe.

»Wo hast du das her?«, fragte Jan.

»Aus einer Art Zwischenbettkasten im Kopfbereich. Von unten nicht zu sehen, man muss nur ein Abdeckbrett wegmachen, schon kann man hineingreifen.«

»Wie hast du das gefunden?«

»Wo glaubst du, bewahre ich meine Knarren auf?«, erklärte Chandu. »Im Kühlschrank?«

Jan nahm das Buch vorsichtig in die Hand. Ein Fotoalbum. Das braune Leder war abgegriffen. Er klappte es auf und betrachtete die erste Aufnahme. Eine junge Frau, fast noch ein Mädchen, starrte ängstlich in die Kamera. Ihre rechte Wange war geschwollen. Unter dem linken Auge klaffte ein Riss. Blut war aus ihrer Nase gelaufen und die Oberlippe aufgeplatzt.

»Mein Gott«, sagte Chandu. »Die ist höchstens fünfzehn.«

Jan blätterte weiter. Ein weiteres Mädchen war ähnlich zugerichtet. Ihre blonden Haare hingen schweißnass über die Stirn. Der Ausdruck ihrer Augen zeigte die gleiche Angst wie die des ersten Mädchens.

Chandu wischte sich die Hände an der Hose ab, als hätte ihn die Berührung mit dem Buch beschmutzt. »Zum Glück ist das Schwein tot, sonst hätte ich ihm einen Besuch abgestattet.«

Angewidert klappte Jan das Buch zu. »Wir haben, was wir wollten. Lass uns verschwinden und zu Hause weitermachen.«

Er klemmte sich das Buch unter den Arm und ging nach

unten. Er hatte in seinem Leben schon viel krankes Zeug gesehen, aber solche Funde ließen ihn immer noch frösteln. Wenigstens hatten sie einen Hinweis. Der Richter hatte eine dunkle Vergangenheit. Vielleicht würden sie noch mehr finden.

Kapitel 5

Als sie wieder im Auto saßen, klingelte Jans neues Handy. Er hielt sich das kleine Gerät ans Ohr.

»Yup?«

»Hallo, Yup«, sagte Zoe. »Kann ich Jan sprechen?«

»Lass den Mist.« Sie kicherte.

»Was gibt's?«

»Die Mordwaffe wurde gefunden.«

»Wo?«

»Bei dir im Haus.«

»Bei mir im Haus? Es wurde doch bereits alles durchsucht und meine Wohnung wurde wieder freigegeben.«

»Nicht in deiner Wohnung. Sondern im Keller. Genau genommen im Kellerraum deiner Nachbarin.«

»Bei meiner Nachbarin?«, fragte Jan verwundert. »Die Räume sind doch abgeschlossen.«

»Stimmt. Deshalb haben die Ermittler die Waffe zuerst nicht entdeckt. Als deine Nachbarin heute Morgen Kartoffeln holen wollte, ist ihr der Schlüssel aus der Hand gefallen, als sie den blutverschmierten Hammer gesehen hat.«

»Hast du ihn schon untersucht?«

»Ja. Leider habe ich keine guten Nachrichten. Auf dem Hammer ist das Blut von Richter Holoch und Fingerabdrücke von dir. Die Wunden des Toten passen in Größe und Form. Der Hammer ist definitiv die Mordwaffe.«

»Verdammte Scheiße«, fluchte Jan.

»Langsam wird es eng. Von allen Fällen, die ich in den letzten Jahren bearbeitet habe, ist deiner der klarste. Wenn sie dich schnappen, wanderst du lange in den Bau.«

»Mir will jemand was anhängen.«

Zoe seufzte. »Das mag sein, Janni, aber wir haben nicht einen entlastenden Beweis gefunden. Ich würde dir gerne helfen, aber je länger ich daran arbeite, umso enger wird die Schlinge um deinen Hals.«

»Ich bin Mordermittler«, erklärte Jan. »Wenn ich den Richter umgebracht hätte, hätte ich nicht mein Auto benutzt und nach der Tat die Mordwaffe zu meiner Nachbarin in den Keller gelegt. So viel Intelligenz sollte man mir zutrauen.«

»Zugegeben, der Fall ist ein Traum für jeden Ermittler. So blöd kann man sich eigentlich nicht anstellen, aber darauf wird sich keine Verteidigung aufbauen lassen.«

Jan rieb sich müde über die Augen. »Okay, Zoe. Danke für die Informationen. Wir haben im Haus des Richters ein Buch mit kranken Fotos von jungen Frauen gefunden. Chandu und ich werden alles sichten. Vielleicht können wir ein Mädchen identifizieren, dann melde ich mich wieder.«

»Bis dann, Yup«, sagte Zoe und legte auf.

Jan nahm das Buch zur Hand. Die Fotos waren ihre einzigen Hinweise. Wenn diese Spur eine Sackgasse war, wäre er am Ende. Dann würde er sich stellen müssen, um auf Milde beim Urteil zu hoffen.

Jedes Bild erzählte eine schreckliche Geschichte. Die Frauen waren brutal verprügelt worden, aber schlimmer als die Verletzungen waren ihre Blicke. Gebrochen. Leer. Ohne Hoffnung.

Jan hatte Mühe, den Blick nicht abzuwenden, anders als sein Freund Chandu, der jedes Bild genau betrachtete.

»Macht dir das nichts aus?«, fragte Jan.

»Das habe ich zu oft gesehen. Es gibt immer mehr Prostituierte, die von ihren Freiern oder Zuhältern verprügelt werden.«

»Du glaubst, dass es Prostituierte sind?«

»Ein paar. Ich kenne drei von ihnen. Eine oder zwei habe ich schon mal gesehen. Außerdem würde sich keine andere Frau schlagen und fotografieren lassen, ohne zur Polizei zu gehen.«

»Vielleicht hatten die Frauen Affären mit dem Richter und fürchteten sich davor, dass es bekannt wird.«

»So junge Dinger fangen keine Affäre mit dem alten, verknöcherten Holoch an. Vielleicht eine mit eigenartigen sexuellen Vorlieben, aber mit Sicherheit nicht zwanzig. Die Mädchen waren gekauft.«

»Wo können wir sie finden?«

Chandu blätterte ein paar Seiten zurück. »Die erste war Manu. Ein nettes Ding aus der Provinz.« Er seufzte. »Sie war nach Berlin gekommen, um eine Ausbildung zu machen. Hat den falschen Typen getroffen, der sie abhängig gemacht hat, und ist mit sechzehn auf dem Strich gelandet. Drei Jahre später trieb sie tot in der Elbe.«

Er blätterte weiter. »Jasmina.« Er deutete auf das Foto einer Frau, deren Augen von den Schlägen zugeschwollen waren. »Sie kam aus Tschechien. Hat für ’nen miesen Typen angeschafft und hauste in einem Kellerloch in Marzahn. Irgendwann ist sie verschwunden und wurde nie mehr gesehen.«

»Sind alle Frauen auf den Bildern tot?«

»Bei Manu und Jasmina weiß ich es sicher. Aber diese hier«, sagte Chandu und blätterte um, »habe ich vor zwei Wochen gesehen. Sarah arbeitet auf ’nem illegalen Strich in Wedding. Mit ein wenig Glück finden wir sie dort.«

Jan griff nach seiner Jacke. »Dann los.«

Endlich eine Spur.

Patrick hielt seine Pistole ausgestreckt vor sich und ging das schmierige Treppenhaus nach oben. Die Holzstufen waren abgebrochen und ausgetreten, die Wände mit Graffiti beschmiert und der Deckenputz war abgeblättert. Es stank nach einer Mischung aus Erbrochenem und Urin. Im ersten Stock veranstaltete ein Ehepaar einen Wettbewerb im Anbrüllen. Als wäre das nicht schon nervenaufreibend genug, versuchte ein Hund das Geschrei eines Kleinkindes zu übertönen.

Es war eines der Berliner Wohnhäuser, das niemand freiwillig betreten würde, aber Patrick hatte einen guten Grund. Hier wohnte der Halter des Autos, in das Jan bei seiner Flucht eingestiegen war. Wenn man bedachte, wie teuer der getunte Mercedes gewesen war, konnte Patrick es kaum glauben, dass der Besitzer in einer solch heruntergekommenen Gegend lebte.

Er winkte zwei Polizisten in schusssicheren Westen zu sich. Einer von ihnen hielt eine metallene Ramme. Wortlos stellten sie sich neben eine Tür im Erdgeschoss. Patrick überprüfte die Sicherung seiner Pistole und nickte dem Polizisten zu. Mit einem dumpfen Schlag brach das Schloss und die Tür sprang auf. Die drei Männer stürmten hinein.

»Kripo Berlin«, brüllte Patrick. Er trat in einen blauen Müllbeutel und wandte vor Ekel das Gesicht ab. Die kleine Einzimmerwohnung war zugemüllt. Kakerlaken wanderten über Essensreste und leere Bierflaschen. Es stank nach Schimmel und Fäkalien. Zwischen den Regalen huschten Ratten umher. Inmitten dieses Chaos lag ein Mann auf einer zerrissenen Matratze und starrte die Ankömmlinge aus trüben Augen an. Patrick richtete die Waffe auf ihn, aber der Mann winkte ihm nur lächelnd zu.

»Der ist keine Gefahr«, sagte einer der Polizisten. »Randvoll mit Stoff.«

Patrick senkte seine Pistole und bahnte sich einen Weg zur Matratze.

»Mein Name ist Patrick Stein«, sagte er förmlich und zeigte seine Marke. »Kripo Berlin. Sind Sie Peer Runge?«

»Yo, Alter«, antwortete dieser. »Setz dich und bedien dich.« Er deutete auf eine Wasserpfeife ohne Schlauch, neben der unzählige blaue Pillen lagen.

Patrick runzelte die Stirn. Er hatte schon viel erlebt, aber Drogen hatte man ihm noch nicht angeboten. Doch deswegen war er nicht hier.

»Kennen Sie einen Jan Tommen?«

»Nie gehört, Alter, aber wenn das ein Freund von dir ist, dann bring ihn doch mit und wir rauchen die Bong leer.«

Patrick seufzte und steckte seine Pistole ins Holster.

»Nehmt das Drogenwrack mit auf die Wache«, befahl er den beiden Polizisten. »Ich werde ihn später befragen, wenn er wieder clean ist.«

Patrick mühte sich durch den Müll nach draußen. Frustriert kickte er eine Bierflasche weg, die klirrend an der Wand zersprang. Der kiffende Peer war ein verdammter Drogendealer, der noch nicht einmal gemerkt hatte, dass sein Auto gestohlen worden war.

»Die erste Runde geht an dich, Jan«, murmelte Patrick. »Aber ich laufe gerade warm.«

Jan verabscheute solche heruntergekommenen Gegenden. Die grauen Häuserwände waren mit Graffiti beschmiert. Die Scheibe einer Reinigung war durch eine Holzwand ersetzt worden, vollgeklebt mit Werbeplakaten von Andre Rieus Konzert in der O_2 World. Die kahlen Bäume dienten den Kampfhunden als persönliches Klo. Ein Parkverbotsschild lag quer auf der Straße. Zwischen den Autos lungerten junge Frauen in viel zu kurzen Röcken herum. Die dick aufgetragene Schminke verdeckte ihre leidvollen Gesichter. Ihre Augen folgten dem Verkehr, bis ein Auto neben ihnen anhielt, der Fahrer die Tür öffnete und sie wortlos einstiegen.

Jan hatte lange in dem Milieu ermittelt, aber noch immer verspürte er einen Stich, als er die jungen Mädchen auf dem Gehweg sah. Niemand hatte ein solches Leben verdient.

Chandu fuhr langsam die Straße entlang und betrachtete jedes Mädchen genau. An einer alten Platane stand eine Frau mit langen, blonden Haaren. Sie trug einen weißen Rock, ein schmales Top und hochhackige Stiefel, die ihr bis über die Knie reichten. Ihr Blick war müde auf die Fahrbahn gerichtet.

»Das ist sie«, sagte Chandu und hielt das Auto neben ihr an. Das Mädchen warf ihre Zigarette weg, kam zur Straße und zwang sich zu einem Lächeln.

»Hi«, sagte Jan und erwiderte das Lächeln.

»Bist du 'n Bulle?«, fragte sie in breitem Berliner Dialekt.

»Äh …«, stotterte Jan.

Die Frau rollte mit den Augen.

Chandu lehnte sich auf Jans Seite. »Steig ein, Sarah.« Er hielt ihr einen Hunderteuroschein hin. »Wir wollen nur reden.«

Die Frau sah sich misstrauisch um, fast als dürfte sie niemand bei dem Gespräch sehen. Dann rückte sie ihren Rock zurecht, griff nach dem Geldschein und stieg hinten ein. »Wenn mich der Lude erwischt, wie ich mit Bullen rede, bin ich tot.«

»Wir halten dich nicht lange auf«, beschwichtigte Chandu und fuhr los. »In fünf Minuten kannst du wieder anschaffen.«

»Von mir aus.«

»Wie lange arbeiten Sie schon hier?«, fragte Jan.

Die Frau kicherte. »Du bist wirklich ein Bulle.«

»Wie kommt sie darauf?«, fragte er Chandu.

»Glaubst du, dass ein Freier eine Hure siezt?«

»Ist in Ordnung, Kleiner. Hab lang schon keinen Mann mit Manieren mehr getroffen. Und um auf deine Frage zu antworten: seit fünf Jahren.«

»Wie alt sind Sie?«

»Vierundzwanzig.«

»Sarah«, mahnte Chandu.

»Neunzehn«, korrigierte sie sich und wandte das Gesicht ab.

Jan schüttelte den Kopf. Die Mädchen wurden immer jünger. Was für ein Leben musste man führen, wenn man mit vierzehn Jahren auf den Strich geschickt wurde. Welche schrecklichen Eltern musste man haben? Welchen Abschaum hatte man kennengelernt?

Jan hätte Sarah am liebsten mitgenommen, ihr eine Wohnung besorgt, sie wieder auf die Schule geschickt und ihr ein neues Leben ermöglicht, aber aus seiner Zeit als Streifenpolizist wusste er, dass das nur eine romantische Träumerei war. Die Straße holte die Mädchen wieder zurück.

»Kennst du Richter Georg Holoch?«, fuhr Chandu mit der Befragung fort.

Das kalte, teilnahmslose Gesicht der Frau verwandelte sich in Angst »Wieso?« Ihre Augen huschten umher, als suche sie nach einem Fluchtweg.

»Ganz locker, Sarah«, beruhigte Chandu. »Du weißt, dass sie dem Richter den Schädel eingeschlagen haben?«

»Hat's verdient, das Schwein.«

»Und wir wollen herausfinden, wer es war.«

»Ich war's nicht, aber wenn ich die Gelegenheit gehabt hätte, hätte ich ihn aufgeschlitzt.« Sarah presste die Lippen zusammen. Sie hatte Mühe, ihre Tränen zu unterdrücken.

»Wir wissen, was er Ihnen angetan hat«, sagte Jan mitfühlend. »Und ja, er hatte den Tod verdient, aber wir müssen mehr über ihn und seine … Begierden erfahren.«

»Hoffentlich habt ihr einen guten Magen.«

»Wann haben Sie ihn das erste Mal getroffen?«

»Ich bin dem kranken Schwein nur einmal begegnet. Er war mein vierter oder fünfter Kunde. Ich war von seiner Hütte beeindruckt, aber kaum war mein Zuhälter weg, hat er mich geschlagen. Anfangs nur eine Ohrfeige, dann immer härter. Mit der Faust, ins Gesicht, in den Bauch, bis ich schreiend auf dem Boden gelegen habe. Dann hat er mit dem Stock weitergemacht, bis ich ohnmächtig wurde. Stunden später bin ich in einem Park in Neukölln aufgewacht. Mit zerrissenen Kleidern, vier gebrochenen Rippen und drei Zähnen weniger. Mit den Schwellungen im Gesicht konnte ich sechs Wochen nicht mehr auf die Straße.«

»Damals waren Sie vierzehn?«

Sarah nickte. »Ich wollte zu den Bullen, aber mein Zuhälter hat mir Prügel angedroht, wenn ich's Maul aufmache.«

»Danach sind Sie Holoch nie mehr begegnet?«

»Ich war ihm eigentlich zu alt.«

»Mit vierzehn?«

»Ich sage doch, dass er ein krankes Arschloch war.«

»Kennen Sie noch andere Frauen, die von ihm verprügelt wurden?«

»Zwei.«

»Wie alt waren die?«

»Auch nicht älter als vierzehn. Eher jünger.«

»Mein Gott«, flüsterte Jan.

»Willkommen in meiner kranken Welt«, sagte Sarah und wischte sich eine Träne aus dem Auge.

Wieder bei Chandu zu Hause holte sich Jan ein Bier aus dem Kühlschrank und trank die Flasche in einem Zug aus. Wenn er an die vielen verprügelten Mädchen dachte, wurde ihm schlecht. Jedes Bild war ein zerstörtes Leben.

Im Wohnzimmer verglich Chandu die Namen, die sie von Sarah bekommen hatten, mit den Bildern im Buch.

»Von den Frauen, die Sarah genannt hat, gibt es keine Fotos.«

»Wir sollten sie trotzdem überprüfen«, drängte Jan.

»Das wird nicht einfach«, erklärte Chandu. »Ich muss mich erst umhören, ob sie noch in Berlin sind und wo ich sie finden kann. Dafür werde ich ein paar Gefallen einfordern müssen.«

»Ich komme mit dir.«

Chandu schüttelte den Kopf. »Viel zu heikel. Einige Leute wären nicht erfreut, wenn ich einen Polizisten mitbringe. Ich muss alleine gehen.«

Jan wollte widersprechen, aber Chandu winkte ab.

»Ich kann auf mich aufpassen. Wenn es Ärger gibt, rufe ich dich an.«

»Okay«, lenkte Jan ein. »Wenn wir dadurch eine neue Spur finden.«

»Ich wäre nicht zu optimistisch.«

»Wieso?«

»Es gibt keine Verbindung zu dir«, erklärte Chandu. »Ich finde genug Frauen, die den Richter gerne tot gesehen hätten, aber wo ist der Zusammenhang zu dir? Du kennst kein Mädchen auf den Bildern, und auch die Namen, die uns Sarah gegeben hat, sagen dir nichts.

Der Mörder war darüber informiert, dass du Schwierigkeiten mit Holoch hattest, und muss aus deinem Umfeld stammen, um dir Fingerabdrücke abzunehmen. Die Huren werden uns nur weitere kranke Details von Holochs Vorlieben liefern, aber uns nicht näher an den Mörder heranbringen.«

»Du hast recht, aber wir haben nicht mehr.«

Chandu legte Jan die Hand auf die Schulter. »Ich finde die Frauen. Ruh dich aus. Du hast viel durchgemacht.«

»Ich treffe mich heute noch mit Pfarrer Anberger. Er wollte mir ein paar Sachen aus meiner Wohnung holen, die ich gut gebrauchen kann.«

»Vergiss nicht, nach dir wird gefahndet«, mahnte Chandu.

»Bleib nicht zu lange draußen.« Er nahm die Autoschlüssel und verließ die Wohnung.

Jan holte sich ein Bier aus dem Kühlschrank und wählte Pfarrer Anbergers Nummer.

Für Chandu war es eine Rückkehr in alte Zeiten. Er spazierte an den Bars und Bordellen vorbei, grüßte ein paar Mädchen, die am Straßenrand auf Kunden warteten, winkte den Türstehern und wechselte ein paar Worte mit Clubbesitzern. Manche freuten sich, ihn zu sehen. Er war noch immer ein bekanntes Gesicht in der Szene, aber in Wirklichkeit hasste er diese Gegend. Die leeren Gesichter der Huren, die nach schnellem Sex riechenden Zimmer und die kaputten Typen, die auf das nächste Opfer lauerten, das sie abzocken konnten. Vom ersten Tag an war es ihm schwergefallen, hier zu arbeiten, aber er hätte nirgendwo anders unterkommen können, also hatte er sich gefügt, mitgespielt und die Gesetze der Unterwelt befolgt. Er wäre lieber Automechaniker geworden oder Rennfahrer, aber das Leben hatte etwas anderes mit ihm vorgehabt.

Die Suche nach den Mädchen gestaltete sich schwierig. Niemand durfte sein Herumschlendern als Schnüffelei auffassen, sonst hätte er ein gewaltiges Problem. Er hatte die Straße komplett abgeklappert, hatte aber noch immer keines der gesuchten Mädchen gesehen.

»Chandu.« Eine Stimme mit russischem Akzent ließ ihn herumfahren.

»Andrej«, sagte Chandu und umarmte einen kräftig gebauten Mann. Sie wirkten wie zwei alte Freunde, aber es gab niemanden, den er weniger sehen wollte als den russischen Bären Andrej. Sein Gegenüber war so groß wie er. Er hatte einen tätowierten Stern über der linken Augenbraue. Die eingebrannten kyrillischen Buchstaben auf seiner Hand wurden von protzigen

Ringen verdeckt. Die Ringe waren angespitzt, sodass sie beim Zuschlagen schwerere Verletzungen erzeugen würden.

Andrej war einer der übelsten Bastarde Berlins. In Russland hatte man ihn wegen Mordes zum Tode verurteilt. Irgendwie war er nach Deutschland geflüchtet. Jetzt arbeitete er für einen Mädchenschmugglerring als Problemlöser. Sein Spitzname *russischer Bär* war viel zu nett für ihn. Eigentlich hätte er russischer Schlitzer oder russischer Folterknecht heißen müssen. Niemand hatte mehr Freude an Gewalt.

»Was machst du hier?«, fragte Andrej. »Treibst du wieder Kohle ein?«

»Momentan ist es ruhig. Keine Aufträge. Mir war langweilig, also bin ich durch die Gegend geschlendert.«

»Durch die Gegend geschlendert«, lachte Andrej und schlug ihm auf die Schulter. »Du siehst eher aus wie ein stinkiger Bulle, der was sucht.«

Chandu fiel in das Lachen mit ein, aber sein Blick erfasste sofort die Umgebung und lotete seine Überlebenschancen aus. An der Bar hinter Andrej saßen zwei seiner Lakaien, deren Finger schnell am Abzug waren. Links in der Ecke stritt ein weiterer Schläger mit einer russischen Hure. Andrej selbst hatte immer ein Messer dabei. Auf kurze Distanz waren die Klingen effizienter als jede Pistole. Während seine rechte Hand noch auf Chandus Schultern lag, war Andrejs Linke verdächtig nahe an seiner Hüfte. Chandu meinte einen Messergriff im Gürtel zu sehen.

»Willst du mich beleidigen, Bruder?«, fragte Chandu mit gespielter Entrüstung. Er löste sich aus dem Griff und trat einen Schritt zurück. Er durfte nicht zu nah bei Andrej sein. »Ich habe schon für dich Geld eingetrieben, und du verdächtigst mich, ein Bulle zu sein?«

»Du bist die Straße hochgelaufen und hast die Mädchen beobachtet. Jetzt läufst du die andere Seite ab. Nur Bullen machen so was.«

»Ich muss mich auf dem Laufenden halten«, redete sich Chandu heraus. »Was für neue Mädchen es gibt, wer hier nicht mehr arbeitet und wer die Spieler sind. Du weißt selbst, wie wichtig es ist, darüber Bescheid zu wissen.«

»Was hast du da in der Tasche?«, fragte Andrej ungerührt.

Chandu kannte den Gesichtsausdruck. Er hatte den Russen oft genug ausflippen sehen, um zu wissen, wann er kurz vor dem Ausbruch stand. Die Männer an der Bar erhoben sich von ihren Plätzen. Ihre Hände wanderten unters Jackett.

Chandu hatte nur eine Chance. Wenn Andrej das Buch sehen würde, wäre es vorbei.

»Habt ihr das gehört?« Er ging an dem Russen vorbei in die Bar. »Mein alter Freund beleidigt meine Gefühle. Er nennt mich einen Schnüffler.« Die zwei Schläger waren sichtlich von Chandus Verhalten irritiert.

»Gib mir ein Glas von Andrejs bestem Wodka«, wandte er sich an die Barfrau. »Das ist das Mindeste für diese Kränkung.«

Andrej stand noch immer reglos am Eingang. Wenn der Russe jetzt auf ihn losging, war er so gut wie tot. Mit den zwei Schlägern im Rücken würde er hier nicht mehr herauskommen. Die gespielte Entrüstung war seine einzige Chance. Draußen konnte er nicht entkommen. Die Straße war zu breit für eine gute Deckung. Andrejs Leute hätten ihn abgeknallt, bevor er zehn Meter weit gekommen wäre.

Chandu behielt seinen gekränkten Gesichtsausdruck bei und hoffte, dass Andrej darauf hereinfiel.

Niemand bewegte sich. Selbst die Barfrau war vor Angst erstarrt. Billige Barmusik tönte aus den Lautsprechern. Chandu stellte sich zu einer Bierflasche, die er dem ersten Schläger über den Schädel ziehen würde. Mit dem zweiten würde er auch fertig werden, aber der Bär war ein anderes Kaliber.

Dann wich die Anspannung aus Andrejs Gesicht. »Verzeih

mir, mein schwarzer Freund«, sagte er lächelnd und kam in die Bar. Die zwei Schläger entspannten sich und nahmen die Hände aus den Jacken.

»Nimm die Kauffman-Flasche«, sagte Andrej zur Bardame. »Das ist der einzig wahre Wodka. Nur bester russischer Weizen mit einem Hauch von Honig.«

Chandu griff sich ein Glas und prostete Andrej zu. »Na zdrowie«, sagte er und kippte den Wodka in einem Zug hinunter.

»Na zdrowie«, antworteten die Männer und tranken mit.

Chandu hasste Wodka, aber er musste sich erst ein paar genehmigen. Vielleicht hörten dann seine Knie auf zu zittern.

Jans Haare wurden vom Wind aufgewirbelt und sein unrasiertes Gesicht wirkte ungepflegt. Er hielt den Kopf gesenkt und starrte nur auf die kleine Welt, die sich einen Schritt um seine Füße herum abspielte. Seine Beine trugen ihn vorwärts, aber er wünschte sich, woanders zu sein. Irgendwo. Nur nicht hier. Weg von Mord, Kinderschändern und zerbrochenen Träumen. Eine Million Meilen entfernt.

Im Tiergarten wartete Pfarrer Anberger mit einer großen Sporttasche auf ihn. Wie immer lächelte der Geistliche und strahlte seinen unerschütterlichen Optimismus aus.

»Geht es Ihnen gut, Herr Tommen?«, fragte er besorgt. Jans trübe Stimmung war dem Pfarrer nicht entgangen.

Er winkte ab. »So weit okay«, sagte er müde. »Es ist ein wenig viel für mich.«

Pfarrer Anberger schien mit der Antwort nicht zufrieden zu sein, aber beließ es bei einem verständnisvollen Nicken. Er reichte Jan die Tasche.

»Ich habe alles dabei«, sagte er. »Auch das Eis am Stiel aus Plastik. Ich hoffe, ich konnte helfen.«

Jan legte dem Pfarrer wie einem guten Freund die Hand auf

die Schulter. Erst jetzt wurde ihm bewusst, wie sehr er den alten Mann mochte. Es war tröstlich, dass in dieser dunklen Stunde noch Menschen zu ihm hielten.

»Ich danke Ihnen von Herzen.« Jan lächelte. »Wenn das alles vorbei ist, lade ich Sie zu mir ein und wir unterhalten uns nicht nur kurz im Treppenhaus. Dann werde ich viel zu erzählen haben.«

Pfarrer Anberger ergriff Jans Hand. »Es wird eine Zeit kommen, in der Sie in alldem einen Sinn erkennen. Dann ist Ihr Leben wieder lebenswert. Und egal wie verlassen Sie sich fühlen, der Herr ist bei Ihnen.«

Ohne ein weiteres Wort drehte sich der Pfarrer um und ging zur U-Bahn. Jan sah ihm nach, bis er in der Menge der Passanten verschwunden war. Er schulterte die Tasche und machte sich auf den Weg zurück.

Chandus Rundgang durch das Rotlichtviertel hatte, außer Übelkeit von zu viel Wodka, nur wenig Neues gebracht. Er konnte nicht ohne Ergebnis zu Jan zurückkehren, also war er ins Auto gestiegen und in ein Viertel nicht weit vom Stadtschloss gefahren. Vor einer Villa parkte er das Auto, stieg aus und betrat das Grundstück.

Chandu war viele Jahre nicht mehr hier gewesen. Noch immer bewunderte er die stille Eleganz des Hauses. Selbst in der Nacht erhellten die weißen Wände den gepflegten Vorgarten. Zwei kegelförmige Büsche flankierten den Eingang. Die Fensterläden waren offen, doch dunkle Vorhänge verwehrten den Blick ins Innere. Eine breite Treppe führte vier Stufen hoch zu einer Holztür aus dunkler Kastanie.

Das Haus passte sich gut in die umliegenden Altbauten ein, war aber auf den zweiten Blick doch unterschiedlich. Vor dem Eingang waren zwei Kameras angebracht. Es gab weder Klingel noch Namensschild. Einzig ein bronzener Türklopfer verschaffte Einlass.

Chandu ging die Stufen hoch und klopfte zweimal. Diese Tür öffnete sich nur für wenige. Vielleicht hatte ihn die Hausbesitzerin nicht vergessen. Sie war seine letzte Hoffnung, mehr über die Mädchen herauszufinden.

Als es leise klickte, seufzte er erleichtert auf. Ein Mann in dunklem Anzug öffnete die Tür.

»Sie erwartet dich oben.« Er winkte ihn herein.

Das Innere des Hauses war ebenso elegant wie die Fassade. Der Boden war mit weißem Marmor ausgelegt. Dunkelrote Säulen schmiegten sich an die goldverzierten Wände. Die Stuckdecke der Eingangshalle war mit dem Gemälde einer nackten Frau verschönert, die sich lasziv in einem Seidenlaken räkelte. Rechts führte ein Flur tiefer in das Gebäude. Der Zugang war mit einem Vorhang verdeckt, vor dem eine ebenfalls in Seide gekleidete Frau wartete. Ihre blonden Haare fielen weich über ihre Schulter. Ihr Gesicht war makellos und die Rundungen ihres schlanken Körpers versprachen unvorstellbare Wonnen. So atemberaubend dieser Anblick auch war, sie war nicht Chandus Ziel. Er durchschritt die Eingangshalle bis zum Ende und ging eine breite Treppe nach oben, bis er vor einer weißen Holztür zum Stehen kam.

Er klopfte an. »Herein«, lud ihn eine warme Stimme ein.

Er öffnete die Tür und trat in eine kleine Bibliothek. Das Licht eines Kaminfeuers enthüllte Bücherregale, die bis zur Decke ragten. In der Mitte des Raums stand ein schwerer Eichenholzschreibtisch, dessen polierte Oberfläche die Flammen spiegelte. In einem Bürostuhl saß eine Frau, deren Schönheit ihn seit ihrer ersten Begegnung fesselte. Ihre schwarzen Haare waren streng nach hinten gekämmt und wurden von einem violetten Tuch zusammengehalten. Ihr Gesicht war von perfekter Symmetrie, kaum geschminkt und von makelloser

Reinheit. Ihre klugen Augen und ihre selbstbewusste Haltung brachten ihre Schönheit noch mehr zur Geltung. Als Chandu eingetreten war, legte sie ihren goldenen Füller zur Seite und schloss eine Ledermappe.

»Chandu«, sagte sie freundlich. »Es ist schön, dich wiederzusehen.«

»Lady Samira.« Er verneigt sich kurz. »Die Freude ist ganz auf meiner Seite.«

Die Frau deutete auf einen Ledersessel, auf dem sich Chandu dankbar niederließ.

»Was kann ich für dich tun? Ich nehme nicht an, dass sich deine sexuellen Begierden geändert haben und du einen Termin mit einem Mädchen möchtest?«

Der große Mann lächelte. »Danke für das Angebot, aber Peitschen und Ketten machen mir immer noch Angst.«

Lady Samira erwiderte das Lächeln.

»Ein Freund steckt in Schwierigkeiten. Ich will ihm helfen und dafür brauche ich Eure Hilfe.«

»Ein ungewöhnlicher Wunsch nach all den Jahren.«

»Verzeiht mir, aber wenn es nicht wichtig wäre, würde ich Euch niemals belästigen.«

Lady Samira lehnte sich zurück, als wäge sie die Möglichkeiten ab. »Hat er einen Namen, dein Freund?«

»Jan.«

»Der Polizist, der dir das Leben gerettet hat?«

Chandu nickte.

»Du weißt, dass ich mit der Polizei nicht gerade ein freundschaftliches Verhältnis habe.«

»Ich würde lieber sterben, als Euch in Schwierigkeiten zu bringen. Jan weiß weder, dass ich hier bin, noch wird er es jemals erfahren, aber ich würde nicht hier sitzen, wenn es einen anderen Ausweg gäbe.«

Lady Samira faltete die Hände vor dem Kinn und betrachtete Chandu über ihre fein manikürten Finger hinweg.

»Ich höre mir an, was du zu sagen hast. Dann kann ich immer noch entscheiden, ob und wie ich dir helfen kann.«

»Danke«, sagte Chandu erleichtert und holte das Buch aus der Tasche.

»Es geht um den Mord an Richter Georg Holoch.«

»Kein Verlust«, sagte Lady Samira. »Er war ein übler Sadist mit schlechten Manieren.«

»Er war Euer Kunde?«

»Er wollte eines meiner Mädchen buchen, aber ich erkannte sofort, dass er nur Ärger machen würde. Sein kleines Ego hat es nicht ertragen, dass ich ihn abgewiesen habe. Er hat mir gedroht, dass ich diese Entscheidung bereuen würde, aber nachdem ich ihn vor die Tür gesetzt hatte, habe ich nichts mehr von ihm gehört. Was hat der Polizist damit zu tun?«

»Er ist des Mordes am Richter verdächtigt.«

»Was ihn mir sympathisch macht.«

»Aber Jan ist unschuldig. Ich helfe ihm, den wahren Mörder zu finden.« Chandu legte das Buch auf den Tisch und schob es zu Lady Samira.

»Was ist das?« Sie öffnete es.

»Das Buch beweist, dass Richter Holoch den Tod verdient hat. Es ist seine Trophäensammlung. Lauter verprügelte Mädchen. Drei von ihnen kenne ich, und ich wollte fragen, ob Euch irgendein Gesicht bekannt vorkommt.«

Ungerührt blätterte sich Lady Samira durch die Fotos.

»Ich habe nur wenig mit Prostituierten zu tun«, erklärte sie. »Wie kommst du auf mich?«

»Ich hatte gehofft, dass Richter Holoch vielleicht zu Euren Kunden gehört hat. Da Ihr ihn abgelehnt habt, könnt Ihr mir nur wenig zu ihm sagen. Wisst Ihr vielleicht, wohin er stattdessen gegangen sein könnte?«

»Georg Holoch war ein erbärmlicher Wicht«, sagte Lady Samira, ohne ihre Stimme zu erheben.

»Manche Frauen bieten sich Sadisten wie ihm an, aber keine von ihnen wird sich misshandeln lassen. Zuhälter sehen es nicht gerne, wenn man ihren Mädchen die Nase bricht oder sie mit einem blauen Auge zurückbringt. Das ist schlecht fürs Geschäft. Nur schäbiger Abschaum lässt das zu, und von denen gibt es nicht mehr viele.«

»Woher hat er dann die vielen Mädchen? Er kann sie nicht entführt haben.«

Lady Samira schloss das Fotoalbum. »Such nicht die Mädchen, sondern die Person, die die Mädchen zum Richter geführt hat.«

»Ich soll unter den Zuhältern suchen?«

»Richter Holoch hatte nicht genug Geld, um Zuhälter für so viele misshandelte Mädchen zu entschädigen. Die schöne Villa war mehr, als er sich leisten konnte.«

»Zu wem soll ich gehen?«

»Ich habe keine Namen für dich, aber du kennst viele Mädchen nur deshalb nicht, weil wenige Huren dabei sind.«

»Ihr meint …«

»Dass die meisten Mädchen privat vermittelt wurden. Kinder von Vätern, denen es egal ist, ob ihre Töchter verprügelt werden. Hauptsache, sie verdienen ein paar Euro für ihren nächsten Schuss oder eine Flasche Korn. Such die Väter. Dann findest du deinen Racheengel.«

Michael Josseck wachte auf. Schweiß hatte sein weißes Hemd durchnässt. Sein Gesicht war gerötet und sein dicker Körper keuchte. Der ganze Raum drehte sich um ihn. Das Licht der Deckenlampe stach grell in seine Augen. Er hatte keine Ahnung, was passiert war. Er war nach Hause gekommen, hatte seinen Mantel auf den Stuhl gelegt und sich einen Cognac eingeschenkt. Mit dem Glas in der Hand hatte er den Fernseher eingeschaltet und durch das Programm gezappt. Irgendwann musste er eingenickt sein.

Jetzt lag er vor seiner Couch, an den Füßen gefesselt, seine Hände hinter dem Rücken zusammengebunden. Der Fernseher lief noch, auch wenn der Ton unerträglich laut war. Der Bass wummerte und die Stimme des Nachrichtensprechers schmerzte in seinen Ohren.

»Was zum Teufel«, fluchte er und versuchte, die Fesseln zu zerreißen. Der Riemen gab nicht nach.

Ein Militärstiefel stellte sich auf seine Brust. Er gehörte zu einer vermummten Gestalt mit verspiegelter Sonnenbrille. Sie war in einen schwarzen Overall gekleidet. Auf dem Rücken hatte sie einen Trinkrucksack. Michael hatte so etwas bei Joggern am Spreeufer gesehen.

»Geh mit deinen Scheißstiefeln von mir runter«, blaffte er, »und schneid mir die Fesseln auf, sonst gibt's was auf die Fresse.«

Die Gestalt schüttelte leicht den Kopf. Sie schien unter der Maske zu lächeln.

»Lass mich frei, du Wichser, oder …«

Der Angreifer ließ sich fallen und presste Michaels Gesicht zwischen seine Schenkel. Er wollte sich aus dem Griff winden, aber seine Beine waren angebunden. Er zog mit aller Kraft. Die Plastikriemen schnitten sich in sein Fleisch, aber er kam nicht weg.

»Wichser«, presste er angestrengt hervor. Irgendetwas wurde ihm in den Mund geschoben. Michael wollte die Kiefer zusammenpressen, aber eine metallene Sperre hielt seinen Mund geöffnet.

»Du stehst doch auf die Oralnummer«, sagte die Gestalt. »Halt brav still.«

Michael riss die Augen auf. Er kannte diese Stimme.

Eine süßliche Flüssigkeit wurde ihm in den Mund gesprayt. Wie das Mittel, das er bei einer Magenspiegelung hatte einnehmen müssen.

»Wir wollen doch nicht, dass du würgen musst«, sagte die Gestalt freundlich.

Michaels Gedanken rasten. Das konnte nicht sein. Nicht nach so vielen Jahren. Er riss an seinen Handfesseln. Blut tropfte auf den Boden. Er kämpfte weiter gegen die unbarmherzige Umarmung der Beine, aber er konnte kaum den Kopf drehen.

Ein Schlauch wurde in seinen Rachen eingeführt. Michael krümmte sich, als das Plastik in seine Speiseröhre drang.

»Schön schlucken«, sagte der Angreifer und öffnete den Verschluss des Trinkrucksacks. Ein zäher Brei lief durch das Rohr in seinen Magen.

»Nicht, dass etwas danebengeht.«

Michael wehrte sich ein letztes Mal, aber die Fesseln hielten ihn weiter am Boden, als die Masse in ihn hineinfloss.

Kapitel 6

Es war erst sieben Uhr. Jan war schon zwei Stunden wach. Seine Rastlosigkeit machte ihm zu schaffen. Einschlafen konnte er nicht mehr, also nahm er seine Tasche, die ihm Pfarrer Anberger gebracht hatte. Er zog ein weißes Plastikeis am Stiel heraus. Es wirkte billig zusammengeklebt und schmutzig, aber tatsächlich war es eine Festplatte mit USB-Anschluss. Jan hatte darauf Unterlagen alter Fälle gespeichert. Manchmal war ihm nachts oder am Wochenende noch etwas eingefallen, und so musste er nicht ins Büro fahren, um in den Akten zu blättern. Natürlich war die Mitnahme von Daten streng verboten, aber mithilfe der Festplatte hatte er schon etliche Fälle gelöst.

Dass die Tarnung der Daten gut war, hatten seine Kollegen bei der Durchsuchung bewiesen. In Gedanken dankte er seinem Freund Max, der ihm das Ding vor zwei Jahren geschenkt hatte.

Jan steckte die Festplatte an Chandus Computer. Während der Laptop hochfuhr, nahm er seine Kleidung aus der Tasche und legte sie in den Schrank, den sein Freund für ihn freigeräumt hatte. Endlich konnte er sich umziehen.

Er genoss den Duft frischer Kleidung auf seinem Körper, als sein Handy klingelte.

»Hallo?«

»Zoe hier«, sagte die Rechtsmedizinerin. »Wir haben einen neuen Toten.«

»Wer?«

»Ich weiß es noch nicht. Ich bin auf dem Weg zum Tatort, aber die ganze Mordkommission steht kopf, weil sich Holoch und der Tote kannten.«

Jan fluchte. Der neue Mord wäre die Chance gewesen, sich als Verdächtigen auszuschließen. Wäre er in Untersuchungshaft gewesen, hätte er das perfekte Alibi gehabt. Mit der Flucht hatte er sich noch verdächtiger gemacht.

»Ich habe wenig Zeit«, fuhr Zoe fort. »Ich werde ein paar Sachen fotografieren, aber wir sollten uns persönlich treffen. Per Mail ist mir das zu heikel.«

Jan zögerte. Er war unsicher, ob er Zoe vertrauen konnte, aber sie war die einzige Verbindung zur Mordkommission. Ohne sie hatte er nichts.

»Mein Unterschlupf ist schwer zu finden. Schreib mir eine SMS, wann du heute Abend kommst. Ich warte dann vor der *Absolut Bar* in der Oranienburger.«

»Okay«, sagte Zoe und legte auf.

Jan legte das Handy zur Seite. Seine trübe Stimmung war verflogen. Er spürte den Drang loszulaufen, zur Mordkommission zu fahren und mehr über den Toten herauszufinden. Wenn es derselbe Mörder war, würde er wieder Spuren von ihm am Tatort hinterlassen.

Wer auch immer ihm die Fingerabdrücke für Richter Holoch abgenommen hatte, hatte auch für diesen Mord vorgeplant. Jan schlug auf den Couchtisch. Seine Untätigkeit machte ihn wahnsinnig. Irgendwo lief ein Verrückter herum und er konnte nichts tun. Er schaltete den Fernseher ein und zappte durch die Kanäle. Er brauchte ein wenig Zerstreuung, bis Zoe mit den Unterlagen kam. Dann hörte er Chandus schwere Schritte im Treppenhaus.

Als Chandu die Tür hinter sich geschlossen hatte, atmete er hörbar aus. Das war eine verrückte Nacht gewesen.

»Du bist spät«, sagte Jan.

»Du meinst früh«, erwiderte Chandu.

»Auf jeden Fall warst du lange unterwegs. Hast du was rausgefunden?«

»Ich bin noch nicht sicher.« Chandu ging in die Küche. »Ich habe mich in den Rotlichtvierteln umgesehen und jeden Kontakt angezapft, den ich habe, aber kein weiteres Mädchen gefunden.«

Er drückte ein paar Knöpfe an der Kaffeemaschine und stellte eine Tasse darunter.

»Ich habe mehr über Richter Holoch erfahren. Anscheinend hatte der gute Mann nicht so viel Kohle, wie man bei seiner schicken Hütte glauben möchte. Aber um ein Mädchen zu bekommen, das er so misshandeln darf, hätte er ordentlich was auf den Tisch legen müssen.«

»Vielleicht hat er einfach Mädchen von der Straße geholt.«

»Das wäre nicht lange gutgegangen«, sagte Chandu. »Einerseits hätte sich das herumgesprochen und keine Hure wäre mehr in sein Auto gestiegen. Weiterhin sehen es die Zuhälter nicht gerne, wenn man ihre Mädchen verprügelt und sie nicht mehr anschaffen können. Den Zahn hätten sie ihm schnell gezogen.«

»Was bleibt dann?«

»Private Vermittlung.«

»Private Vermittlung?«, fragte Jan überrascht.

»Väter, die ihre Töchter für so was hergeben.«

»Wer macht so etwas?«

»Junkies, Alkoholiker oder andere Typen, denen alles scheißegal ist. Gib ihnen ein paar Hunderter, und du kannst mit ihren Kindern machen, was du willst. Dem Jugendamt erzählen sie dann, dass sie gestürzt sind, und die glauben es.«

»Was für eine Scheißwelt.«

»Tut mir leid, Jan, aber ich weiß auch nicht, was wir damit anfangen können. Ich hatte mir mehr erhofft.«

»So schlecht ist das nicht, denn irgendjemand hat die Mädchen vermittelt. Das läuft nicht per Anzeigen in der Tagespresse. Haben wir den Vermittler, wissen wir, wer die Mädchen waren.«

»Und wie finden wir den?«

»Da habe ich noch keine Idee, aber heute Abend kommt Zoe. Es gibt einen neuen Toten und sie bringt Tatortfotos mit. Vielleicht kommen wir damit der Sache näher.«

Klaus Bergman blätterte die Unterlagen zum Mordfall Josseck durch. Auch wenn es zynisch wirkte, war er froh, dass das neue Opfer kein prominenter Richter gewesen war. Einen zweiten Fall Georg Holoch hätte das Präsidium nicht verkraftet. Die letzten Tage hatte er nichts anderes gemacht, als neugierige Reporter abzuwehren, Politiker zu beruhigen und dem Polizeipräsidenten von den Fortschritten zu berichten.

Patrick Stein klopfte an den Türrahmen. Der Ermittlungsleiter sah übernächtigt aus. Seine Augen waren gerötet und sein Anzug war zerknittert.

»Sie sollten mal wieder schlafen.«

»Wenn wir Jan haben.«

»Anscheinend läuft ein weiterer Verrückter in Berlin herum.« Bergman hob das Bild des toten Jossecks hoch.

»Das war Jan.«

»Wie kommen Sie darauf?«, fragt er überrascht. Jan hatte ein mögliches Motiv für den Mord am Richter gehabt, aber ein Bezug zu Josseck erschloss sich ihm nicht.

»Es ist nur eine Vermutung, aber ich werde Ihnen bald Beweise liefern.«

»Und solange Sie diese nicht haben, sollten Sie vielleicht breiter denken.«

»Ich bin mir sicher, dass Jan dahintersteckt. Daher schlage ich vor, an die Öffentlichkeit zu gehen.«

»Eine Öffentlichkeitsfahndung?«, stieß Bergman überrascht aus. »Das ist das Letzte, was ich machen werde.«

»Das würde uns bei der Arbeit …«

»Ich glaube, Sie verkennen die Situation«, unterbrach er. »Meine Aufgabe ist, die Presse und gefühlte fünfhundert politische Ausschüsse zu beruhigen. Ich komme nicht einmal zum Pinkeln, weil einer meiner Mitarbeiter Hauptverdächtiger in einem Mordfall ist. Mit einer solchen Fahndung machen wir Jan zum Serienmörder und der Fall schlägt bundesweit Wellen. Dann können wir einen Burggraben um die Wache ziehen.«

»Und wenn sich meine Theorie bestätigt?«, fragte Patrick.

»Mein Gott, Stein, kommen Sie runter. Ihr Engagement in allen Ehren. Jan ist nicht die nächste Generation der RAF.« Bergman knallte das Foto von Josseck auf den Tisch. »Schlagen Sie sich das mit der Öffentlichkeitsfahndung aus dem Kopf.«

Er griff nach dem Telefonhörer. Nach seinem Wutanfall vor ein paar Tagen hatte er sich einen neuen Apparat bringen lassen. »Ich muss jetzt dem Polizeipräsidenten in den Arsch kriechen. Kümmern Sie sich um Josseck. Wenn Sie was Handfestes haben, kommen Sie vorbei, ansonsten behalten Sie Ihre wilden Theorien für sich.« Er winkte Patrick hinaus. »Schließen Sie bitte die Tür.«

»Öffentlichkeitsfahndung«, murmelte Bergman genervt. »Verrückter Hund.«

Der Couchtisch war voller Bilder und Tatortberichte. Zoe nippte genüsslich an einer Kaffeetasse und ließ ihren Blick durch die Wohnung schweifen, während Jan die Fotos betrachtete. Die Aufnahmen zeigten den Toten aus jedem möglichen Blickwinkel. Michael Josseck war Opfer eines sadistischen Mordes geworden. Sein dicker Körper war mit Kabelbindern verschnürt. Das schüttere Haar war schweißverklebt. Aus dem weit geöffneten Mund quoll eine graue, zähe Masse heraus.

»Ist das Beton?«, fragte Chandu.

»Hat ein paar Stunden gedauert, bis wir das Zeug aus ihm raushatten.« Zoe holte ihre Zigarettenschachtel heraus, steckte sich eine Zigarette in den Mund und entzündete sie mit dem Sturmfeuerzeug.

»Ich hasse es, wenn man in meiner Wohnung raucht«, brummte Chandu.

Zoe blies den Rauch in die Luft, ohne auf den Mann zu achten. »Wir haben sogar Beton in seinem Magen gefunden«, fuhr sie fort. »Auch die Speiseröhre war voll davon.«

»War das die Todesursache oder hat man ihm das Zeug nachträglich reingeschüttet?«

»Michael Josseck ist erstickt. Der Mörder hat ihm Beton in den Mund gegossen, während er noch gelebt hat.«

»Was für ein kranker Bastard«, bemerkte Chandu.

»Hab schon Schlimmeres gesehen«, sagte Zoe ungerührt.

»Habt ihr Beton auf der Kleidung, in seinen Haaren oder im Gesicht gefunden?«

»Warum fragst du?«

»Ich will wissen, wie es der Mörder angestellt hat«, erklärte Jan. »Niemand lässt sich freiwillig Beton in den Hals schütten. Michael Josseck war ein kräftiger Mann. Er hätte sich auf jeden Fall gewehrt und sich nicht einfach verschnüren lassen. Wenn sich keine Betonflecken auf Kleidung und Gesicht befunden haben, war er wahrscheinlich ruhiggestellt.«

»Die toxikologische Untersuchung läuft noch«, sagte Zoe. »Wenn er irgendwelche Drogen oder Gifte in sich hatte, finden wir sie.«

Sie hob den Kaffeebecher hoch und schüttelte ihn in Richtung Chandu, als wollte sie darauf hinweisen, dass er leer war. Mürrisch wedelte der große Mann den Zigarettenrauch zur Seite und stand auf.

»Hatte er irgendwelche Abdrücke im Mundraum oder fehlten ihm ein paar Zähne?«

Zoe kniff die Augen zusammen. »Wir haben tatsächlich Abdrücke im Kiefer gefunden, aber ich war mir nicht sicher, ob das vom Wegschlagen des Betons gekommen ist.«

»Die Abdrücke könnten von einem Kieferspreizer stammen. Der Täter hat ihm damit den Mund offen gehalten und dann den Beton eingefüllt.«

»Mein Gott. Warum tötet man einen Menschen mit Beton?«, fragte Chandu von der Küche aus. »Warum schlitzt man ihm nicht die Kehle auf oder verpasst ihm eine Kugel?«

»Grausame Morde sind meist persönlich«, erklärte Jan. »Der Mörder hat die Tat lange geplant und wollte den Tod von Josseck auskosten. Eine ungewöhnliche Mordwaffe ist ein Hinweis auf den Täter oder den Grund der Tat, aber Beton für einen Bauunternehmer ist leider nicht spezifisch genug. Es könnte jeder ehemalige Kunde sein, der von Josseck betrogen wurde.« Er wandte sich Zoe zu. »Gibt es Verdächtige?«

»Keine Ahnung. Ich habe nur die Untersuchungsergebnisse, die Obduktionsfotos und ein paar Tatortbilder fotografiert.«

Während Chandu Zoe den gefüllten Kaffeebecher auf den Tisch stellte, nahm Jan die Tatortfotos und breitete sie auf dem ganzen Tisch aus. Michael Josseck war in seinem Wohnzimmer ermordet worden. Ein großer Raum mit weißen Möbeln und einem silbernen Leuchter. Sein Kopf lag auf einem hellen Flokatiteppich. Einzig das Bild eines Stilllebens und ein Flachbildfernseher durchbrachen die weiße Landschaft.

»Fällt euch was auf?«, fragte Jan. Chandu und Zoe kamen näher und betrachteten die Tatortfotografien.

»Er hatte einen fürchterlichen Möbelgeschmack«, sagte Zoe.

Chandu schüttelte den Kopf.

»Es ist sauber und ordentlich«, erklärte Jan. »Michael Josseck wurde gefesselt und qualvoll erstickt. Wenn man die Leiche auf dem Bild retuschieren würde, würde die Wohnung ordentlich aussehen. Es gibt keine Blutflecken und die Einrichtung ist unversehrt. Selbst wenn der Mörder sehr kräftig war, hätte er kein leichtes Spiel mit Josseck gehabt. Wie groß war er? Eins neunzig?«

»Eins dreiundneunzig.«

»Und wie schwer? Mindestens drei Zentner.«

Zoe blätterte kurz im Obduktionsbericht. »Hundertdreiundsechzig Kilo.«

»Der Mörder ist Josseck nicht direkt angegangen. Da waren Drogen oder Betäubungsmittel im Spiel.«

Jan lehnte sich auf der Couch zurück. »Außerdem wette ich, dass nichts gestohlen wurde.«

»Wieso?«, fragte Chandu.

»Josseck sollte leiden und sterben. Geld war unwichtig. Der Tatort deutet auf wenig Spontaneität, sondern auf lange Planung hin.«

»Ist das gut?«

»Auf jeden Fall. Bei einem Raubmord gibt es selten eine Beziehung zwischen Opfer und Täter. Hier hat der Mörder Josseck lange beobachtet, bevor er zugeschlagen hat. Vielleicht ist einem Nachbarn was aufgefallen. Außerdem kannten sich Opfer und Täter oder hatten zumindest Berührungspunkte.« Jan spürte den Jagdtrieb in seinen Adern. »Kannst du auf die Ermittlungsergebnisse in dem Fall zugreifen?«, fragte er Zoe.

»Keine Ahnung. Ich habe es noch nicht versucht, aber es wurde angeblich ein neues Berechtigungskonzept verabschiedet. Könnte schwieriger werden als bei den alten Fällen. Was brauchst du?«

»Alles. Die Blutanalyse wird uns nicht weiterbringen, weil Josseck betäubt wurde. Wichtiger wäre die Tatortanalyse sowie die Verbindungen zwischen Täter und Opfer.«

»Ich schaue, was ich machen kann. Ich rufe dich morgen in der Pause an.« Zoe stand auf, warf ihre Zigarette in den Kaffeebecher, hob die Hand zum Gruß und verließ die Wohnung ohne ein weiteres Wort.

Chandu öffnete das Fenster und ließ frische Luft herein. »Du solltest deiner Freundin Benehmen beibringen.«

»Oh, das war einer ihrer guten Tage«, erklärte Jan. »Du solltest sie mal mit schlechter Laune erleben.«

»Kann's kaum erwarten«, brummte Chandu. »Ich muss mich noch um ein paar Geschäfte kümmern. Fühl dich wie zu Hause.« Er nahm seine Jacke und verließ die Wohnung.

Jan rieb sich die Hände. Es war Zeit für Ermittlungen.

Nachdem Zoe und Chandu gegangen waren, setzte sich Jan an den Computer und durchsuchte das Internet nach Georg Holoch. Er stieß auf ein Seminarangebot über Baumängel. Ein Foto prangte neben dem Lebenslauf des Richters. Er hatte dunkles, schütteres Haar und ein unsympathisches, künstliches Lächeln. Sein Anzug und seine Krawatte verliehen ihm Seriosität. Jan las den Seminartext.

»Georg Holoch studierte in München und trat nach dem zweiten Staatsexamen in den richterlichen Dienst beim Amtsgericht Berlin ein. Er ist durch zahlreiche Veröffentlichungen im Baurecht bekannt. Das Seminar ist eine Einführung in das Verhältnis von Recht und Technik. Es orientiert sich an praktischen Anschauungsfällen anhand einzelner Gewerke.«

Jan speicherte das Dokument auf der Festplatte und gab den Namen Michael Josseck ein. Der erste Treffer war die Seite der *Josseck-Bauunternehmung*. Unter dem Firmennamen waren Bilder von Baustellen angeordnet. »Seit vielen Jahren stehen wir für Qualität und Flexibilität am Bau«, begann der Werbetext. »Wir sind auf Baureparaturen und Trockenbauarbeiten spezialisiert. Weitere bauliche Leistungen werden im partnerschaftlichen Verbund mit anderen Gewerken ausgeführt, sodass Sie alle Leistungen aus einer Hand bekommen.«

Darunter standen die Adresse, eine Telefonnummer und eine E-Mail-Adresse. Jan notierte sich die Anschrift und tippte beide Namen der Opfer in die Suchmaschine. Er bekam tausendsechshundert Treffer. Er fand Seiten zu alten Schulfreunden, Sportclubs, einen Blogger mit gleichem Namen, doch keines der Ergebnisse wies auf eine Gemeinsamkeit der beiden Männer hin.

Man brauchte nicht viel Fantasie, um eine Beziehung zwischen einem Richter mit Spezialgebiet Baurecht und einem Bauunternehmer herzustellen, aber das war bisher nur Spekulation. Er würde auf Zoe warten müssen.

Enttäuscht fuhr Jan den Computer herunter. Er legte sich auf die Couch und verglich im Kopf die beiden Tatorte miteinander. Bald darauf war er eingeschlafen.

Klaus Bergman hatte sich vor diesem Tag gefürchtet. Er war kaum aus dem Auto gestiegen, als sich die Journalisten wie eine Horde kreischender Teenies auf ihn stürzten. Mikrofone wurden ihm vors Gesicht gehalten und Fragen prasselten auf ihn ein.

»Stimmt es, dass ein Kriminalbeamter im Mordfall Holoch tatverdächtig ist?«, fragte eine kleine, stämmige Frau.

Bergman lächelte, ohne darauf einzugehen, und mühte sich weiter durch den Pulk.

»Wird er auch verdächtigt, den Bauunternehmer Josseck ermordet zu haben?«

»Wie heißt der Beamte?«, schrie ein anderer Reporter.

»Fühlen Sie sich für die Morde persönlich verantwortlich?«

Bergman ballte die Fäuste. Das waren keine Journalisten, das waren Tiere. Sie warteten nur auf eine winzige Entgleisung, dann würden sie sich wie ein Rudel Hyänen auf ihn stürzen. Den Gefallen würde er ihnen nicht tun.

Ein Kameramann rempelte ihn an. Ein Mikrofon wischte über seinen Kopf, aber Bergman blieb ungerührt und bahnte sich weiter seinen Weg zum Gebäude. Noch zwanzig Meter. Dann hätte er es geschafft.

»Hätten Sie nicht die Beamten sorgfältiger auswählen müssen?«, fragte die Frau. »Im Grunde tragen Sie Mitschuld an dem Mord.«

Bergman seufzte. Er konnte sich die Schlagzeile schon vorstellen. »Berliner Kripo bildet Mörder aus!«

Wie befreiend wäre es, einen dieser Geier mit einer lockeren Geraden zu Boden zu schicken. Er malte sich diese Tat im Kopf aus.

Noch zehn Meter.

»Glauben Sie nicht, dass die Öffentlichkeit ein Recht hat, mehr über den Mörder zu erfahren?«

Die Fotografen knipsten, als würde ihr Leben davon abhängen. Das Blitzlicht schmerzte in seinen Augen. Das Klacken der Kameras übertönte sogar die aggressive Stimme der Journalistin.

Fünf Meter.

»Gleich geschafft«, sagte er sich in Gedanken. Als wollten ihn die Journalisten nicht so leicht entkommen lassen, wurde der Pulk vor der Kripo dichter. Bergman konnte kaum atmen. Er senkte den Kopf und drängte sich durch die Wand aus Menschen, Kameras und Mikrofonen. Er nutze seine Arme, um ein paar der besonders aufdringlichen Fotografen zur Seite zu schieben.

»Ziehen Sie Konsequenzen aus dieser Affäre?«, rief die Frau wie zum Abschied. Dann hatte er es geschafft. Vor dem Kripogebäude standen vier Männer in Uniform und hielten die übereifrigen Journalisten draußen. Bergman ging in die Vorhalle und trat wütend gegen den nächsten Tisch.

»Verdammtes Pack«, brüllte er. Einige Flüche später ging es ihm besser.

Seine Mitarbeiter hatten sich eine Beschäftigung außerhalb seiner Reichweite gesucht. Einzig seine Assistentin wartete mit ausdrucksloser Miene. Sie war schon zu lange hier, um sich davon bedroht zu fühlen.

»Was?«, fragte er mürrisch.

»Auf RBB kommt ein Bericht, in dem ein Insider etwas über Jan erzählen will.«

Bergman schloss die Augen. Jedes Mal, wenn er dachte, es könnte nicht mehr schlimmer kommen, lachte das Schicksal ihn aus.

»Wann beginnt die Sendung?«

»In einer Minute.«

Bergman ging in sein Büro, knallte die Tür hinter sich zu und schaltete den Fernseher an. Er wählte den Berliner Regionalkanal.

In einem Studio saß eine junge Frau auf einem Stuhl mit Karteikarten in der Hand. Ihr ernster Ausdruck passte nicht zu ihrem schönen Gesicht und ihrem eleganten Kostüm.

»Guten Morgen«, begann sie. »Jeder in Berlin hat vom Mord an Richter Georg Holoch gehört. Schon bei diesem Fall machten Gerüchte die Runde, dass der Hauptverdächtige bei der Kripo arbeiten solle. Jetzt kam es zu einem zweiten Mord und alles deutet auf denselben Täter hin.

Die Kripo Berlin hat sich noch nicht zu dem Vorwurf geäußert, aber es ist uns gelungen, einen Insider zu befragen, der von erschreckenden Vorgängen zu berichten weiß.«

Die Kamera zog auf. Hinter der Moderatorin war eine weiße Papierwand, auf der sich der Schatten einer Person abzeichnete.

Bergman schüttelte den Kopf. Billiger Effektjournalismus, der seine Wirkung nicht verfehlen würde. Der Mann hinter der Wand war eher ein Wichtigtuer als ein Insider. Wahrscheinlich ein Kollege aus der Fernsehredaktion.

»Um unseren Informanten zu schützen, nennen wir ihn Herrn Müller«, fuhr die Moderatorin fort. »Außerdem haben wir seine Stimme verzerrt.« Sie wandte sich dem Schatten zu.

»Herr Müller. Sie haben einige Jahre in der Kripo gearbeitet. Ist es vorstellbar, dass der Mörder selbst Polizist ist?«

»Polizisten sind auch nur Menschen«, antwortete eine mechanisch klingende Stimme. »Gerade wenn man in einem Umfeld der Gewalt arbeitet, kann man selbst gewalttätig werden.«

»Aber ist die Vorstellung nicht erschreckend, dass man nicht einmal der Polizei vertrauen kann?«

»Ja. Es ist beunruhigend, dass der Mörder in der Mordkommission gearbeitet hat, denn eine bessere Ausbildung zum Mörder gibt es nicht. Der Täter kann sich über Jahre Ermittlungstechniken aneignen und Strategien ausarbeiten, wie man keine Spuren hinterlässt.«

»Er kann also den perfekten Mord begehen?«

»Na, perfekt war dieser Mord nicht, aber auf jeden Fall ist es schwerer, einen erfahrenen Beamten zu fassen als einen einfachen Kriminellen.«

»Hat man nicht schon bei der Einstellung versagt? Sind die Aufnahmekriterien der Polizei zu lasch?«

»Ich würde die Polizei nicht im Gesamten verurteilen. Der Fehler lag bei der Kripo Berlin, die sich das schlimmste aller möglichen Eier ins Nest gelegt hat.«

Die Moderatorin wandte sich wieder nach vorne.

»Wir machen eine kurze Pause. Dann deckt unser Insider

weitere Verfehlungen der Kripo Berlin auf. Ich verspreche, Sie werden schockiert sein.«

Bergman schaltete den Fernseher aus und unterdrückte den Impuls, die Fernbedienung an die Wand zu schmettern. Sein Telefon klingelte. Er brauchte nicht nachzusehen, um zu wissen, dass der Polizeipräsident am Apparat war.

»Was für ein herrlicher Morgen«, murmelte Bergman und nahm den Hörer ab.

Das Klingeln seines Handys ließ Jan aus dem Schlaf hochschrecken. Noch bevor er richtig wach war, hatte er das Telefon an sein Ohr gedrückt. »Hallo?«, murmelte er verschlafen.

»Schläfst du noch?«, hörte er Zoes Stimme. »Es ist zehn Uhr.«

Jan gähnte und setzte sich auf. Er hatte zwölf Stunden geschlafen, fühlte sich aber noch immer wie gerädert. »Hast du was herausgefunden?« Er rieb sich müde über das Gesicht.

»Nein.«

»Wieso nein? Gibt es noch keine Untersuchungsberichte auf dem Server?«

»Vielleicht.«

Jan seufzte. »Mann, Zoe. Ich bin noch nicht bei mir. Was ist los?«

»Ich bekomme mit meiner Kennung keinen Zugang.«

Jan hatte es befürchtet. »Die haben dir deine Berechtigung entzogen.«

»Und was jetzt? Ohne die Unterlagen der Mordkommission kommen wir nicht weiter.«

Jan stand auf und streckte sich. Langsam begann sein Gehirn zu arbeiten. »Okay. Ich kenne jemanden, der uns helfen kann. Kannst du heute Abend noch mal vorbeikommen?«

»Ich bin um neunzehn Uhr bei dir.« Die Verbindung brach ab.

Jan legte das Handy zur Seite und ging in die Küche. Ohne Kaffee war er nach dem Aufstehen nur ein halber Mensch. Er dankte Gott, dass Chandu gleich zwei Kaffeemaschinen hatte, denn seine afrikanische Mischung war so stark, dass sie unter das Waffenrecht fallen müsste. Er legte einen grünen Tab in die Maschine, stellte eine Tasse darunter und drückte den Startknopf. Genüsslich atmete er das Aroma ein, während der Kaffee in die Tasse lief. Den Tag über würde er recherchieren. Heute Abend würde er einen neuen Spieler ins Spiel bringen.

Kapitel 7

Jan, Zoe und Chandu gingen die Treppen des Altbaus hoch. Die Steinstufen waren abgelaufen. Das verzierte Metallgeländer schien hundert Jahre alt zu sein und die alte braune Tapete an den Wänden konnte einen neuen Anstrich vertragen. Es roch nach Zwiebeln und Knoblauch. Durch die Tür im ersten Stock drang das fröhliche Gekreische von Kindern.

»Mein Gott, wie weit ist es noch?«, murrte Zoe, die sichtlich keine Lust hatte, Treppen zu steigen.

»Ich kann nichts dafür, dass der Fahrstuhl kaputt ist«, rechtfertigte sich Jan.

»Rauch weniger, dann kannst du besser laufen«, bemerkte Chandu.

»Wenn ich einen Ratschlag brauche, frage ich meinen Friseur«, erwiderte Zoe.

Chandu sah sich in dem Treppenhaus um. »Mir gefällt es hier. Es hat so etwas … Beständiges.«

»Du meinst alt.«

»Alt muss nicht schlecht sein.«

»Alt ist Dreck«, sagte Zoe. »Meine Wohnung hat einen Fahrstuhl, ist schallisoliert und mit einer Klimaanlage ausgestattet. Hier würde ich nicht mal meinen Müll abladen. Was zur Hölle machen wir hier?«

»Habe ich doch schon erklärt«, sagte Jan. »Wir treffen einen Freund, der sich mit Computern auskennt. Vielleicht hat er eine Idee, wie wir an die Daten der Mordkommission kommen können.«

»Ich hoffe für dich und deine Vorderzähne, dass sich der Aufstieg gelohnt hat.«

Jan blieb vor einer Tür stehen. »Wir sind da.« Jan holte Luft. Er ging zur Tür und klopfte laut.

»Max? Ich bin's. Jan.«

Zwei kleine Kameras in den Ecken des Türrahmens drehten sich zu ihm. Eine roboterartige Stimme erklang. »Identifizieren Sie sich.«

»Wer ist der Typ?«, fragte Zoe. »Yoda?«

»Du meinst wohl C-3PO«, korrigierte Chandu.

»Glaubst du, ich schaue Scheiß-Star-Trek?«

Der große Mann seufzte.

»Hör auf mit dem Quatsch, Max«, sagte Jan in die Kamera. »Lass uns rein.«

»Wer sind die anderen?«, fragte die mechanische Stimme.

»Die gehören zu mir und sind in Ordnung.«

»Bitte zeigen Sie mir Ihre Ausweise.«

Chandu schob Jan zur Seite und stellte sich vor die Kamera. Trotz der hohen Tür war er fast in Augenhöhe der Linse. »Hör zu, Robotermann. Wir sind hier nicht auf 'm Kindergeburtstag. Mach die Tür auf oder ich trete sie ein, packe dich bei den Ohren und trample so lange auf dir rum, bis dich nicht mal deine Mami wiedererkennt.«

Einen Moment herrschte Stille im Treppenhaus. Dann ertönte ein kurzes *Klick* und die Tür öffnete sich.

»Geht doch«, sagte Chandu.

In der Wohnung hielt sich Jan die Hand vor den Mund. Es roch nach abgestandenem Essen, Zwiebeln und irgendetwas undefinierbar Süßem.

»Macht dein Freund vielleicht Experimente mit verwesendem Fleisch?« Zoe verzog das Gesicht.

»Frische Luft würde helfen«, bemerkte Chandu.

Sie gingen durch einen schmalen Flur. Das einzige Licht kam aus einem Raum vor ihnen. Es war ungewöhnlich warm. Jan hörte das leise Surren unzähliger Lüfter.

Sie kamen in ein Zimmer, dessen Fenster mit Alufolie abgedeckt waren. Die ganze Wand entlang waren Tische mit Monitoren aufgestellt, die an Computer unterschiedlichster Form und Größe angeschlossen waren. Hunderte Meter Kabel schlängelten sich auf dem Boden. Ein großer Flachbildfernseher war mit einer Kette an der Decke befestigt. Darauf flimmerte eine englische Zeichentricksendung mit zwei eigenartig aussehenden Mäusen in der Hauptrolle. Vor den Tischen stapelten sich CD-Rohlinge, gemischt mit Zeitschriften und Bergen von Computerausdrucken. Das alleine war schon ein beeindruckendes Bild, aber das Kopfende des Raumes wurde von einem mannshohen Berg Pizzakartons dominiert, eingerahmt von einem Meer leerer Einweg-Cola-Flaschen.

»Mein Gott«, murmelte Chandu und unterdrückte den Impuls, sich zu bekreuzigen.

»Zum Glück ist meine Tetanusimpfung aufgefrischt«, ergänzte Zoe. Sie wandte sich zu Jan. »Nach dir.« Sie deutete lächelnd in den Raum.

»Hi, Max«, rief Jan. Ein junger Mann lugte zwischen zwei schmalen Schränken hervor. Er hatte eine volle Cola-Flasche in der Hand, die er wie einen Knüppel schwang. Seine langen schwarzen Haare fielen ihm strähnig über die Stirn. Sein bleiches, bartloses Gesicht hatte schon Wochen keine Sonne mehr gesehen. Max trug eine dicke schwarze Brille, deren Bügel mit weißem Klebeband repariert waren. Über seinem hageren Oberkörper schlabberte ein zerschlissenes schwarzes T-Shirt mit dem Aufdruck »There's no place like 127.0.0.1«. Die zu weite Jeans war abgetragen und unter seinen Birkenstockschlappen glänzten verwaschene Sportsocken.

»Leg die Flasche weg und beruhig dich«, sagte Jan. »Und mach ein Fenster auf.«

»Die Fenster sind zugeschraubt«, erklärte Max mit dünner Stimme. »Die CIA ist überall.«

Jan drehte sich zu Chandu und Zoe um. Er rang sich ein gequältes Lächeln ab. »Darf ich vorstellen: Maximilien oder einfach nur Max.«

»Ihr dürft mich Maximum nennen«, sagte er und richtete sich auf.

»Maximum?«, fragte Zoe und hob eine Augenbraue. »Wie Maximum Loser?«

»Eher wie Maximum Power«, berichtigte sie der junge Mann. »Der Name ist in der ganzen Hacker-Community berühmt.«

»Wäre ich doch im Labor geblieben«, murmelte Zoe und zündete sich eine Zigarette an.

»Hier ist Rauchen verboten«, fuhr er auf und wedelte mit der Cola-Flasche.

»Halt die Klappe, Maximum Vollidiot, oder ich zieh dir die Ohren lang.«

»Sei nett zu ihm«, sagte Chandu grinsend. »Du bist wahrscheinlich die erste Frau, die freiwillig in seine Wohnung gekommen ist.«

»Ich werde wohl auch die letzte sein.«

»Max, wir brauchen deine Hilfe«, wechselte Jan nun das Thema.

»Bei was?«, fragte Max, der noch immer sein Leben mit der Cola-Flasche verteidigen wollte.

»Nun, du bist einer der besten Hacker der Welt, und wir haben ein Problem, das nur der Beste lösen kann.«

Die schmeichelnden Worte hatten den gewünschten Effekt. Max straffte die Schultern und lies die Flasche sinken. »Habt ihr bei der Kripo keine Leute dafür?«, fragte er.

»Doch, aber nicht so gute wie dich.«

Max kratzte sich nachdenklich am Kinn. »Werde ich dafür bezahlt?«

»Ich habe gerade Probleme mit meinem Konto.«

»Ist es illegal?«

Jan nickte. »Du sollst den Kripo-Server hacken.«

»Ha!«, rief Max, ließ die Flasche fallen und sprang auf einen Bürostuhl. Er stieß sich ab und fuhr zu einem Computerbildschirm. »Das ist kein Problem. Die Admins von der Kripo Berlin glauben, ihre Firewalls und ihre Anti-Trojaner-Software taugen was, aber ich heble deren Server schneller aus, als die ›Atari ST‹ rufen können.«

»Hast du irgendwas von dem verstanden, was der Verrückte gerade gesagt hat?«, fragte Chandu.

Zoe zuckte die Schultern.

»Nehmt euch einen der Stühle«, sagte Max. »Aber nicht den braunen. Bei dem ist die Feder kaputt, und ich weiß nicht, was passiert, wenn man sich draufsetzt.«

»Wir bleiben stehen«, erwiderte Jan mit Blick auf einen Plastikstuhl, dessen Lehne mit Pizzaresten verschmiert war.

Max' Finger flogen über die Tastatur. Dann stieß er sich zu einem anderen Computer rüber und tippte in irrwitziger Geschwindigkeit etwas ein.

»Was soll ich für dich hacken? Willst du die neuesten Polizeiberichte? Oder eine Fahndungsliste?«

»Ich brauche Zugriff auf den Server der Mordkommission.«

Max zog geräuschvoll die Luft ein. »Der MK-Server ist eine harte Nuss. Fast eine Insellösung. Da ist kaum was zu machen.«

»Ich dachte, du bist der beste Hacker der Welt?«, spottete Zoe.

»Das hier ist nicht WarGames«, erwiderte Max genervt. »Ich muss schon mehr machen, als nur ein paar Tasten drücken, damit wir an die Infos kommen.« Er wandte sich Jan zu. »Gib mir fünf Minuten. Ich muss was ausprobieren.«

Max deutete auf den Pappstapel. »Wenn ihr wollt, könnt ihr euch ein Stück Pizza nehmen. Anchovis und Zwiebeln. Ist von heute Morgen.«

»Danke.« Jan winkte ab. »Wir haben keinen Hunger.«

Max versank wieder in seine Arbeit. Seine Augen leuchteten, und er schlug auf die Tastatur ein, als würde sein Leben davon abhängen. Ab und zu rollte er mit seinem Stuhl durch das Zimmer und tippte an einem anderen Computer weiter.

»Oh Mann«, sagte Zoe und machte sich eine weitere Zigarette an.

Während Max mit den Computern beschäftigt war, hatte Jan Mühe, nicht einzuschlafen. Die schlechte Luft und das hypnotische Tippen von Max ließen ihn müde werden.

»Schafft der das heute noch?«, fragte Zoe nach ihrer zweiten Zigarette.

Als hätte er die Frau gehört, wirbelte der junge Mann auf seinem Stuhl herum.

»Ich komm nicht rein«, sagte er. »Aber bevor die Raucherlady wieder einen blöden Kommentar von sich gibt: Ich habe eine Idee.«

Er griff nach einer kleinen Computerplatine. »Das Wunderwerk habe ich vor ein paar Wochen gebastelt. Ich muss noch ein paar Modifikationen machen, aber wenn ihr es an einen Kripo-Computer anschließt, muss ich nur noch ein einziges Passwort hacken. Dauert dann keine Stunde mehr.«

»Und wie willst du das machen?«, fragte Zoe. »Reingehen, den Computer aufschrauben und das Ding drauflöten?«

»Natürlich baue ich die Platine noch um, damit es auch ein Laie anschließen kann«, sagte Max. »Man muss es nur noch in einen USB-Anschluss stecken. USB kennst du, oder?«

»Ich hau dir gleich USB auf die Birne, Pickeldi.«

Jan hob die Hände und stellte sich vor die aufgebrachte Zoe.

»Friede, Friede. Wie lange brauchst du für den Umbau?«

»Zwanzig Minuten«, erklärte Max.

»Wir warten so lange.«

Max rollte an eine Werkbank, griff nach einem Schraubenzieher und machte sich an die Arbeit.

»Findest du einen Platz, an dem du das Ding anschließen kannst?«, wandte sich Jan an Zoe.

»Kein Problem«, sagte die junge Frau. »An meinem Computer in der Forensik hab ich sogar meinen iPod angeschlossen, ohne dass es jemand gemerkt hat. Die Maschine steht im hintersten Winkel unter einem alten Tisch. Außerdem sind meine Kollegen sowieso scheintot. Die können nicht einmal einen Taschenrechner von einem DVD-Player unterscheiden. Selbst wenn sie das Gerät finden, werden sie nichts damit anfangen können.«

Jan lächelte. Spätestens morgen Abend hätte er alle nötigen Unterlagen. Nach dem Besuch bei Max musste er erst einmal an die frische Luft.

Patrick kaute nervös an seinen Fingernägeln. Sein Haar stand wild von seinem Kopf ab. Sein dunkelblauer Anzug war zerknittert und die Krawatte hing offen um seinen Hals. Der Kragen seines weißen Hemdes war speckig. Unter dem Schreibtisch lagen ein Schlafsack und eine alte Jacke, die ihm als Kopfkissen diente.

Vor ihm standen drei Monitore, die an unterschiedliche Computer angeschlossen waren. Während er sich auf dem zentralen Rechner durch Überwachungsvideos klickte, zeigte der rechte Bildschirm die Obduktionsbilder von Michael Josseck in abstoßender Detailtreue. Der Bauunternehmer lag mit geschlossenen Augen auf einer metallenen Bahre. Sein Oberkörper war geöffnet. Man hatte ihm die Organe entnommen und den Beton aus Magen und Speiseröhre entfernt.

Den rechten Computer nannte Patrick seinen Alarmanzeiger. Hier bündelte sich alles, was mit Jan zu tun hatte. Sollte jemand Geld von seinem Konto abheben, von Jans Festnetzanschluss telefonieren oder seine Kreditkarte benutzen, hier würde es angezeigt werden.

Neben den Computern stand ein Telefon, dessen Nummer den Polizeidienststellen in ganz Berlin bekannt war. Jeder Hinweis auf Jans Verbleib würde darüber hereinkommen.

Patrick trank einen Schluck seines stark gebrühten Kaffees, der sein Schlafdefizit nicht vergessen machen konnte. Die drei Stunden Ruhe unter dem Schreibtisch waren unbequem gewesen. Immer wenn der Computer ein Geräusch gemacht hatte, war er aufgeschreckt. Einmal hatte er sogar von dem klingelnden Telefon geträumt. Panisch hatte er den Hörer abgenommen, aber nur den lang anhaltenden Bereitschaftston vernommen.

Patrick rief die Überwachungsvideos des Hauptbahnhofes auf. Das erste Bild zeigte die Vorhalle mit den Rolltreppen, die hell erleuchteten gläsernen Fassaden sowie die Stege, die quer über den Rolltreppen entlangführten. Um diese Zeit waren wenige Pendler unterwegs, trotzdem kam der Bahnhof nicht zur Ruhe. Patrick ließ den Blick umherschweifen und achtete auf Leute, die ihr Gesicht verdeckten. Jugendliche schweiften umher und hatten die Kapuzen ihrer Jacken über den Kopf gezogen. Keiner ähnelte Jan.

Patrick wechselte die Ansicht zu den Bahnsteigen. Am dritten Gleis stand ein Ehepaar vor einem rot schillernden Getränkeautomaten. Ein junger Teenager lehnte an einer Reklametafel und gestikulierte aufgeregt, während er das Handy ans Ohr hielt. Eine ältere Dame im Pelz war sichtlich genervt von dem Telefonat. Dann fuhr ein ICE ein, spie eine Handvoll Fahrgäste aus, nur um wieder ein paar neue aufzunehmen.

Patrick schubste die Maus frustriert über den Schreibtisch und kippte den Inhalt seiner Kaffeetasse mit einem Zug hinunter. Er öffnete die Textverarbeitung und begann ein neues Dokument. Immer wenn er nicht weiter wusste, schrieb er seine Gedanken auf. *Brainstorming* nannte man das neudeutsch.

Die Überwachung prominenter Ziele wie des Hauptbahnhofs würde nichts bringen. Jan war nicht so dumm, sich dort zu zeigen.

Ergreifung an kameraüberwachten Zielen unwahrscheinlich, tippte Patrick ein.

Es war der dritte Tag nach der Flucht. Selbst mit viel Bargeld würde Jan nicht lange überleben können, es sei denn, er lebte auf der Straße. Also war der oder die Unbekannte im Wagen nicht nur ein Fluchthelfer, sondern bot ihm auch Unterschlupf.

Flucht aus Berlin?, schrieb er. Das wäre für Jan das Sicherste. In der brandenburgischen Provinz würde er leicht untertauchen können, aber sein Leben spielte sich hier ab. Er hatte nur wenige Freunde außerhalb.

Unwahrscheinlich, ergänzte Patrick mit einem Pfeil.

So sehr er sich in Jan hineinzuversetzen versuchte, der entscheidende Schritt zu seiner Verhaftung würde über den Fluchthelfer erfolgen.

Fahrer?, tippte Patrick. Das Fluchtauto war noch immer nicht gefunden worden. Der Besitzer war eine Sackgasse, ebenso wie die Ortung des Handys, an das Jan seine letzte SMS geschrieben hatte.

Patrick schlug auf die Tastatur. Drei Tage Fahndung ohne Erfolg. Sein Kopf fühlte sich wie ein Ballon voller Sirup an. So kam er nicht weiter.

Er streifte sich die Schuhe von den Füßen, zog sein Jackett aus und kroch unter den Schreibtisch zu seinem Schlafsack. Er roch seinen eigenen Schweiß, aber momentan musste er seine Körperhygiene auf ein Minimum reduzieren. Erst wenn Jan in Handschellen war, konnte er wieder Zeit auf sein Äußeres verschwenden.

»Ich finde dich«, murmelte er im Halbschlaf. »Du wirst meine Pläne nicht durchkreuzen.«

Das Licht der Neonröhren spiegelte sich in den chromfarbenen Seziertischen. Der Kachelboden war frisch geputzt. Die Fugen waren noch feucht. Es roch nach Chlor. In den verglasten Schränken warteten Skalpelle, Sägen und Zangen auf ihren nächsten Einsatz, nicht weit von den Computern, Analysegeräten und den Tischlampen mit den riesigen Vergrößerungsgläsern.

Normalerweise kam Zoe immer als Letzte zur Arbeit. Sie hasste es, früh aufstehen zu müssen. Heute musste sie vor allen anderen da sein. Sie schaltete den Hauptrechner ein und wartete, bis der Anmeldebildschirm erschien. Dann ließ sie sich auf ein Knie herunter und steckte den grauen Kasten mit einem Kabel an den USB-Anschluss. Sie verbarg die schmale Schachtel hinter der Steckdosenleiste. Wenn kein Techniker den Computer kontrollierte, würde niemand etwas bemerken.

Der Nerd hatte gesagt, dass sie sich nur anmelden müsste, damit er im System war. Danach konnte sie sich wieder ausloggen. Er hatte noch irgendetwas von einer permanenten Verbindung erzählt, aber da hatte sie schon nicht mehr zugehört. Sie hatte nur der Mischung aus schlechter Luft, fehlender Körperhygiene und Pizzageruch entkommen wollen.

»Guten Morgen«, ertönte eine Stimme hinter ihr. Zoe schrak zusammen, tippte aber unauffällig weiter.

»Morgen, Walter«, antwortete sie, ohne sich umzudrehen. Walter war der klassische geschiedene Mittvierziger, der sich für schärfer hielt, als er wirklich war. Er trug gerne Strickjacken oder Pullunder über seinen verwaschenen T-Shirts. Er kämmte seine Haare von der linken auf die rechte Seite, um seine Stirnglatze zu verbergen. Mundhygiene war ein Fremdwort für ihn und seine anzüglichen Witze waren älter als das Tal der Könige. Er versuchte immer wieder, sich mit ihr zu verabreden. Abgesehen von seinem Spießerlook hatte er den Charme einer Diesellok.

»Was machst du schon hier?«, versuchte er eine Konversation zu starten.

Zoe schloss die Augen und atmete ruhig aus. Sie hasste solche Gespräche. Sie war hier, um ihre Arbeit zu machen, und nicht, um sich über Belangloses zu unterhalten.

»Ich konnte nicht schlafen.« Sie loggte sich wieder aus.

»Wir bekommen gleich Arbeit rein«, sagte Walter. »Irgendein Fall aus Wedding.«

»Hm«, bemerkte Zoe kurz. Mehr war ihr diese Information nicht wert.

»Schicke Schuhe«, sagte Walter und zwinkerte ihr zu. Sie wandte sich vom Computer ab. Zeit für Kaffee.

»Schicke Sandalen«, antwortete sie mit Blick auf seine Füße. »Selbst gelötet?«

Walters hasserfüllter Blick war ihr Belohnung genug. Vielleicht wurde es doch noch ein schöner Morgen.

Jetzt musste nur noch ihr Koffeinspiegel hoch. Dann würde auch das Bedürfnis verschwinden, Walter ein Skalpell ins Auge zu stechen. Da die Maschine im Nebenraum keinen Kaffee, sondern eine braune Mischung aus Motoröl und Kuhdung produzierte, musste sie in den zweiten Stock.

Auf dem Weg nach oben ignorierte sie das Rauchverbotszeichen und steckte sich eine Zigarette an. Maximum Nerd hatte jetzt alles, was ihn glücklich machen würde. Ihr Job war erledigt.

Der sonnige Tag passte nicht zu Jans Stimmung. Er musste etwas Ruhe finden. Er war schon lange nicht mehr in der Kirche gewesen und fühlte sich schäbig, dass er nur in Zeiten der Not Gottes Beistand suchte, aber er wusste keinen anderen Ort. Außerdem fühlte er sich Pfarrer Anberger verpflichtet.

Als er die Tür zur Sophienkirche öffnete, wurde er von einem in Licht gebadeten Raum empfangen. Reihen dunkler Bänke zogen sich bis zum Altar, nur in der Mitte von einem roten, langen Teppich unterbrochen. Das Grün der Wände harmonierte mit den Stuckverzierungen an der Decke.

An einem anderen Tag hätte Jan Zeit für diese Schönheit gehabt. Heute setzte er sich nur in die letzte Reihe und senkte den Kopf. Er nahm den Duft von Weihrauch wahr, der sich mit dem Geruch von Reinigungsmittel mischte. Jan ließ sich auf die Knie nieder und faltete die Hände.

»Ich habe schon lange nicht mehr zu dir gebetet«, flüsterte er. »Vielleicht weil es mir zu gut ging und ich deinen Beistand nicht gebraucht habe oder weil ich immer noch glaubte, dass das Böse am Ende verlieren würde, aber die letzten Tage haben mich zweifeln lassen.

Ich habe die Gasleitung nicht manipuliert, aber fühle mich an Bettys Tod schuldig, als hätte ich sie eigenhändig umgebracht. Sie wirkte immer glücklich und zufrieden. Vielleicht habe ich mir nur eingebildet, dass jede Frau, die mit mir zusammen ist, glücklich und zufrieden sein muss. Wie hätte ich ahnen können, dass sie sich am nächsten Tag umbringen will?«

Jan räusperte sich.

»Ich bitte nicht um Vergebung für mich. Ich werde mein Leben lang mit dieser Schuld leben müssen, aber ich bitte um Milde für Betty. Sie hat sich auf mich verlassen und ich habe sie im Stich gelassen. Ein weniger egoistischer Freund hätte sie vielleicht retten können. Ich weiß, dass der Selbstmord eine Todsünde ist, aber Betty war ein gutes Mädchen, das einen

Platz im Paradies verdient hat. Wenn du der Gott bist, von dem Pfarrer Anberger immer erzählt, dann hast du ihr vergeben und sie ist jetzt bei dir.«

Er wischte sich über das Gesicht.

»Richte ihr bitte aus, dass ich sie vermisse und dass es mir leidtut, dass ich ihr nie gesagt habe, wie sehr ich sie liebe.«

Jan bekreuzigte sich und setzte sich wieder auf die Bank. Er schloss die Augen und war dankbar für die Stille. Die Last auf seinem Gewissen war leichter geworden.

Als die Verbindungsanzeige auf Grün wechselte, sprang Max vom Stuhl auf.

»Strike«, schrie er und ballte die Fäuste. Er imitierte eine Abfolge von Schlägen und Tritten, die besser zu einem Ninja als zu einem Computerfreak gepasst hätte. Dann setzte er sich wieder auf den wackeligen Bürostuhl und ließ seine Finger über die Tastatur fliegen.

»Bist doch zu was nutze, Blondie«, murmelte er vor sich hin. Er hätte nicht geglaubt, dass die komische Zoe das hinkriegen würde. Er hatte die Box idiotensicher konstruiert, aber bei solchen Tussen wusste man nie. Hübsch war sie, aber von Computern hatte sie keine Ahnung.

Zwei Eingabefelder, die mit »User« und »Passwort« bezeichnet waren, wurden sichtbar.

»Das ist alles, was ihr draufhabt?«, brüllte er den Monitor an. »Ich bin Maximum. Der König der Hacker. Ich nehme es mit zehn von euch Amateuren auf.«

Er drückte ein paar Tasten und ein Programm mit dem Namen »Maximum Password-Killer« erschien. Er klickte den »Let-me-in«-Button und sprang einen Schritt zurück. Der Stuhl polterte zu Boden, aber Max hielt den Blick unverändert auf einen breiten Balken gerichtet, der sich von rot zu grün färbte. Er verharrte reglos. Einzig das nervöse Tippen seines Fußes auf dem Laminat störte die Ruhe.

Nach einer Minute gab er ein teuflisches Lachen von sich. Der Balken war grün. Max drehte sich um und rutschte auf seinen Knien den Gang entlang. Dabei hob er die Hände über den Kopf, wie ein Preisboxer, der gerade seinen Gegner k. o. geschlagen hat.

»Und wieder ein Sieg für die Hacker über das System der Unterdrückung«, schrie er.

»Halt die Fresse, du Arschloch«, klang eine Stimme durch die Wand. »Ich will pennen.«

Ohne auf seinen Nachbarn zu reagieren, ging Max zurück an den Computer und klickte sich durch den Kripo-Server. Dann hatte er es gefunden.

Jan spazierte durch das Industriegebiet, um sich ein Bild von Michael Jossecks Firma zu machen. Während sich viele Ermittler auf die Täter konzentrierten, wollte Jan alles über das Opfer erfahren. Jedes noch so unwichtige Detail. Kannte man das Mordmotiv, schrumpfte die Menge der möglichen Täter erheblich. Der Bauunternehmer war jetzt zwei Tage tot. Seine Kollegen hatten die Befragungen abgeschlossen, daher wäre es auffällig gewesen, wenn Jan Jossecks Mitarbeiter erneut befragt hätte. Er vertraute auf Max, der ihm die Befragungsprotokolle beschaffen würde.

Heute wollte er das weitere Umfeld des Bauunternehmers prüfen. Vielleicht gab es Nachbarn oder befreundete Handwerker, die nicht befragt worden waren. Irgendetwas, das im Zuge der Ermittlung übersehen worden war.

Der Lärm einer Baustelle übertönte den Berufsverkehr. Aus dem Schornstein einer Industriehalle quoll dichter Rauch. Ein großer Metallzaun umgab die Anlage und bot nur eine schmale

Lücke für Kipplader, die Tonnen an Bauschutt anlieferten. Der aufgewirbelte Staub ließ Jan husten. Er senkte den Kopf und ging weiter, vorbei an einer Autowerkstatt, einer Lackiererei, einem Motorradgeschäft und einem Röhrenlieferanten. Am Ende der Straße war Jossecks Bauunternehmen. Ein einstöckiges Haus mit drei Wellblechgaragen. Jan unterdrückte den Drang hineinzugehen, drehte um und lief den Weg auf der anderen Straßenseite zurück, vorbei an einem Reifenhändler, einem Fuhrpark mit Wohnmobilen bis zu einem kleinen italienischen Restaurant.

Vor dem Restaurant blieb er stehen. Der Italiener war der einzige Ort im Industriegebiet, an dem es etwas zu essen gab. Da Michael Josseck zu Lebzeiten eher im Büro als auf den Baustellen zu finden gewesen war, hatte er vielleicht hier zu Mittag gegessen. Seine Körperstatur deutete auf eine Leidenschaft für Essen hin.

»Bei Filippo« war ein schmuckloser, kleiner Laden. Das Innere war kaum ansprechender. Der braune Teppichboden, die dunklen Holzmöbel und die tief hängenden Lampen waren wie eine Zeitreise in die Siebziger. Einzig eine Wand mit italienischen Souvenirs brach den rustikalen Stil auf.

Ein älterer Mann wischte gerade einen Tisch ab. Er hatte ergrautes dunkles Haar und trug eine gepflegte Weste über seinem weißen Hemd. Als er Jan hereinkommen sah, legte er den Lappen zur Seite. »Die Küche macht erst in fünfzehn Minuten auf«, sagte er freundlich, »aber wenn Sie möchten, können Sie so lange warten.« Er deutete auf die kleine Bar, die mit Wein und Grappa überladen war.

»Danke, ich bin nicht zum Essen hier«, sagte Jan und zeigte seine Kripomarke. Der Mann versteifte sich sichtlich.

»Mein Name ist Jan … Schmitt. Ich arbeite bei der Kripo Berlin und hätte ein paar Fragen zu einem Fall. Sind Sie der Besitzer des Restaurants?«

»Filippo Rotolo«, stellte sich der Mann vor. Er schüttelte Jan die Hand. »Mir gehört das Restaurant seit elf Jahren. Wie kann ich helfen?«

»Kannten Sie Herrn Michael Josseck? Ihm gehörte ein Bauunternehmen hier.«

»Natürlich kannte ich ihn. Ist es wahr, dass er ermordet wurde?«

Jan nickte.

»Wie schrecklich. Es ist schwer vorstellbar, dass er jetzt tot ist. Ich werde seine Besuche vermissen.«

»Er war also Gast?«

»Regelmäßig.«

»Wie oft?«

»Mindestens dreimal die Woche.«

»Und wie war er so?«

»Was meinen Sie?«

»Na, war er freundlich? Hat er viel Trinkgeld gegeben oder sich über das Essen beschwert?«

»Herr Josseck hat nie Schwierigkeiten gemacht.«

»Herr Rotolo«, seufzte Jan. »Ich weiß, dass man über Tote nicht schlecht redet, aber bei einer Mordermittlung benötigen wir die Wahrheit, auch wenn sie unangenehm ist.«

Filippos Gesicht verlor seinen freundlichen Ausdruck. »Ich hasste ihn vom ersten Moment an«, entfuhr es ihm. »Er trug schlecht sitzende Anzüge, die seinen Bauch betonten. Er roch nach Schweiß, und wenn ich seine Bestellung aufnahm, musste ich mich auf die andere Seite des Tisches stellen, weil sein Mundgeruch unerträglich war.«

Jan lächelte. Er schätzte Filippos Ehrlichkeit.

»Außerdem hatte er keine Esskultur, verlangte immer Eiswürfel für seinen Rotwein und gab kaum Trinkgeld.«

»Wenn er Ihnen so unsympathisch war, warum haben Sie ihn in das Restaurant gelassen?«

Filippo zuckte die Achseln. »Ein Kunde ist ein Kunde. Solange er keine anderen Gäste stört, ist sein Geld so gut wie das der anderen. Ich betreibe das Restaurant noch ein paar Jahre. Dann kaufe ich mir ein Häuschen in der Toskana und lasse das alles hinter mir. Nicht mehr in einem tristen Industriegebiet arbeiten, keine nach Bauschutt riechenden Gäste und nie mehr kochen für Leute wie Michael Josseck, die eine Plastikfolie nicht von einer Pasta unterscheiden können.«

»Glauben Sie, dass er Feinde hatte?«

»Sicherlich. Diese Menschen gehen über Leichen und verkaufen sogar ihre Großmutter.«

»So schlimme Feinde, dass ihn jemand ermorden wollte?«

»Wissen Sie, Herr Schmitt, das Industriegebiet ist im Grunde ein Dorf. Jeder kennt jeden. Irgendwann weiß man alles. Wer schlechten Beton mischt, das Auto nicht gut repariert oder an der Steuer vorbei arbeitet. Das ist das Schöne an meinem Beruf. Für die Gäste bin ich unsichtbar. Keiner wechselt das Thema, nur weil ich an den Tisch komme.«

»Und was sagten die Menschen über Herrn Josseck?«

»Er war ein Betrüger, verwendete minderwertiges Material und rechnete das hochwertige ab. Keiner wollte etwas mit ihm zu tun haben, aber irgendwie kam er immer an neue Aufträge. Seine Baufirma wurde größer und vor Gericht zog er immer seinen Kopf aus der Schlinge.«

»Kam Ihnen das nicht komisch vor?«

»Natürlich. Aber ich habe nicht nachgefragt. Je weniger ich mit solchen Dingen zu tun habe, umso besser. Sie sehen ja, wohin das führt.«

»Gibt es jemanden, der es besonders auf Herrn Josseck abgesehen haben könnte?«

Filippo dachte einen Moment lang nach. »Mir fällt niemand ein. Es gab immer mal wieder Unstimmigkeiten, aber nachdem sich herumgesprochen hatte, dass Herr Josseck unseriös ist, hat er keine Aufträge mehr von den anliegenden Firmen bekommen.«

Jan klopfte nachdenklich mit dem Stift auf seinen Block. »Ich danke Ihnen für die offenen Worte, Herr Rotolo«, sagte er und schüttelte ihm die Hand.

»Wenn Sie Menschen suchen, die Herrn Josseck ermordet haben könnten, werden Sie nicht lange wühlen müssen. Ich erkenne einen schlechten Menschen, wenn ich ihn sehe, und Michael Josseck war einer von der schlimmsten Sorte.«

Kapitel 8

Chandu schleppte die Tüten voller Lebensmittel die Treppen hoch. Eigentlich hatte er nur ein paar Kleinigkeiten kaufen wollen, aber auf dem Weg zum Supermarkt hatte Jan ihn angerufen und erklärt, dass er Pfarrer Anberger spontan zum Mittagessen eingeladen hatte. Der Geistliche wollte die Post vorbeibringen und zum Dank für sein unerschütterliches Vertrauen hatte Jan ihm Chandus hervorragendes Isombe versprochen.

Als hätte ich nichts Besseres zu tun, dachte Chandu ungehalten. Eigentlich hatte seine Wohnung ein Unterschlupf sein sollen. Erst war die komische Kettenraucherin gekommen, der Freak ohne Körperhygiene würde auch irgendwann hier vorbeischauen und schließlich kam Jans Nachbar. Fehlte nur noch ein Klassentreffen. Während er vollbepackt die Tür zu seiner Wohnung aufschloss, fragte sich Chandu, ob er sich nicht eine Mütze kaufen sollte, auf der »Pförtner« stand.

»Du warst lange einkaufen«, begrüßte ihn Jan.

»Das liegt daran, dass Maniok in Deutschland nicht sehr verbreitet ist«, antwortete Chandu genervt. »Glücklicherweise habe ich einen Freund aus der Heimat, der immer ein paar vorrätig hat.«

»Soll ich dir beim Kochen helfen?«

Chandu runzelte die Stirn. »Wie gut kennst du dich mit ruandischer Küche aus?«

»Eher wenig.«

»Dann ist es besser, wenn ich koche und du deine Klamotten einsammelst, die quer durch das Wohnzimmer verteilt sind.«

»Okay«, sagte Jan.

»Und die Schuhe«, fuhr Chandu fort. »Dann häng den Bademantel wieder an seinen Platz und räum die Bierflaschen vom Tisch.«

Jan salutierte.

Chandu seufzte, setzte einen Topf mit Wasser auf und packte den Maniok aus. Er zog zwei Messer aus dem Block und machte sich an die Arbeit.

Die Zeit verging wie im Fluge. Kaum war Chandu fertig, kam Jan mit dem Geistlichen zur Tür herein.

Pfarrer Anberger war, wie er sich einen Mann mit dem Vornamen vorgestellt hatte. Blass, hager, mit eingefallenen Gesichtszügen. Seine grauen Haare waren über die Stirnglatze gekämmt. Mit längeren Haaren und dunklem Vollbart könnte er als leidender Jesus durchgehen. Chandu mochte keine Pfarrer oder andere Leute der katholischen Kirche. Zu ernst, zu verbissen und wenig tolerant gegenüber Andersgläubigen.

»Das ist mein Freund Chandu«, stellte Jan ihn vor. Pfarrer Anberger nickte freundlich, konnte aber sein Misstrauen nicht verbergen. Große, dunkelhäutige Männer mit Tätowierungen im Gesicht besuchten wohl selten den Gottesdienst.

Chandu hob die Hand. »Ich bin gleich fertig. Setzt euch.«

Der Pfarrer ließ Chandu nicht aus den Augen, als rechnete er jeden Moment damit, dass er mit einer Machete auf ihn losgehen würde.

»Wird ein gemütliches Essen«, murmelte Chandu, aber Jan brauchte jeden Freund, den er kriegen konnte, und wenn seine Kochkünste dazu beitrugen, dass er regelmäßig mit Kleidung und Post versorgt wurde, sollte es ihm recht sein. Dann würde er weiter kochen und schweigen.

Als sie fertig gegessen hatten, lehnte sich Pfarrer Anberger zurück und seufzte zufrieden.

»So etwas Exotisches habe ich noch nie gegessen. Das war hervorragend.«

Chandu nahm das Kompliment mit einem Kopfnicken entgegen. Vielleicht wurde ihm der stocksteife Pfarrer doch noch sympathisch.

»Was war das für ein Gericht?«

»Isombe mit Ubugali«, erklärte Chandu. »Isombe ist ein Fischgericht, das mit Blättern der Maniokwurzel verfeinert wird. Der graue Brei war das Ubugali. Dazu wird die Maniokwurzel gerieben und gekocht. Man muss sehr gewissenhaft kochen, da Maniok in rohem Zustand giftig ist und erst nach dem Erhitzen essbar wird.«

Der Pfarrer nickte anerkennend.

»Sie sehen noch immer sehr bedrückt aus, Herr Tommen«, wandte er sich an Jan. »Dabei sollten Sie sich glücklich schätzen, einen solchen Freund zu haben.«

Jan ließ sich zu einem Lächeln hinreißen. »Ohne Chandu hätte ich mir längst eine Kugel durch den Kopf gejagt.«

»Der Selbstmord ist kein Weg, den man beschreiten sollte«, mahnte der Pfarrer.

»Ich weiß«, sagte Jan entschuldigend, »aber ich bin voller Zweifel. Ich hielt mich immer für einen der Guten. Jetzt läuft da draußen ein Verrückter rum, dem es nicht nur Spaß macht zu töten, sondern der sich auf perfide Weise an mir rächen will.«

»Vielleicht nur ein ehemaliger Verbrecher, der Genugtuung für einen Gefängnisaufenthalt sucht?«

»Das sage ich mir auch ständig, aber was ist, wenn er von mir zu Unrecht ins Gefängnis gebracht wurde oder ich ihm anders geschadet habe? Dann bin ich am Tod des Richters und Michael Jossecks schuld.«

»Sie haben die Männer nicht ermordet, Herr Tommen.«

»Wenn das so leicht wäre«, sagte Jan verzagt. Er drehte nachdenklich die Gabel in seiner Hand. »Ich respektiere Sie, Pfarrer Anberger, aber ich glaube nicht, dass Sie schon einmal solche Schuld auf sich geladen haben, dass Sie fast daran zugrunde gegangen sind.«

Der Geistliche wandte den Blick ab. »Sie denken, dass ich unfehlbar bin, nur weil ich ein Mann Gottes bin«, flüsterte er. »Aber Sie täuschen sich. Ich habe Dinge gemacht, die mir den Schlaf raubten und bei denen ich mich fragte, ob ich von einem Dämon besessen war. Auch ich bin nur ein Mensch.«

»Was macht man dann?«, fragte Jan. »Wenn man sich seiner Schuld bewusst ist und weiß, dass man es nie wieder gutmachen kann.«

»Man darf nie aufhören, an Wiedergutmachung zu glauben. Irgendwann zeigt der Herr den Weg, den zu begehen schmerzhaft und unerträglich sein mag, aber am Ende steht die Erlösung. Daran glaube ich fest.«

»Und diesen Weg sollte man beschreiten?«, fragte Jan. »Egal, was passiert?«

Pfarrer Anberger nickte. »Ohne zu zögern.«

Zoe hatte sich geweigert, Max' Wohnung erneut zu betreten, also hatten sie sich bei Chandu treffen müssen. Während der große Mann an der Kaffeemaschine hantierte und Zoe ihre zweite Zigarette rauchte, schloss Max einen kleinen Beamer an seinen Laptop an.

Jan konnte ein Grinsen nicht verbergen. Hier saß die eigenartigste Ermittlertruppe der Welt. Er hatte einen Türsteher und Geldeintreiber, dessen Verbindungen zur Unterwelt bestenfalls als undurchschaubar zu bezeichnen waren, eine nikotinsüchtige Rechtsmedizinerin mit dem Aussehen eines

Supermodels, die von ihrem Job gelangweilt war, und einen kindlichen Hacker, der mit Wonne den Kripo-Server hackte, was ihn für Jahre in den Knast bringen konnte.

Chandu kam mit vier Tassen Kaffee aus der Küche und nahm neben Zoe Platz. Er sah missbilligend zur brennenden Zigarette. Zoe erwiderte den Blick gelassen, während sie den Rauch an seinem linken Ohr vorbei blies.

»Darf ich vorstellen«, rief Max. »Georg Holoch.« Alle Augen wandten sich der Wand zu, an die der Hacker ein Bild des Richters projiziert hatte. Jan kannte das Foto von der Internetseite des Gerichts.

»Deine Kollegen waren fleißig«, wandte sich Max an Jan. »Sie haben seine Urteile durchgearbeitet, um Unregelmäßigkeiten aufzudecken. Dabei haben sie sich auf die Begünstigten und die Geschädigten konzentriert.«

»Das ist logisch«, sagte Jan. »Der Mord hatte eine persönliche Komponente. Bei einem Richter war der Mörder wahrscheinlich ein Verurteilter, der sich ungerecht behandelt gefühlt hat.«

»Tatsächlich war Richter Holoch durchaus umstritten. Einige Urteile waren entweder sehr mild oder übermäßig hart. Er hat nie Grenzen überschritten, aber selbst ein juristischer Laie wie ich musste manchmal den Kopf schütteln.«

»Warum?«, fragte Jan.

Max drückte auf eine kleine Fernbedienung in seiner Hand und das Bild des Richters wurde durch das Foto eines Hauses ersetzt.

»Das ist ein Einfamilienhaus in Karlshorst. Auf den ersten Blick sieht alles gut aus, aber der Bauherr hat beim Fundament gepfuscht. Noch bevor die Familie richtig eingezogen war, waren alle Wände feucht geworden und Schimmel hatte sich gebildet. Das Haus war nach wenigen Wochen unbewohnbar. Die Familie zog vor Gericht und kam an Richter Holoch. Der gab den Klägern zwar recht, verurteilte den Bauherrn aber bloß zu einer lächerlichen Strafzahlung von zehntausend Euro.«

Chandu stieß einen Pfiff aus. »Zehntausend Euro für eine Vollsanierung? Das kannst du lassen und dir ein Zelt kaufen.«

Max nickte. »Die überschuldete Familie musste ausziehen.«

»Aber reicht das für einen Mord?«

»Ich kenne Menschen, die für weniger getötet haben«, bemerkte Chandu.

»Vielleicht in deinen Kreisen«, sagte Zoe. »Aber das ist ein Familienvater, kein Zuhälter oder Drogendealer. Der Mörder war ein sadistischer Bastard. Das wird man nicht mal eben so.«

»Der Fall war beispielhaft für die zweifelhaften Urteile des Richters.«

»Mit anderen Worten: Wir finden genug Verdächtige, die sich an Georg Holoch hätten rächen können«, sagte Jan.

»Eigentlich schon, aber jetzt kommt das Interessante.« Max drückte wieder auf seine Fernbedienung. Das Bild von Michael Josseck erschien. »Der Pfuscher mit dem Einfamilienhaus aus Karlshorst war Michael Josseck, der ermordete Bauunternehmer. Daraufhin habe ich alle Urteile Holochs überprüft und fand vierzehn Übereinstimmungen mit Michael Josseck.«

»Lass mich raten«, unterbrach ihn Jan. »Alle diese Urteile waren ähnlich günstig wie das der Familie aus Karlshorst.«

Max deutete mit dem Finger auf ihn. »Bingo.«

»Hm«, sagte Jan. »Das lässt nur zwei Schlüsse zu. Entweder steckten Holoch und Josseck unter einer Decke oder der Bauunternehmer hat den Richter erpresst.«

»Darauf sind deine Kollegen auch gekommen«, sagte Max. »Sie haben die Kontobewegungen des Richters der letzten fünf Jahre überprüft und fanden nicht eine Überweisung von Josseck an Holoch.«

»Dann hat er ihn erpresst«, bemerkte Chandu. »Ein günstiges Urteil kann Zufall sein – aber vierzehn?«

»Wie gingen die Ermittlungen weiter?«

»Alle Eintragungen und Mails deiner Kollegen deuten darauf hin, dass sie mehr über die Verbindung zwischen den beiden herausfinden wollen.«

»Das ist alles?«, fragte Zoe. »Sie suchen nach Verbindungen und hoffen dabei auf den Mörder zu stoßen?«

»Das ist viel Arbeit«, sagte Jan. »Sie müssen alle vierzehn Urteile wieder aufarbeiten und mit jedem der Betroffenen reden. Das wird eine Weile dauern.«

»Bin ich noch immer Hauptverdächtiger im Fall Holoch?«

Max nickte. »Deswegen geht es so langsam voran. Die Mordkommission ist der Meinung, dass du entweder Holochs Mörder bist oder zumindest den Grund für den Mord kennst. Wenn sie dich hätten, wäre der Fall gelöst, daher fahnden sie weiter nach dir.«

Idioten, dachte Jan. Einen Moment lang erwog er, sich zu stellen. Dann würde schnell klar werden, dass er nichts damit zu tun hatte. Doch erst musste er als Tatverdächtiger ausgeschlossen werden, sonst würde man ihn direkt in Untersuchungshaft bringen. Im Gefängnis war er nutzlos.

Max tippte auf seine Fernbedienung. An der Wand erschien eine Urteilsschrift.

»Was ist das?«, fragte Jan.

»Das ist der einzige Fall, in dem das Urteil gegen Josseck härter war.«

»Du hast gerade gesagt, dass alle Rechtssprüche gegen ihn sehr mild waren«, bemerkte Zoe.

»Stimmt. Dieser auch. Das lag aber daran, dass die Verurteilung nicht ihn getroffen hat, sondern seinen Bauleiter, Horst Ipig.« Das Bild eines Manns erschien. Er war Mitte fünfzig, mit rauem Gesicht und kurz rasierten Haaren. Er trug einen Dreitagebart und hatte eine Zigarette im Mundwinkel.

»Horst Ipig arbeitete zwanzig Jahre lang für Josseck. Als

Bauleiter hatte er unzählige Projekte betreut. Darunter waren auch einige mit Baumängeln. Seine Gier wurde ihm schließlich zum Verhängnis.«

Sein Bild wurde von einem Fabrikgebäude in desolatem Zustand abgelöst. Die Fensterscheiben waren zersprungen. Die Metallstützen waren verbrannt. Daneben stand ein Haus mit einer weißen Holzfassade.

»Sieht nicht sehr wohnlich aus«, bemerkte Chandu.

»Ipig hat für den Neubau der Spiegelfabrik minderwertiges Material verwendet. Er hat nur ein Fünftel der benötigten Metallträger eingebaut und das Eisen weiterverkauft. Außerdem waren die Leitungen schlecht verlegt, was schließlich zu einem Kurzschluss und einem Feuer geführt hat. Glücklicherweise hatte der Produktionsbetrieb noch nicht begonnen, sodass niemand verletzt wurde. Der Schaden belief sich auf zwei Millionen Euro.«

»Und dann?«, fragte Jan.

»Richter Holoch verurteilte Ipig zu einem Jahr ohne Bewährung. Josseck sprach er quasi von der Schuld frei und verdonnerte ihn zu einer Zahlung von achttausend Euro Schmerzensgeld.«

»Wenn das kein Grund ist, auf jemanden wütend zu sein«, sagte Chandu.

»Und jetzt kommt das Beste«, ergänzte Max grinsend. »Eine Woche bevor Richter Holoch ermordet wurde, ist Horst Ipig aus dem Gefängnis entlassen worden. Seitdem hat ihn niemand mehr gesehen.«

Chandu nippte an seinem Kaffee. »Dann ist klar, was wir jetzt machen.«

»Wir müssen Horst Ipig finden«, sagte Jan. »Das ist unser Mann.«

Er wandte sich an Max. »Wird nach ihm gefahndet?«

»Nicht mit Hochdruck, aber alle Streifen sind informiert.«

»Fangen wir bei der letzten bekannten Adresse an?«, fragte Chandu.

»Das hat wenig Sinn«, erwiderte Jan. »Meine Kollegen werden schon dort gewesen sein und alle verwertbaren Spuren verfolgen. Sicher haben sie auch die Nachbarn befragt.«

»Wie willst du ihn sonst kriegen?«

»Wir müssen anders vorgehen. Suchen wir die Freunde, mit denen er krumme Geschäfte gemacht hat. Wenn ich auf eine Baustelle komme und mit der Polizeimarke wedle, haut die Hälfte der Leute ab, weil sie illegal dort sind. Der Rest wird mir nur widerwillig antworten, und in meiner Situation kann ich keinen Druck ausüben.«

»Gab es jemanden, der an den krummen Geschäften von Horst Ipig beteiligt war?«, fragte Jan.

»Ja. Ein gewisser Manuel Floer wurde auch zu einer Bewährungsstrafe verurteilt. Er scheint der Laufbursche von Ipig gewesen zu sein.«

»Kannst du seine Adresse ermitteln?«

»Ich versuche es.«

»Außerdem brauche ich eine Übersicht über die aktuellen Baustellen von Jossecks Bauunternehmungen. Vielleicht versteckt sich Ipig dort.«

»Mach ich, aber mit dem Laptop und der lahmen Verbindung hier geht das nicht. Ich fahre schnell nach Hause und rufe dich an.«

Max hob kurz die Hand und verließ die Wohnung.

»Körperhygiene würde die Treffen mit ihm angenehmer machen«, bemerkte Zoe.

»Er stinkt nicht mehr als deine Zigaretten«, sagte Chandu.

»Das ist wohliger Tabakrauch, Anabolikaschlucker. Kein Gestank. Und ein Mann, dessen Küche riecht, als wäre ein Otter darin verendet, sollte bei einer solchen Diskussion vorsichtig sein.«

»Was da so riecht, ist Tamarinde, Koriander und Maniok. Dass jemand, der Fischstäbchen für kulinarisch wertvoll hält, davon keine Ahnung hat, war klar.«

Zoe legte ihre Zigarette weg. »Hör zu, Kochschürze. Bloß weil du Arme wie Elefantenbeine hast, bricht deine breite Nase trotzdem, wenn ich draufhaue.«

Jan stöhnte. Zoe war wieder in Höchstform.

Er ließ sich zwischen die zwei Streitenden auf die Couch fallen. »Ich habe genug Probleme.« Er wandte sich Zoe zu. »Warum gehst du nicht in die Forensik und hörst dich um. Vielleicht gibt es was Neues, das noch nicht im Bericht steht. Und du«, sagte er zu Chandu, »kannst ein Auto holen. Max wird bald anrufen und ein paar Baustellenadressen durchgeben. Morgen früh fahren wir hin.«

Einen Augenblick lang herrschte gespannte Stille. Jan hoffte, dass die beiden sich nicht gegen ihn verbünden würden. Es war ein beunruhigender Gedanke, zwischen einem zwei Meter großen Muskelberg und einer schlecht gelaunten Rechtsmedizinerin zu sitzen, die ihren Skalpellen Namen gab.

Schließlich erhob sich Zoe. »Haltet mich auf dem Laufenden, ihr Schwachmaten.« Dann verließ sie die Wohnung.

»Eine entzückende Helferin hast du dir da aufgerissen«, sagte Chandu ironisch.

»Lass dich nicht täuschen. Sie hat ständig miese Laune, aber sie ist eine geniale Wissenschaftlerin.«

»Hm«, brummte Chandu wenig überzeugt. »Wenn du es sagst.«

Jan atmete hörbar aus. Endlich hatten sie eine neue Spur.

Patrick betrachtete das Foto in seiner Hand. Jan hatte den Arm um einen breit gebauten Schwarzen gelegt und prostete dem Fotografen mit einer Bierflasche zu. Ein Kollege von der Sitte hatte Jans Freund als Chandu Bitangaro identifiziert, einen bekannten Türsteher und Geldeintreiber. Man vermutete, dass er für mehrere Autodiebstähle verantwortlich war, hatte ihm aber nie etwas nachweisen können. Seine Akte war sauber.

Patrick hatte sich seine Adresse geben lassen und war sofort hingefahren. Das Mehrfamilienhaus hatte die Farbe von verwaschenem Grau, das über die Jahre von Autoabgasen verdunkelt worden war. Der Putz blätterte ab und die Fensterscheiben waren trübe. Es war eine heruntergekommene Gegend mit den üblichen sozialen Problemen.

Die Klingelschilder vor der Tür halfen Patrick nicht weiter. Die Namen waren entweder verwischt oder gar nicht vorhanden. Er wollte gerade alle Klingeln durchprobieren, als ein Jugendlicher mit tief ins Gesicht gezogener Mütze herausgelaufen kam. Er wandte sich von ihm ab und hastete in den Hinterhof.

Patrick hielt die Tür auf und ging hinein. Das Treppenhaus roch muffig und war in noch schlechterem Zustand als die Außenfassade. Chandu wohnte laut seinen Informationen im dritten Stock. Patrick ging die Treppen hoch und kam vor einer verkratzten Holztür zum Stehen. Er rückte seine Krawatte zurecht und klopfte an.

Einen Augenblick später öffnete eine dunkelhäutige Frau die Tür. Ihre langen Haare waren zu feinen Zöpfen geknüpft und fielen ihr über die Schulter. Sie hatte eine sportliche Figur und auffallend rote Fingernägel. Sie trug einen weißen Bademantel und war sichtlich von der Störung genervt.

»Was?«, blaffte sie Patrick an.

Er hob seine Kripomarke. »Mein Name ist Patrick Stein von der Kripo Berlin. Könnte ich bitte Herrn Chandu Bitangaro sprechen?«

»Is' nicht da.«

»Wo finde ich ihn?«

»Ich bin nicht sein Scheißbabysitter. Keine Ahnung.«

»Sind Sie mit ihm verheiratet?«

Die Frau lachte glucksend. »Hör zu. Ich hab Chandu schon lange nicht mehr gesehen. Lass mir deine Nummer da. Wenn er vorbeikommt, ruf ich dich an.«

Sie wollte die Tür vor seiner Nase zuschlagen, aber Patrick hielt sie mit der Hand auf.

»Ich hab keine Zeit, Mann«, fuhr sie ihn an. »Wenn du keinen Durchsuchungsbefehl hast, dann verpiss dich.«

Patrick griff nach ihrem Arm und drehte ihn der Frau schmerzhaft auf den Rücken. Er trat die Tür ganz auf, drängte sie hinein und stieß sie auf den Boden.

»Okay. Jetzt reden wir in Ruhe«, sagte er bestimmt. »Und wenn ich hier rausgehe, weiß ich, wo er ist. Alles andere wäre schlecht.« Dann schloss er die Tür.

Zweiundzwanzig Uhr. Chandu hielt sich im Schatten des großen Discoparkplatzes verborgen. Das Gelände lag unter einer Brücke und war nur spärlich beleuchtet. Es gab keine Kameraüberwachung und einige schwer einsehbare Punkte.

Auf dem Parkplatz waren Lücken, die sich in den nächsten Minuten füllen würden. Chandu wartete schon eine halbe Stunde, aber bisher war kein Auto dabei gewesen, das zu klauen sich gelohnt hätte. Er sah genervt auf seine Uhr, als ein silbergrauer Toyota Auris um die Ecke kam. Chandu seufzte. Endlich eine Karre, mit der er keine Probleme haben würde.

Er nahm eine schwarze Box aus seiner Hosentasche, die kaum größer als ein Handy war, und zog sich tiefer in den Schatten zurück.

Das Auto schoss schwungvoll in die Parklücke. Dann gingen die Lichter aus und ein junger Mann im Anzug stieg aus. Er trug eine dunkle Sonnenbrille und hatte eine protzige Uhr am Handgelenk. Seine Haare waren streng zur Seite gekämmt und seine Goldkette glitzerte auf dem weißen Hemd. Als er die Tür seines Autos zuknallte, drückte Chandu auf seinen Jammer und unterband den Funkkontakt des Schlüssels mit dem Auto. Der Fahrer betätigte beim Weggehen den Schließmechanismus. Dass das typische Aufblinken ausblieb, bemerkte der Mann nicht. Er sang irgendein Lied und machte ein paar Tanzschritte in Richtung der Disco. Chandu wartete, bis er nicht mehr zu sehen war, kam aus seinem Versteck und öffnete die Fahrertür. Drinnen zog er den Hebel zur Motorhaube, stellte sich vor das Auto und hob die schwere Abdeckung hoch. Chandu holte den Laptop aus seinem Rucksack und schloss ein Kabel an den Verteilerkasten im Motorraum, das er mit dem Computer verband. Dann startete er ein Programm mit dem Namen »Toyota Auris« und wartete. Eine Minute später sprang der Wagen an.

Zufrieden packte Chandu den Laptop wieder ein und schloss die Motorhaube. Er zog einen Schraubenzieher aus der Tasche und tauschte die Nummernschilder des Toyotas mit jenen des Nachbarautos. Selbst wenn nach dem Auris gefahndet werden würde, wäre er mit dem falschen Nummernschild ein paar Tage lang sicher. Er durfte nur nicht in eine Polizeikontrolle geraten.

Nach getaner Arbeit warf Chandu Laptop und Schraubenzieher auf den Beifahrersitz und fuhr grinsend vom Gelände.

Während Chandu sein Auto holte, langweilte sich Jan bei einer Casting-Show. Er hasste diesen Mist, aber es war das Beste, was auf den Kanälen lief. Sein Handy klingelte. Das Display zeigte ein Bild seines verrückten Computerfreundes.

»Was gibt's, Max?«

»Ich hab was gefunden«, sagte der Hacker. »Die Baufirma

von Michael Josseck zieht eine Reihenhaussiedlung in Friedrichsfelde hoch.«

»Wie hast du das so schnell herausgefunden?«

»Ich habe im Büro angerufen, mich als Investor ausgegeben und gefragt, ob ich mir einen Bau ansehen darf, bevor ich mit einer Anfrage kommen würde.«

»Und sie haben dir die Adresse des Bauprojekts gegeben?«

»Yo.«

»Hat man erwähnt, dass der Besitzer der Firma gerade ermordet wurde?«

»Nein. Man könnte meinen, dass nichts passiert ist, als wollten die Leute nicht wahrhaben, dass ihr Chef tot ist.«

»Seltsam«, sagte Jan. »Aber gib mir die Adresse.«

Max beschrieb den Weg dorthin. Dann legte er auf.

Jan machte sich eine Notiz, als Chandu zur Tür hereinkam.

»War das Max?«

Jan nickte.

»Wissen wir, wohin es geht?«

»Nach Friedrichsfelde. In eine schnuckelige kleine Reihenhaussiedlung. Morgen früh machen wir uns auf.«

»Ich weiß nicht, warum du so aufgeregt bist.« Chandu reichte Jan eine Mütze. »Wir gehen nur was trinken.«

»Hast du vergessen, dass nach mir gefahndet wird? Ein kurzer Spaziergang vielleicht, aber sich länger an einem Ort aufzuhalten, wäre dumm. Da kann immer jemand reinschneien.«

»Bei der Kneipe brauchst du dir keine Sorgen machen. Ich kenne jeden persönlich und es kommen kaum neue Gäste.«

Jan zog die Mütze auf und betrachtete sich im Spiegel. »Das soll reichen, damit mich niemand erkennt?«

»Mit der hier schon.« Er gab Jan eine Brille. Das eckige Gestell war einfach, fast billig. Die Gläser waren getönt.

»Eine Brille?«, fragte Jan. »Ich bin nicht kurzsichtig.«

»Das ist nur Glas ohne Schliff«, erklärte Chandu. »Die hatte ich bei einem Kostümball auf.«

»Du gehst auf Kostümbälle?«

»Ist 'ne lange Geschichte. Setz sie auf.«

Mit der Brille auf der Nase sah er in den Spiegel. »Ich sehe schlimmer aus als Max.«

»Exakt«, grinste Chandu. »Aber wir gehen auch nicht auf die Pirsch, sondern nur was trinken, damit du dich entspannst. Die Leute werden sich nur an einen schlecht rasierten Freak mit 'ner blöden Kappe und 'ner noch blöderen Brille erinnern.«

»Hört sich toll an.«

»Ach, hab dich nicht so. Früher hat ein Anruf genügt und wir sind losgezogen.«

»Da war ich auch nicht Hauptverdächtiger in einem Mordfall.«

»Heute Abend blenden wir dieses Detail aus«, sagte Chandu fröhlich. »Zwei Bier und wir gehen wieder.«

Jan seufzte. »Na gut.«

Chandu nahm seine Jacke. Er war froh, seinem Freund Ablenkung verschaffen zu können. Zoe und Max kannten ihn nicht gut genug, um die Last auf seinen Schultern zu sehen. Jan schlief nur wenig, und wenn er ihm nicht ein leichtes Schlafmittel in sein Bier schütten würde, würde er kein Auge zutun. Dass er nicht mehr bei der Kripo arbeiten durfte und sogar Mordverdächtiger war, war schlimm für ihn. Der Selbstmord Bettys hatte ihn fast zerbrochen. Er gab sich die Schuld an ihrem Tod.

»Nicht mehr als zwei Bier«, sagte Jan. »Wir müssen morgen früh auf die Baustelle.«

Chandu hob die Daumen und drängte Jan aus der Wohnung.

»Ich bin immer noch nicht sicher, ob ich die Idee mag«, sagte Jan, als sie das Treppenhaus hinuntergingen.

»Ach, mir fehlen die wilden Zeiten im guten alten Kreuzberg.«

»Wenn ich nicht mehr verdächtig bin, holen wir das nach.«

Auf dem Weg zur Kneipe versuchte Chandu, Jans trübe Gedanken mit ein paar alten Geschichten zu vertreiben. Er erzählte vom Public Viewing während der WM, vom nächtlichen Nacktbaden in der Spree bis hin zur Schlägerei mit ein paar Bikern, deren Freundin Jan angegraben hatte.

Chandus Stammkneipe war ein kleines Lokal mit dunklen Scheiben und zwei Stehtischen vor dem Eingang. Das Namensschild war unleserlich. Keine Kneipe, in die man zufällig stolperte, aber Chandu liebte es. Soulmusik hallte aus zwei Lautsprechern. Der Geruch von Frittierfett hing in der Luft. Ein Gemisch aus LED-Leuchten und rotem Barlicht tauchte den Raum in einen diffusen Dämmer.

»Wohin?«, fragte Jan.

»Hinten sind Stehtische«, sagte Chandu. »Da sind wir weg vom Eingang, und im trüben Licht erkennt dich niemand, selbst wenn die Kripo hier vorbeiläuft.« Er drückte Jan einen Schein in die Hände. »Hol uns mal zwei Bier. Ich begrüße ein paar Leute und warte drüben auf dich.«

Chandu winkte seinen Freunden und schüttelte viele Hände. Als Jan mit zwei Bierflaschen zurückkam, war Chandu in ein Gespräch über die Berliner Kneipenkultur verwickelt. Er wollte Jan gerade vorstellen, als sein Blick zum Eingang schweifte und sein Lächeln gefror. Chandu packte Jan am Kragen, öffnete die Toilettentür und stieß seinen Freund kraftvoll hinein.

»Bleib drin«, rief er ihm hinterher. Noch bevor der Lärm der zerbrechenden Bierflaschen die Gäste stören konnte, hatte Chandu die Tür zugeknallt.

Ein Mann mit Anzug war hereingekommen. Er drängte sich widerwillig durch die Gäste und kam direkt auf Chandu zu. Mit seiner hellen Krawatte und den dunklen Lederschuhen wirkte er wie ein Fremdkörper in der Kneipe.

»Mein Name ist Patrick Stein.« Er zeigte seine Marke. »Ich habe ein paar Fragen an Sie.«

Kapitel 9

»Wieso haben Sie mich nicht zu Hause aufgesucht?«, fragte Chandu. Er sah sich vielsagend um. »Eine Kneipe ist nicht der richtige Ort dafür.«

»Ihre Mitbewohnerin hat mir gesagt, dass Sie selten zu Hause sind und man Sie hier findet.«

Sakina, dachte Chandu. Er musste bei Gelegenheit ihre Miete erhöhen. Gott sei Dank kannte sie die Wohnung in der Oranienburger nicht. Aber es hatte keinen Sinn, sich zu wehren. Je hilfsbereiter er war, umso schneller würde Patrick verschwinden.

»Wie kann ich helfen?« Chandu setzte ein freundliches Gesicht auf.

»Ich ermittle in zwei Mordfällen, in denen ein Freund von Ihnen Hauptverdächtiger ist.«

Chandu sagte nichts und behielt seinen unverbindlichen Ausdruck bei. Leicht würde er es Patrick nicht machen.

»Jan Tommen.«

»Jan?« Chandu machte ein überraschtes Gesicht. »Arbeitet der nicht bei der Kripo?«

»Früher einmal. Er hat die Seiten gewechselt.«

»Wirklich? Wer wurde ermordet?«

»Unwichtig«, winkte Patrick ungehalten ab. »Haben Sie Herrn Tommen in der letzten Zeit gesehen?«

»Schon zwei Wochen nicht mehr.«

»Ich muss Sie nicht daran erinnern, was passiert, wenn Sie einen Kripobeamten anlügen.«

»Das ist die Wahrheit, Herr Kommissar.« Chandu hob abwehrend die Hände. »Wir kennen uns und gehen ab und zu was trinken, aber enge Freunde waren wir nie. Wie kommen Sie auf mich?«

»Ich habe ein Foto von Ihnen und Herrn Tommen gefunden. Darauf sahen Sie wie richtige Freunde aus.«

»Ich bin Türsteher. Jan war mir mal behilflich, als ich Probleme mit ein paar Betrunkenen hatte. War kein großes Ding. Er hat nur seine Pflicht getan.«

»Hm«, murmelte Patrick wenig überzeugt. Chandu zwang sich, nicht nach rechts zur Toilette zu sehen. Hoffentlich hatte Jan seine Warnung gehört. Wenn er nur herauslugen würde, wären sie aufgeschmissen.

»Was für ein Auto fahren Sie?«

»Ich habe kein Auto. Mir liegt die Natur sehr am Herzen, daher nutze ich öffentliche Verkehrsmittel.« Chandu unterdrückte ein Grinsen. Er war stolz, wie leicht ihm diese Lüge über die Lippen gegangen war.

»Sie fahren keinen dunklen, hochgetunten Mercedes?«

»Sie müssen mich verwechseln. Fragen Sie bei der Zulassung nach. Ich habe keinen Wagen.« *Warum auch,* fügte er in Gedanken dazu. *Leihen ist billiger.*

Die Tür zur Toilette ging auf. Chandu stockte der Atem, doch statt seines Freundes stöckelte eine junge Blondine auf hohen Schuhen hinaus.

»Perverser Spanner«, schrie sie und schlug die Tür zu. Erst jetzt fiel Chandu auf, dass er Jan in die Frauentoilette gestoßen hatte. Mit einem wütenden Schnauben drängte sich die Blondine zwischen ihnen durch, verließ die Kneipe und knallte auch die Eingangstür zu.

Patrick sah zwischen Chandu und der Toilette hin und her.

Sein Pflichtgefühl als Polizist kämpfte mit der Ungeheuerlichkeit, auf eine Frauentoilette zu gehen.

»Wenn Sie möchten, können Sie mir Ihre Nummer dalassen«, riss Chandu das Gespräch wieder an sich. »Ich melde mich, wenn ich etwas von Jan höre.«

»Äh. In Ordnung«, stammelte Patrick. Er griff in seine Tasche und gab ihm eine Visitenkarte.

»Jan Tommen hat zwei Morde begangen. Er ist gefährlich. Gehen Sie ihm aus dem Weg und rufen Sie mich sofort an, wenn Sie ihn sehen.«

»Mach ich, Herr Kommissar«, sagte Chandu und salutierte locker. »Sie können sich auf mich verlassen.«

Patrick nickte und machte sich auf den Weg nach draußen. Nach zwei Schritten drehte er sich nochmals um.

»Und noch was.« Er hob drohend den Finger. »Nennen Sie mich nicht Herr Kommissar.« Dann knallte er ebenfalls die Tür zu.

Jan hatte Mühe, gerade zu laufen. Chandus Stoß hatte ihn vor eine Klotür befördert, in der eine attraktive Blondine gerade ihr Oberteil gerichtet hatte. Im Fallen hatte er das Bier zu retten versucht, aber beide Flaschen hatten sich über sein Hemd ergossen. Besudelt hatte er der jungen Frau freundlich zugezwinkert. Zum Dank war die Blondine auf ihn zugestürmt und hatte ihn mit ihrer Handtasche verprügelt, sodass er sich in eine andere Kabine hatte flüchten müssen. Dort hatte ihn Chandu herausgeholt.

Patricks Besuch hatte Jan wieder bewusst gemacht, wie gefährlich die Öffentlichkeit war. Mütze und Brille hätten seinen Kollegen nicht täuschen können.

Aus Angst, dass Patrick noch vor der Tür herumstreichen könnte, hatte Chandu einen Kasten Bier geholt und die Party auf die Damentoilette verlegt. Seine Freunde hatten sich diesem Gelage angeschlossen, bis sich alle Gäste in oder vor dem Klo herumgetrieben hatten. Erst gegen drei Uhr, als die Kneipe geschlossen wurde, hatten sich Chandu und Jan aus dem Hinterausgang geschlichen.

Jan würde morgen früh höllische Kopfschmerzen haben, aber heute Abend war ihm das egal. Für ein paar Stunden war alles wie früher gewesen. Wie vor den Morden. Als Betty noch lebte.

Der feine Geruch von Basilikum weckte Jan. Er lag in ihrem Bett. Die Sonne erhellte den großen Raum, der gleichzeitig Schlafzimmer, Wohnzimmer und Küche war. Betty stand am Herd und kochte ihr ganz spezielles Frühstück. Schinkenomelett mit frischen Kräutern. Sie besaß einen kleinen Garten, der entlang ihres Fensterbrettes wuchs. Sie liebte den Geruch von Pflanzen. Überall waren Blumen, kleine Bäumchen oder Sträucher verteilt, die sie mit Hingabe pflegte. Während bei Jan sogar Plastiktulpen eingingen, spürte Betty, wann eine Pflanze Wasser brauchte oder es an der Zeit war, ihre Äste zu stutzen.

Sie lächelte zu ihm hinüber. Jans Herz drohte vor Freude zu zerspringen. Sie war so wunderschön, mit ihren langen Haaren und ihren strahlenden Augen. Jan konnte ihre Lippen noch schmecken und fühlte ihre Wärme auf seinen Fingern, als wären ihre Körper noch immer im Liebesspiel vereint. Er wollte sie wieder in seine Arme nehmen und den Duft ihrer Haut schmecken.

Jan wollte aufstehen, aber irgendetwas presste ihn auf das Bett. Eine unsichtbare Kraft hielt ihn erbarmungslos fest.

Betty bemerkte von alledem nichts. Sie streute Rosmarin in die Pfanne, dessen Aroma sich sanft mit dem Basilikum vermischte. Sie drehte den Knopf am Herd und die Kochflamme wurde größer. Erst leckte das Feuer nur leicht über den Pfannenrand, wuchs aber mit jedem Atemzug, bis die Abzugshaube schwarz wurde. Bettys gute Laune war unverändert. Sie kochte weiter, als wären die Flammen nur eine Illusion. Ihre Arme fingen Feuer. Der frische Duft der Kräuter wurde vom Gestank brennenden Fleisches vertrieben.

Jan schrie, aber der Druck auf seiner Brust wurde stärker. Er bekam keine Luft. Er versuchte sich loszureißen. Je mehr er sich mühte, umso tiefer wurde er in das Bett gedrückt. Die Flammen schlugen höher und setzten den Küchenblock in Brand. Bettys Arme waren schwarz verkohlt. Ihre Haare loderten. Ihr Gesicht schien zu schmelzen. Dann explodierte der Herd in einem Feuerball.

Jan schreckte schreiend aus dem Traum hoch. Sein T-Shirt war schweißdurchtränkt. Er hatte die Decke von der Couch getreten. Seine Hände waren zitternd um das Kissen gekrallt. Nur langsam wurde sich Jan seiner Umgebung bewusst. Das Neonlicht der Straße erhellte Chandus Wohnzimmer. Dann holte ihn die Erinnerung ein, die Mordfälle, seine Flucht, Bettys Tod. Sein Magen rebellierte und er erbrach sich auf den Couchtisch.

Jan hatte nach dem Traum nicht mehr schlafen können. Erst nachdem Chandu ihm einen Kaffee gebracht hatte, waren die Bilder aus seinem Kopf geflohen. Sein Kopf schmerzte und ihm war schwindelig. Es hatte eine Stunde gedauert, bis der Couchtisch gereinigt war und Jan einigermaßen gerade gehen konnte.

Auf dem Weg zum Auto sprachen sie wenig und die Fahrt verlief in gemeinsamem Schweigen. Nach der Anzahl der Aspirin zu schließen, die Chandu mit seinem Kaffee genommen hatte, hatte auch er keine erholsame Nacht gehabt. Nach einer Stunde hatten sie das Neubaugebiet hinter einem kleinen Wäldchen gefunden. Es lag mitten im Brachland. Eine verschmutzte Straße führte zur Baustelle. Container standen am Straßenrand und leerer Verpackungsmüll sammelte sich in einer Mulde. Die meisten Häuser waren im Rohbau. Manche hatten schon Fenster, aber der Außenputz fehlte überall. Außer einem Kran und einem Bagger gab es keine Fahrzeuge. Nirgends brannte Licht oder stieg Rauch in den Himmel. Es war noch niemand eingezogen.

»Wer gibt für eine solche Hütte Geld aus?«, fragte Chandu.

»Es gibt schlimmere Orte.«

»Guantánamo?«

Jan lachte, bereute es aber sofort. Sein Kopf bestrafte jede ruckartige Bewegung.

Chandu zeigte auf das letzte Haus. »Da drüben sind ein paar Leute.« Er fuhr den Toyota an den Straßenrand und sie stiegen aus. Der sandige Boden war matschig. Kleine Zementpfützen mischten sich mit Bauabfällen zu einer undefinierbaren Masse. Jan suchte eine Stelle, die seine Schuhe nicht ruinieren würde.

Chandu setzte eine dunkle Sonnenbrille auf und ließ Jan vorgehen. Mit seinem kurzgeschorenen Haar und seinem breiten Kreuz wirkte er wie der perfekte Leibwächter eines Bond-Bösewichts.

Vier Arbeiter lehnten gelangweilt an einem alten Lieferwagen und rauchten. Nach der Anzahl der Kippen auf dem Boden, machten sie das schon eine Weile.

»Morgen, Leute«, sagte Jan. Keiner der Männer reagierte auf ihn.

»Gehört ihr zu Michael Josseck?«

»Schon möglich«, antwortete einer von ihnen unfreundlich. Er hatte eine hagere Statur und langes, blondes Haar. Auf seinem Unterarm prangte ein undefinierbares Tattoo. Wahrscheinlich ein Löwenkopf.

»Keine Sorge. Wir sind nicht vom Zoll. Wir haben bloß einen kleinen … Auftrag.«

Das Interesse der Männer war geweckt. »Um was geht's?«

»Nichts Großes«, begann Jan. »'ne Altbaurenovierung in Charlottenburg. Zwanzig die Stunde.«

»Und wie kommst du auf uns?«, fragte der Hagere. Er war nicht überzeugt.

»'n Kumpel hat mit Manuel Floer was gemacht und war zufrieden.«

»Manuel is' nich' hier.«

»Wo find ich ihn?«

»Warum eigentlich Manuel? Der is' nich' mal Meister.«

»Ich arbeite nur über Empfehlungen. Wenn er euch für die Arbeit mitnimmt, soll's mir recht sein.«

Der Hagere musterte Jan abschätzend.

»Na gut.« Er warf seine Kippe auf den Boden. »Dann mach mal die Lauscher auf.« Mit kurzen Worten beschrieb er den Weg zu einer Industriehalle.

»In Marzahn?«, fragte Jan.

Der Hagere nickte. Jan seufzte. Von hier aus wären sie eine Ewigkeit unterwegs.

»Habt ihr keine Nummer für uns?«

»Ich nicht. Ihr müsst schon persönlich hin.« Dann holte er ein kleines Päckchen aus der Tasche und steckte sich eine weitere Zigarette an. »Bis Feierabend ist Manuel dort.«

Man brauchte kein Psychologe zu sein, um die Lüge des Mannes zu bemerken, aber mehr würde Jan nicht herausbekommen. Es war immerhin eine Adresse.

»Wir sehen uns.« Er hob die Hand und ging zurück zum Auto. Hätte Jan sich umgedreht, hätte er den telefonierenden Arbeiter bemerkt, der dem wegfahrenden Wagen misstrauisch hinterhersah.

Auf der Fahrt nach Marzahn hatten sie zweimal an den Straßenrand fahren müssen. Der gestrige Abend forderte noch immer seinen Tribut. Nach einem weiteren Kaffee aus einer Imbissbude waren Jans Kopfschmerzen auf ein erträgliches Maß geschrumpft.

Chandu parkte den Wagen vor der großen Industriehalle. Die Fassade war von einer Plane verdeckt, die sich um ein großes Baugerüst spannte. Die anderen Gebäude um die Baustelle waren verlassen.

»Hier ist niemand«, sagte Chandu. »Hier steht noch nicht einmal ein Betonmischer oder ein Kran. Vielleicht sollten wir nach Friedrichsfelde zurück und den Jungs auf die Knochen hauen.«

»Lass uns erst mal reingehen«, schlug Jan vor. »Ich will einen kurzen Rundgang machen.«

Die Industriehalle war leer. Staub bedeckte den Boden und es roch modrig. Die Plane um das Gebäude ließ kaum Licht durch.

»Sucht ihr jemanden?«, hallte eine Stimme durch den Raum. Vier kräftige Männer kamen auf sie zu. Sie trugen Arbeitskleidung und schwere Sicherheitsstiefel.

»Bist du Manuel Floer?«

»Sag mir erst, wer du bist«, befahl der Kräftigste von ihnen. Er trug eine weiße Latzhose, die mit alter Farbe bespritzt war. Seine Nase war schief und ihm fehlten mehrere Zähne. Sein unrasiertes Gesicht und seine verschlagene Visage machten ihn Jan sofort unsympathisch. Typen wie er machten sich einen Spaß daraus, andere zu schikanieren. Normalerweise würde er diese Herausforderung annehmen, aber er brauchte Informationen.

»Ein Freund hat gesagt, dass du gerne mal einen Nebenjob annimmst.«

»Bist du ein Scheißbulle?« Er rempelte Jan an.

»Nein« sagte er ruhig. »Ein Hausbauer, der am Finanzamt vorbeiarbeiten will.«

»Ich kenne Fressen wie dich«, fuhr der Mann fort und stieß ihn zurück. »Du bist ein Drecksbulle.« Jan unterdrückte das Bedürfnis, den Idioten mit einem Kopfstoß niederzustrecken.

»Und wer soll der Freund sein?«

»Peter«, sagte Jan sofort. Er hatte lange überlegt, ob er Horst Ipig ins Spiel bringen sollte, beschloss aber zu warten.

»Wer zur Hölle ist Peter?«

Der Arbeiter würde die Antwort nie bekommen, denn eine harte Gerade von Chandu riss ihn von den Beinen. Es knackte laut, als die Faust auf das Gesicht traf.

»Genug geplauscht«, sagte Chandu und zog seine Jacke aus.

»Warum zur Hölle ...«, begann Jan, als sich einer der Männer auf ihn warf. Jan schlug hart mit dem Kopf auf den Beton. Für einen Augenblick sah er Sterne und verlor die Orientierung. Ein Schlag in den Bauch brachte ihn zurück. Sein Angreifer lag auf ihm und malträtierte ihn mit Schlägen. Jan umschlang den Kopf des Mannes, zog ihn zu sich und hämmerte ihm den Ellenbogen in die Seite. Er wurde mit einem Aufstöhnen belohnt.

Jan drehte den Kopf des Mannes nach rechts und wand sich aus der Umklammerung. Dann packte er den Arm des Schlägers, legte sein Bein darüber und streckte sich nach hinten. Ein Armhebel. Jan verstärkte den Druck auf die Schulter. Zwei Sekunden später flehte der Schläger um Gnade.

Jan löste den Griff und stand auf. Der Arbeiter wälzte sich stöhnend zur Seite und hielt sich die Schulter. Chandu stellte sich neben Jan und massierte sich die Handknöchel. Seine drei Gegner lagen auf dem Boden.

»Auch schon fertig?«, fragte der große Mann grinsend.

»Warum hast du das gemacht?«

»Was gemacht?«

»Eine Schlägerei angefangen.«

»Die Jungs waren nicht nett«, sagte er achselzuckend. »Außerdem hätten sie uns sowieso angegriffen. Ich bin dem nur zuvorgekommen.«

Jan seufzte. Diplomatie war nicht Chandus Stärke.

»Ich weiß gar nicht, was du willst«, erklärte der große Mann. »Jetzt sind sie hilfsbereit und freundlich.«

Manuel hielt sich ein schmutziges Tuch vor die Nase und hatte den Kopf leicht gehoben. Die Blutung ließ nur langsam nach. Jan wäre lieber ohne Schlägerei ausgekommen, aber wahrscheinlich hatte Chandu recht gehabt.

»Warum warst du auf Ärger aus?«, fragte Jan.

»Weil ich Scheißbullen nicht mag.«

»Vielleicht bin ich keiner.«

Manuel lachte kurz auf. »Du stinkst wie ein ganzes Zimmer von ihnen.«

Jan unterdrückte den Impuls, an seiner Kleidung zu riechen. »Egal«, winkte er ab. »Beantworte mir meine Fragen und wir sind weg.«

Der Mann nickte mürrisch.

»Wo ist Horst Ipig?«

»Keine Ahnung, verdammt.«

»Du solltest kooperativer sein«, bemerkte Chandu drohend, »sonst gibt's Nachschlag.«

Manuel war von Chandus Drohung sichtlich eingeschüchtert. »Ich weiß es wirklich nicht«, sagte er kleinlaut. »Ich habe Horst vor ein paar Tagen gesehen. Er hat mich auf einer Baustelle besucht und von seiner Zeit im Knast erzählt. Ich hab ihn gefragt, ob er wieder auf 'm Bau arbeiten will, aber er hat nur gelacht. Hat seine Schäfchen im Trockenen, sagte er. Dann hat er blöde gegrinst.«

»Was meinte er damit?«

»Was weiß ich, Mann. Horst hat immer die Hand aufgehalten oder ab und zu ein paar Baumaterialien verschoben, aber reich geworden ist er damit nicht. Frag mich nicht, wo er die Kohle herhat.«

»Hast du eine Ahnung, wo er ist?«

»Null, Mann. Sagte ich doch. Ist anscheinend mit seiner Frau aus seinem alten Haus ausgezogen.«

»Warum kam er auf die Baustelle?«

Manuel zuckte die Achseln. »Vielleicht um der alten Zeiten willen? Hat mir keine Nummer dagelassen oder irgendeinen Hinweis gegeben, wo ich ihn finden kann.«

Jan hatte genug Verhöre geführt, um zu sehen, dass Manuel nichts wusste. Wieder eine Sackgasse. Er zog einen Kuli aus seiner Jacke und nahm Manuels Hand.

»Das ist meine Nummer.« Er schrieb die Zahlen auf den Ballen. »Wenn dir was einfällt oder du Horst siehst, dann ruf mich an.«

»Wär besser für dich«, ergänzte Chandu.

Manuel nickte. Dann verließen sie die Halle.

»Was machen wir jetzt?«, fragte Chandu auf der Rückfahrt.

»Wir müssen zu Josseck zurück. Das mit Ipigs Lakai Manuel war eine gute Idee, aber vielleicht sind wir in die falsche Richtung geprescht.«

»Es ist auffällig, dass die Morde mit Ipigs Freilassung zusammenfallen.«

»Es würde einiges erklären. Manuels Aussage, dass Ipig zu ihm gekommen ist und von den Schäfchen im Trockenen erzählt hat, hat mich misstrauisch gemacht. Er wird kein Geld für die Morde bekommen haben, das heißt, er hat woanders Geschäfte gemacht. So hatte er auch keinen Grund mehr,

Richter Holoch und Josseck umzubringen. Außerdem fehlt die Verbindung zu mir.«

»Die Verbindung zu dir?«

»Da ich Richter Holoch nicht umgebracht habe, muss der Mörder irgendwo meine Fingerabdrücke, mein Blut und mein Auto herbekommen haben. Und das können nur Leute in meiner Nähe oder jemand, der mich in einer schwachen Stunde erwischt hat.«

»Du hast einen Filmriss von sechsunddreißig Stunden. Vielleicht hat dir Ipig irgendwo aufgelauert und dir eine verpasst.«

»Aber wie kommt er auf mich? Wir hatten nichts miteinander zu tun.«

»Vielleicht hast du ihn mal bei einer Razzia hochgenommen, seine Schwester geschwängert oder ihm ein Geschäft versaut.«

»Ich habe eine Menge kaputter Typen in den Knast gebracht. Wenn mir jeder einen Mord anhängen würde, wäre halb Berlin darin verwickelt.«

»Im Knast hatte er genug Zeit, darüber nachzudenken.«

»Ein einfacher Mann vom Bau soll so ein Komplott einfädeln?«

»Im Gefängnis gibt es genug Irre. Er muss nur den richtigen Zellengenossen mit Verbindungen nach draußen gehabt haben.«

»Hm«, grübelte Jan. An Chandus Aussage war etwas dran. »Wie schnell kannst du mir noch einen weiteren Kripoausweis besorgen?«

»Die einfachen, die keiner Überprüfung standhalten? Drei Stunden. Wenn ich zweihundert drauflege, geht es schneller.«

»Kann dein Fälscher auch Passfotos manipulieren?«

»Du wärst überrascht, wie schnell der aus dir eine Kreuzung aus Eichhörnchen und Marsianer machen kann.«

»So verrückt brauche ich es nicht. Mach mir nur die Haare etwas länger und gib mir einen gestutzten Vollbart. Und denk dir einen neuen Namen für mich aus.«

»Was hast du vor?«

»Ich gehe in den Knast.«

»Ich dachte, das ist genau das, was du nicht willst.«

»Ich erkläre es später«, sagte Jan. »Wir treffen uns in drei Stunden in der Wohnung. Lass mich an der Oranienburger raus. Da ist genau der Laden, den ich brauche.«

Jan fühlte sich wie ein Kind in einem Spielzeugladen. Die Wände hingen voller Latexmasken. Ein lachendes Schwein starrte auf George Bush. Ein alter Mann mit Bart ruhte neben venezianischen Masken, deren Goldverzierungen nicht zu den Zombies über dem Durchgang passten. Ein bunter Clown grinste dämonisch zu Batman, dessen Blick gleichgültig auf einer Puppe mit Boafedern ruhte.

Jan wollte sich durch das Geschäft treiben lassen und jede Maske ausprobieren, aber die Zeit war knapp. Stattdessen setzte er nur ein paar Perücken auf, bis er die richtige gefunden hatte. Er legte ein paar Schminkutensilien dazu und verließ das Geschäft. Er hatte sich lange nicht mehr verkleidet.

Chandu ging gähnend die Treppen zu seiner Wohnung hoch. Das Trinkgelage hing ihm noch immer in den Knochen. Er wäre bei seinem Fälscherfreund beinahe auf dem Stuhl eingeschlafen. Immerhin hatte es nur eine Stunde gedauert, bis Martin Müller einen Kripoausweis hatte. Der in das Foto kopierte Bart machte Jan zehn Jahre älter und veränderte sein Gesicht völlig.

Chandu drehte den Schlüssel im Schloss, als die Tür aufgerissen und ihm eine Waffe vors Gesicht gehalten wurde. Chandu verfluchte seine langsame Reaktion, aber mit dem Lauf einer 45er vor der Nase hätte er sowieso nicht viel Zeit zum Handeln gehabt.

Chandu hob die Hände. »Okay, Mann«, sagte er zu dem Fremden. »Jetzt nur nicht nervös werden. Wer bist du und was willst du?«

»Rngflln«, sagte der Einbrecher und fuchtelte mit der Pistole herum.

»Was?«, stammelte Chandu. Er hatte es offensichtlich mit einem Irren zu tun. Chandu wog seine Optionen ab. Er musste auf einen Schritt herankommen, dann konnte er den Arm des Mannes zur Seite lenken und ihn packen.

Der Einbrecher trat näher. Ein breites Grinsen erschien auf seinem bärtigen Gesicht und er steckte die Waffe ein.

»Reingefallen«, sagte Jan fröhlich.

»Du Arsch.« Chandu atmete erleichtert aus. »Ich hätte mir fast in die Hosen gemacht.«

»Wie gefällt dir meine neue Verkleidung?«

Jan hatte lange, braune Haare. Der Vollbart sah echt aus. Zusammen mit einem abgenutzten Hemd wirkte er wie ein spießiger Beamter, der jeden Tag um fünfzehn Uhr Feierabend machte.

»Lernt man das bei der Kripo?«

Jan schüttelte den Kopf »Im Deutschunterricht.«

»Im Deutschunterricht?«, fragte Chandu verwundert.

»Unser Lehrer hat uns in der achten Klasse gezwungen, ein Theaterstück zu spielen. Meine Rolle war ein alter Vagabund mit Bart. Ich musste mir vor jeder Aufführung so ein Ding ankleben. Zusammen mit der Perücke erkannte mich niemand.«

»Warum läufst du nicht immer so rum?«

»Ein angeklebter Bart ist eine fiese Sache. Das juckt nach ein paar Stunden wie die Hölle und man bekommt Ausschlag. Hast du meinen neuen Ausweis?«

»Ja, Martin.« Chandu drückte ihm das Stück Plastik in die

Hand.

»Martin?«

»Martin Müller. Solange du mit dem Pullover im Gesicht rumläufst, ist das dein neuer Name.«

»Nicht gerade kreativ.«

»Ich nehme an, du willst im Knast den Zellennachbarn von Horst Ipig befragen?«

»Genau. Wenn die Zellenwärter meine Kripomarke sehen, geht es einfacher. Der Ausweis ist nur zur Sicherheit.«

»Kennen dich die Jungs da drin nicht?«

»Mein letzter Knastbesuch ist zwei Jahre her.«

»Was versprichst du dir davon?«

»Vielleicht ein Motiv. Ein Jahr Knast macht aus einem Arbeiter keinen kranken Serienmörder, aber andererseits ist es verdächtig, dass Ipig gleich nach seiner Freilassung abgetaucht ist. Außerdem würde ich gerne mehr über das Geschäft erfahren, von dem er Manuel erzählt hat.«

Jan betrachtete sich zufrieden im Spiegel. Die Verkleidung saß perfekt.

»Unabhängig davon sollten wir mehr über die Verbindung zwischen Richter Holoch und Josseck herausfinden. Da wird es mehr als ein paar Gerichtsurteile geben. Ich habe Zoe und Max angerufen. Heute Abend treffen wir uns. Dann erzähle ich von der Befragung.«

Er wandte sich grinsend zu Chandu. »Bis später dann.«

»Mach's gut, Martin.«

Als die Tür ins Schloss gefallen war, schlurfte Chandu ins Schlafzimmer. Er zog seine Schuhe aus und ließ sich ins Bett fallen. Bis Jan zurück war, würde er sich ein Nickerchen gönnen.

Jan ließ seinen Blick durch den leeren Besucherraum schweifen. Eigentlich war die Besuchszeit um, aber seine Kripomarke hatte ihm noch Zugang gewährt. Er tastete nervös seinen Bart ab und hoffte, dass der Kleber seine Haftkraft nicht verlieren würde.

Die Tür ging auf. Horst Ipigs Zellennachbar war ein korpulenter Mann, mit schütterem Haar und einem unrasierten Gesicht. Er setzte sich mürrisch zu ihm.

»Ich habe der Finanzbehörde schon alles gesagt«, begann er. »Was will die Kripo von mir?«

»Gregor Linz, nehme ich an?«, fragte Jan mit Blick auf seine Notizen.

»Ja. Und ich hoffe, Sie bringen gute Nachrichten wegen meines Antrags auf Haftverkürzung.«

»Ich bin nicht wegen Ihnen hier.«

»Sondern?«

»Wegen Horst Ipig.«

»Horschti? Was ist mit dem? Hat er wieder was verschoben?«

»Kann ich nicht sagen, weil ich nicht weiß, wo er ist«, erklärte Jan. »Vielleicht können Sie mir einen Tipp geben.«

»Tut mir leid, Meister.« Gregor hob abwehrend die Hände. »Keine Ahnung.«

»Herr Linz«, begann Jan leise. »Wenn Sie mir helfen, werde ich mich für die Haftverkürzung einsetzen. Ansonsten müssen Sie die Strafe voll absitzen, weil ich dem Prüfungskomitee sage, dass Sie nicht kooperativ waren.«

Gregor kniff die Augen zusammen. Der Unwille über die Drohung war ihm anzusehen. Jan hielt dem Blick stand.

»Nun gut«, löste Gregor die Spannung. »Was wollen Sie wissen?«

»Den Aufenthaltsort von Horst Ipig.«

»Da kann ich Ihnen nicht helfen. Horst hat mir von seinem Haus erzählt, das er mit seinen Kollegen gebaut hat. Im Gefängnis hat er sogar die Pläne von einem Swimmingpool ausgearbeitet. Wenn er da nicht zu finden ist, muss nach seiner Entlassung was passiert sein.«

»Okay«, sagte Jan. »Dann erzählen Sie was von ihrem gemeinsamen Aufenthalt.«

»War 'ne kuschelige Zeit für ihn. Irgendjemand hat dafür gesorgt, dass er mit mir in die Zelle gesteckt wird.«

»Was ist daran so besonders?«

»Ich sitze wegen Steuerhinterziehung und tue keiner Fliege was zuleide.«

»Das ist alles?«

Gregor schüttelte den Kopf. »Er hat ständig irgendwelchen Kram bekommen. Zeitschriften, Essen. Halt so was. Fragen Sie mich nicht, von wem.«

»Und die anderen Gefangenen hat das nicht gestört?«

»Das war so 'ne Sache. Einer der übelsten Typen im ganzen Knast hat auf ihn aufgepasst.«

»Wer?«

»Ich kenn ihn nur unter seinem Spitznamen ›Kelle‹. Heißt Otto oder so. Skinhead. Zwei Meter groß und Hände wie Vorschlaghämmer. Hat zwei Leuten das Genick gebrochen. Die verdammte Pest hat aber immer ein Auge auf Horst gehabt.«

»Und warum?«

»Man munkelt, dass da Kohle geflossen ist. Hundert am Tag.«

»Und wer hat das bezahlt?«

»Irgend so ein Bautyp.«

»Michael Josseck?«

»Das war er«, sagte Gregor und klatschte in die Hände. »Horst hat mir immer erzählt, dass er für den in den Knast gegangen ist.«

»Einfach so? Aus Nächstenliebe?«

»Nein. Horst hat auch Kohle dafür bekommen. Außerdem

hat ihm Josseck versprochen, dass er ihm gleich wieder Arbeit gibt, wenn er raus ist.«

»Hat er was von der Arbeit erzählt?«

»Irgendwas auf 'm Bau. Sonst kann der Horst nichts.«

»Nicht was anderes? Vielleicht ein Baumaterialiendiebstahl? Oder irgendeine andere große Sache?«

»Nicht dass ich wüsste. Anscheinend hat ihm die Zeit im Knast ein ordentliches Sümmchen eingebracht.«

»Dann vielen Dank, Herr Linz.« Jan steckte seinen Notizblock ein und stand auf. Mehr konnte er aus dem Mann nicht herausbekommen.

»He, Meister«, rief er Jan hinterher. »Sie legen doch ein gutes Wort für mich ein? Ohne Horsts Essensspenden krepiere ich an dem Fraß.«

»Gleich Morgen«, log er.

Jan verließ den Raum und winkte den Wachen zu. Er war Horst Ipig keinen Schritt näher gekommen. Heute Abend würden sie ihre Kräfte bündeln müssen.

Kapitel 10

Man konnte es fast Routine nennen. Zoe und Jan hatten es sich auf der Couch bequem gemacht, während Chandu an der Kaffeemaschine werkelte. Max war in die Welt der Technik eingesunken und stellte die Schärfe seines Beamers ein. Es roch nach Zigaretten und starkem Kaffee. Jan fühlte sich an eine Pokerrunde mit Freunden erinnert. Fehlten nur noch Karten und Bier.

»Wie war dein Gespräch mit Ipigs Zellenkumpel?«, fragte Chandu aus der Küche.

»Ich bin kaum weitergekommen. Josseck hat ihm von draußen einen angenehmen Gefängnisaufenthalt beschert. Es gibt keinen Grund, warum Ipig den Bauunternehmer hätte umbringen sollen. Eher im Gegenteil.«

»Also wieder eine Sackgasse«, bemerkte Zoe.

»Möglicherweise ist Ipig in den Urlaub geflogen. Wir sollten uns auf Josseck konzentrieren. Vielleicht hat Max was auf dem Kripo-Server gefunden?«

»Deine Kollegen waren fleißig«, antwortete Max prompt. Er trug die gleiche abgetragene Jeans, die er schon bei ihrem ersten Treffen anhatte. Seine glänzenden Haare standen wirr ab und sein Versuch, sich einen Dreitagebart wachsen zu lassen, gelang nur kläglich. Auf seinem T-Shirt prangte eine Figur aus der Sesamstraße mit einer Pistole in der Hand. Darunter stand »Make my day«.

An der Wand erschien das Bild eines dicken Mannes. Seine schütteren Haare waren mit Gel zurückgekämmt. Auf seinem schwabbeligen Gesicht lag ein breites Grinsen mit einer Mischung aus Arroganz und Lüsternheit. Sein Hemd war offen. In der dichten Brustbehaarung verschwand die Goldkette.

»Der Typ wäscht sich noch weniger als du«, bemerkte Zoe.

»Danke für den qualifizierten Einwand.« Max deutete auf das Bild. »Darf ich vorstellen: Michael Josseck. Ehemaliger Bauunternehmer und jetzt Harfenspieler im Himmelreich. Wurde mit Beton im Bauch vom Leben in den Tod befördert.«

»Sagst du uns auch was Neues, Maximum Nerd?«

Max drückte auf die Fernsteuerung und das Bild eines Rohrs erschien. Das graue Plastik war mit Beton verschmiert.

»Meine Damen und Herren.« Max deutete mit beiden Händen an die Wand. »Die Mordwaffe. Ein Plastikrohr, auf dem Jans Fingerabdrücke gefunden wurden.«

»Ha«, sagte Jan und sprang von der Couch auf. »Das ist doch eine gute Nachricht.«

»Alles klar, Janni?«, fragte Zoe sichtlich verwirrt.

»Yup.« Er setzte sich mit einem zufriedenen Grinsen wieder hin.

»Ich glaube, du hast da was nicht verstanden«, begann Chandu. »Deine Fingerabdrücke wurden auf der Mordwaffe gefunden. Somit bist du nicht in einem, sondern in zwei Mordfällen der Hauptverdächtige.«

»Nicht so wichtig«, winkte Jan ab. »Jetzt weiß ich, dass ich nicht der Mörder von Richter Holoch bin.«

Zoe und Chandu tauschten vielsagende Blicke aus. Max kratzte sich unsicher am Kopf.

»Mein Gott. Muss ich denn alles erklären?«, stöhnte Jan. »Ich habe einen Filmriss von ungefähr sechsunddreißig Stunden. Ich habe keine Ahnung, was ich von Freitagnacht bis Sonntagmorgen gemacht habe. Im nüchternen Zustand würde ich mein Leben darauf wetten, dass ich den Richter nicht ermordet habe, aber in meinem Körper wurde Ecstasy gefunden, etwas, was ich nie nehmen würde. Vielleicht wurden mir noch andere Drogen eingeworfen, daher konnte ich nie sicher sein, dass ich nicht beim Richter war. Aber wenn beim Bauunternehmer Josseck meine Fingerabdrücke gefunden wurden, will mir das jemand in die Schuhe schieben. Ich habe die letzten Tage keine Blackouts gehabt, vor allem nicht in der Nacht auf Dienstag, in der Josseck getötet wurde.«

»Und woher stammen die Fingerabdrücke?«, fragte Zoe.

»Keine Ahnung. Der Täter hat die Morde wahrscheinlich länger geplant. Als er sich mein Blut und meine Fingerabdrücke für den ersten Mord geholt hat, hat er mir auch das Rohr in die Hand gedrückt.«

»Na ja«, begann Chandu. »Deine Vermutung klingt logisch, aber das wird vor Gericht nicht reichen.«

»Das ist erst mal unwichtig«, winkte Jan ab. »Wenigstens bin ich letztes Wochenende nicht völlig durchgedreht.«

»Schön für dich«, bemerkte Zoe. »Das bringt uns aber nicht weiter.«

»Doch, es hilft weiter, weil wir wissen, dass es der Mörder auf mich abgesehen hat.«

»Da musst du jemandem auf die Füße getreten sein«, sagte Chandu.

»Nicht unbedingt. Rache ist das offensichtlichste Motiv, aber vielleicht ist der Mörder auch einfach nur leicht an meine Fingerabdrücke und mein Blut gekommen. Zusammen mit meiner Verbindung zu Richter Holoch war ich der perfekte Sündenbock.«

»Das schränkt die möglichen Täter ein«, sagte Zoe.

Jan wandte sich an Max. »Schreib mit.« Er hob einen Finger. »Erstens kommt der Täter aus meinem Umfeld. Das können sowohl mein Freundeskreis wie auch meine Kollegen sein, aber auch Menschen in der Nähe, wie Nachbarn, der Bäcker um die Ecke oder Leute aus meiner Stammkneipe.«

»Zweitens muss er Insiderwissen haben«, schaltete sich Zoe ein. »Dein Verhältnis zu Richter Holoch war kein Stadtgespräch. Davon wissen nur dein engster Freundeskreis und dein Rechtsanwalt.«

»Und deine Kollegen«, ergänzte Chandu.

»In der Mordkommission sind einige Schwachmaten«, sagte Zoe. »Ebenso wie in der Forensik, aber ich tue mich schwer damit zu glauben, dass jemand von ihnen ein Serienmörder ist.«

»Kennst du den Hammermörder?«, fragte Max.

»Wir sind uns noch nicht vorgestellt worden«, antwortete Zoe.

Max' Finger flogen schnell über die Tastatur. Dann erschien ein Bild von einem schwarzhaarigen Mann mit Vollbart. Er trug einen dunklen Anzug mit Krawatte. Sein stechender Blick war zur Seite gewandt.

»Darf ich vorstellen.« Max deutete auf das Bild an der Wand. »Norbert Poehlke. Der Hammermörder. Der gute Norbert war Polizeiobermeister in Stuttgart, verschuldete sich und sah keine andere Möglichkeit, als Raubmorde zu begehen und Banken zu überfallen. Er tötete insgesamt drei Menschen. Als man ihm auf die Spur kam, ermordete er seine Ehefrau und seinen ältesten Sohn. Nach der Tat floh er mit seinem jüngsten Kind nach Italien. Als man ihn dort in die Enge getrieben hatte, tötete er auch das, bevor er sich den Kopf weggepustet hat.«

Max klickte das Bild wieder weg. »Ich will damit sagen, dass wir niemanden außer Acht lassen dürfen. Auch Jans Kollegen von der Mordkommission nicht. Wer kennt schon die Abgründe seines Gegenübers?«

»Ich sag dir, der Typ ist irre geworden«, flüsterte Andreas seiner Kollegin zu. Sie sahen verstohlen in den Ermittlungsraum. Alle Fotos aus Jans Wohnung waren akribisch an die Wand geheftet. Manche Fotos waren sichtbar gestellt, andere waren eher Schnappschüsse, die mit einer Handykamera aufgenommen worden waren. An einigen waren gelbe Post-its befestigt, auf denen Ortsnamen wie Potsdamer Platz, Oberbaumbrücke oder Tiergarten standen. Andere trugen rote Post-its mit wahrscheinlichen Ortsangaben.

Patrick stand vor einer Aufnahme, die Jan und einen Freund vor einer Hütte im Wald zeigten, und brütete darüber. Sie kannten weder den anderen Mann noch den Standort der Hütte.

»Wo bist du, Jan?«, murmelte Patrick. Die dunklen Haare des Kripobeamten waren schlecht gekämmt. Seine Augen waren rot gerändert und er kaute auf seinen Fingernägeln. Er war unrasiert und sein grauer Anzug hatte einen Kaffeefleck.

»Der ist heute Nacht nicht nach Hause gegangen«, sagte Andreas leise.

»So habe ich ihn noch nie erlebt«, sagte seine Kollegin. »Er trägt sogar in der Wache seine Pistole, als wollte ihm der Mörder auflauern.«

»Das ist sein erster Fall als Leiter einer Mordkommission. Bisher war ihm Jan immer im Weg gewesen. Jetzt hat er nicht nur die Chance, einen Fall mit öffentlicher Aufmerksamkeit zu lösen, sondern kann auch seinen härtesten Konkurrenten aus dem Weg räumen.«

»Aber warum ist er so … fanatisch? Die Beweise im Fall Holoch sind erdrückend. Jetzt hat man auch Fingerabdrücke von Jan auf der Mordwaffe bei Michael Josseck gefunden. Irgendwann wird sich Jan stellen oder ins Fahndungsnetz gehen. Dann kann er sich feiern lassen.«

»Keine Ahnung.« Andreas schüttelte den Kopf. »Aber ich habe kein gutes Gefühl dabei.«

»Widmen wir uns Michael Josseck«, schlug Jan vor. »Was haben die Ermittlungen ergeben?«

»Wie bei Richter Holoch konzentriert sich alles auf dich. Man hat deine Fingerabdrücke gefunden, daher bist du Hauptverdächtiger. Jetzt suchen deine Kollegen nach einem Motiv, warum du den Bauunternehmer umgebracht hast.«

»Ist keinem aufgefallen, dass ich kein Motiv habe?«

»Bisher nicht. Die Ermittlung war zwar gründlich, aber alle Hinweise, die nicht zu dir führten, wurden zurückgestellt.«

»Oh Mann«, sagte Jan. »Patrick ist noch dümmer, als ich dachte.«

Max tippte auf seine Fernsteuerung. »Ich habe mich auf die Hinweise konzentriert, die verworfen wurden.« Eine E-Mail-Liste erschien.

»Das sind Droh-Mails, die Josseck in den letzten Monaten erhalten hat«, erklärte der Hacker. »Die reichen von Prügelandrohungen bis zum Mord.«

»Kennt man die Absender?«

»Teilweise. Deine Kollegen haben sich nicht viel Mühe gegeben. Ich habe weitergewühlt und ein paar von ihnen herausgefunden.«

Eine neue Liste erschien. Jan überflog die Namen.

»Ich kenne keinen einzigen. Wer sind die?«

»Alle hatten geschäftlich mit Josseck zu tun, entweder als Partner oder als Bauauftraggeber. Ich habe nach Verbindungen zu dir gesucht, aber nichts entdeckt.«

Jan seufzte. »Das ist auch eine Sackgasse. Haben wir noch etwas anderes?«

»Nur das Notizbuch von Josseck.«

»Was ist damit?«

»Genaues weiß ich nicht. Ich habe in den Ermittlungsakten eine Bemerkung gefunden, dass Josseck wirre Sachen in ein kleines Buch geschrieben hat.«

»Wirre Sachen?«, fragte Chandu.

»Wahrscheinlich eine Art Code. Niemand hat sich die Mühe gemacht, die Eintragungen zu entschlüsseln.«

»Wie sieht der Code aus?«, fragte Jan.

»Das ist das Problem. Vom Notizbuch gibt es nur ein Foto von außen.«

Jan faltete die Hände. Er musste mehr über die krummen Geschäfte von Josseck und seine Verbindung zum Richter herausfinden. Dann würde sich der Mörder aus der Menge der potenziellen Täter herausschälen.

»Wir brauchen das Buch«, sagte Jan bestimmt. »Oder zumindest müssen wir wissen, was drinsteht.«

»Ich sage es nicht gerne«, mischte sich Chandu ein, »aber du kannst nicht an deine alte Arbeitsstelle gehen.«

»Nicht ich besorge das Buch, sondern Zoe.«

Die Gerichtsmedizinerin hustete kurz auf. »Hast du was genommen?«

»Du kannst dich als Einzige im LKA rumtreiben, ohne dass es auffällt.«

»Ich arbeite am Tempelhofer Damm«, erklärte Zoe. »Ich komme vielleicht zweimal im Jahr nach Tiergarten.«

»Dann bring ein paar Beweise ins LKA«, schlug Chandu vor.

»Ich bin Gerichtsmedizinerin, Dr. Alban, kein Bote.«

»Vielleicht ist der Bote gerade beschäftigt und du warst auf dem Weg.«

»Die Idee ist nicht schlecht«, sagte Jan.

Zoe verdrehte die Augen. »Die Überbringung von Beweisen ist ein Verfahren. Da müssen Leute gegenzeichnen und Listen geführt werden.«

»Das Risiko müssen wir eingehen.«

»Und wie stellst du dir das vor? Ich marschiere in das Zimmer der Mordkommission, winke nett und mache ein paar Kopien von dem Buch?«

»Etwas subtiler müssen wir schon vorgehen«, erklärte Jan. »Du musst zu einer Zeit kommen, in der die Kollegen weg sind. Morgen ist Samstag, daher würde ich den Abend vorschlagen. So gegen neunzehn Uhr treibt sich da niemand mehr rum, weil zurzeit keine Beweise unter Hochdruck ausgewertet werden müssen.«

»Und was mache ich dann? Laufe ich zum Kopierer und lege das Buch drauf?«

»Mit deinem Handy kann man gute Fotos machen«, sagte Chandu. »Unser Computerfreak wird sie dann mundgerecht aufbereiten.«

»Du wolltest doch raus aus der Gerichtsmedizin«, ergänzte Jan. »Jetzt hast du die Gelegenheit dazu.«

Zoe atmete den Rauch ihrer Zigarette hörbar aus. »Scheißidee.«

Zoe hatte einen Beweisbehälter aus der Gerichtsmedizin mitgenommen und ihn mit Fasern eines alten Pullovers gefüllt. Sie hatte einen weißen Arztkittel angezogen, an dem ihr Name aufgedruckt war, und war in weiße Clogs geschlüpft. Das perfekte Wissenschaftlerklischee. So dämlich hatte sie sich das letzte Mal gefühlt, als sie mit vier Jahren zu Karneval einen spitzen Prinzessinnenhut mit Schleier getragen hatte.

Jan hatte ihr die Räumlichkeiten beschrieben. Sie spazierte an der Wache am Eingang vorbei, winkte kurz und ging zum Ermittlungsraum. Das Licht brannte und Patrick betrachtete ein Foto. Er wirkte müde und abgekämpft, aber die Energydrinks auf dem Tisch machten Zoe klar, dass er nicht nach Hause gehen wollte.

Sie fluchte leise und unterdrückte den Drang, den Beweisbehälter auf den Boden zu werfen. Sie musste das Buch abfotografieren. Mit Patrick im Raum war das unmöglich.

Sie atmete kurz durch, verschwand in den Nebenraum und rief Jan an. Nach dem zweiten Klingeln nahm er ab.

»Was gibt's?«

»Ein kleines Problem, das sich lösen lässt, wenn du mir sagst, was für einen Wagen Patrick fährt.«

»Wieso willst du wissen …«

»Laber nicht rum. Sag mir Typ und Farbe.«

»Ein Audi A3 in Metallicblau. Hinten rechts ist ein Coldplay-Aufkleber drauf.«

»Danke«, sagte sie und legte auf.

»Coldplay«, stieß sie verächtlich aus. »Dann ist es nicht schade um die Karre.«

Zoe verließ die Wache und machte sich auf den Weg zum Tiergarten. Sie würde etwas Hilfe benötigen.

Patrick legte die Fotos auf den Tisch. Er setzte sich hin und nahm einen Schluck von dem widerlich schmeckenden Energydrink, als die Alarmanlage eines Autos ansprang. Er ging zum Fenster und schob den Vorhang zur Seite. Die Lichter eines dunklen Wagens blinkten wild. Mit Entsetzen sah er den Grund für den Alarm. Ein Skater nutzte die Motorhaube des Audis als Sprungrampe. Erst jetzt wurde ihm bewusst, dass es sein Auto war.

»Verdammte Schweine«, brüllte Patrick. Er rannte aus dem Raum und spurtete über den Flur zum Ausgang. Seine Müdigkeit war wie weggeflogen. An der Eingangstür hielt ihm eine junge Frau in einem weißen Kittel die Tür auf. Sie hatte einen Beweisbehälter in der Hand und trug eigenartige Schuhe.

Er murmelte ein kurzes »Danke«, ohne innezuhalten. Dann war er auf der Straße. Der Skater setzte gerade zum nächsten Sprung an. Dem kleinen Mistkerl würde er es zeigen. Das würde sein letzter Skateausflug werden.

»Du hast ein paar Kiddies engagiert, um das Auto eines Kripobeamten zu demolieren?«, fragte Chandu.

»So schwer war das nicht. Ich habe ihnen gesagt, dass der Bulle meinen Bruder festgenommen hat, weil er einen Passanten auf dem Ku'damm beim Skaten angerempelt hat. Der Aufschrei war groß. Ich musste mir was über den Überwachungsstaat, Unterdrückung der Skater und die faschistischen Strukturen der Polizei anhören, dann waren sie Feuer und Flamme. Als ich ihnen noch ein paar Euro für 'ne Steige Red Bull gegeben habe, war alles geritzt. Kaum zehn Minuten später kam Patrick wie Superman herausgeflogen und hat sich an die Verfolgung gemacht.«

»Und dann?«, fragte Jan.

»Das LKA war wie ausgestorben. Im Zimmer der Mordkommission lag das Buch in einer Kiste mit anderen Beweisen.«

»Hast du alle Seiten fotografiert?«

»Ja«, sagte sie stolz und hielt das Handy hoch. »Scharf und in Farbe.« Sie warf das Gerät zu Max und stand auf. »Dann mach dich an die Arbeit. Ich bin morgen um neun Uhr wieder da. Ziemlich früh für einen Sonntag, aber ich will nicht so sein.«

Beim Hinausgehen drehte sie sich nochmals zu Chandu um. »Kauf mal gescheiten Kaffee. Das afrikanische Zeug schmeckt wie Teer. Und bring Croissants mit. Ohne Frühstück werde ich unleidlich.«

Dann fiel die Tür ins Schloss. Einen Moment lang herrschte Schweigen.

»Na, dann leg ich mal los«, durchbrach Max die Stille und schloss das Handy an den Laptop an.

Kapitel 11

Jan rührte müde in seinem Kaffee. Er hatte die ganze Nacht mit Max die Notizen von Michael Josseck angesehen und in den Computer eingegeben. Der Hacker hatte den Code schließlich geknackt. Es war eine einfache Buchstabenverschiebung gewesen.

Jan zuckte zusammen, als es laut klopfte. Chandu kam aus der Küche und öffnete die Tür.

»Morgen«, sagte Zoe und trat ein. Sie warf ihre Jacke auf den Stuhl, öffnete ein Fenster und setzte sich auf einen Sessel.

»Schwarz mit einem Löffel Zucker«, rief sie Chandu hinterher. »Und hoffentlich hast du an meine Croissants gedacht.«

Chandus Antwort bestand aus einem mürrischen Brummen.

»Na, Maximum Computerfreak. Was rausgefunden?«

»Die Aufnahmen waren gut«, antwortete Max müde. »Du scheinst ganz talentiert zu sein.«

»Ich hau dir gleich …«

»Bitte keinen Streit«, unterbrach Jan. »Ich bin zu müde dafür.«

Bevor Zoe etwas erwidern konnte, hielt ihr Chandu eine Tasse dampfenden Kaffee hin.

»Hier, Sonnenschein.«

Zoe nahm die Tasse wortlos und trank einen Schluck. Der Kaffee beruhigte sie sichtlich.

»Also«, begann Max und schaltete den Beamer ein. Ein Foto

von Jossecks Aufzeichnungen erschien.

»Das Notizbuch hatte es in sich. Nachdem wir den Code entschlüsselt hatten, entpuppte es sich als Schmiergeldübersicht, inklusive Höhe und Datum der Zahlungen. Das ist reiner Sprengstoff, hilft uns aber nicht viel, da wir die Geschmierten ausschließen können. Wer ermordet die Kuh, die er melken kann?«

»Vielleicht wollte Josseck die Schmiergeldzahlungen öffentlich machen«, bemerkte Zoe.

»Unwahrscheinlich«, sagte Jan. »Augenscheinlich kam der größte Teil seiner Aufträge durch Schmiergeldzahlungen zustande. Wenn er das öffentlich gemacht hätte, wäre er sofort pleite gewesen. Von der strafrechtlichen Untersuchung will ich gar nicht reden.«

»Interessanter waren ein paar Adressen und Telefonnummern«, fuhr Max fort. »Ich hatte noch nicht die Zeit, den Hintergrund der Leute zu überprüfen, aber sie stimmen nicht mit den Schmiergeldempfängern überein. Vielleicht befindet sich unser Mörder darunter.«

Max betätigte seine Fernbedienung und eine Liste mit Namen und Telefonnummern erschien. »Vielleicht sagt euch einer der Namen etwas.«

»Ich habe die Liste durchgesehen …«, ergänzte Jan.

»Verdammt«, unterbrach ihn Chandu. Die Blicke der Anwesenden richteten sich auf den großen Mann.

»Kennst du jemand?«

Er nickte. »Nathan Lefort. Besser bekannt als Nat der Franzose.«

»Was ist mit ihm?«

»Ein verdammter Hurensohn. Lefort stammt ursprünglich aus Algerien oder Tunesien. Er war lange in Marseille als Zuhälter aktiv und ist irgendwann nach Berlin gekommen. Hat ein paar Freunde um sich geschart und betreibt jetzt einen

Prostitutionsring mit Illegalen, die nur über das Internet buchbar sind. Ausschließlich für Leute mit sehr speziellen Wünschen.«

»Wie speziell?«, fragte Zoe.

»Alle sexuellen Abartigkeiten, von denen du dir manche gar nicht vorstellen kannst.«

»Ich kann mir einiges vorstellen.«

»Du wärst überrascht.«

»Dann sollten wir mit ihm reden«, sagte Max.

»Das ist nicht so leicht«, warf Jan ein. »Wenn Nat eine Unterweltgröße ist, wird er ohne Bodyguard nicht vor die Tür gehen. Er wird uns nicht aus reiner Bürgerpflicht Auskunft geben.«

»Ich habe da eine Idee«, sagte Chandu und sah auf die Uhr. »Ich muss nur telefonieren, aber was haltet ihr von einem kleinen Frühstück im Café? Vielleicht treffen wir ein paar interessante Leute.«

Jan saß auf einem Korbstuhl und nippte an seinem Espresso. Es war ein schöner Morgen. Die Sonne wärmte sein Gesicht und der Wind strich angenehm über seine Wangen. Einzig der Rauch von Zoes Zigarette störte die Harmonie. Die Gerichtsmedizinerin bestrich gerade ein Croissant mit Nutella, goss Kirschmarmelade darüber und aß das Ganze zu ihrem Rührei.

»Weißt du, was Cholesterin ist?«, fragte Jan.

»Weißt du, was meine Absätze mit deinem Schienbein anrichten können?«, erwiderte die Frau mit vollem Mund.

Jan ließ seinen Blick umherschweifen. Das Café war gut besucht. Kinder spielten auf einer Wiese. Das Gebell eines aufgeregten Hundes mischte sich in den Lärm eines dumpfen Dröhnens, das von der viel zu laut gestellten Anlage eines Opels kam.

Jan hatte seine Haare unter einer Mütze verborgen, trug eine schmale Sonnenbrille und hatte seinen Bart wachsen lassen. Trotz seiner Tarnung fühlte er sich unsicher. Früher hatte er diese Zeit im Sommer genossen. Sonntags morgens den Tag in einem Café zu beginnen und sich an den warmen Temperaturen zu erfreuen. Jetzt huschten seine Augen umher, aus Angst, dass ein Polizeifahrzeug auf den Leipziger Platz fahren könnte.

»Dreh deinen Kopf nach links«, hörte Jan die Stimme von Chandu in seinem Ohr. Sein Freund saß nicht weit von ihnen in einem Auto und beobachtete die Straße. Eine Minikamera, die Max an Jans Brille angebracht hatte, übertrug ein Bild auf einen Monitor, den Chandu am Armaturenbrett angebracht hatte.

»Der Typ mit halblangen, zurückgeföhnten Haaren.«

Jan drehte sich unauffällig um. Der Mann hätte attraktiv sein können, wenn die Nase kleiner und seine Zähne nicht vergilbt gewesen wären.

»Der mit dem offenen Hemd und der Glitzer-Rolex?«, fragte Zoe in ihr Mikrofon am Kragen.

»Ja.«

»Oh Alter. Wie in einem schlechten Film.«

Nathan Lefort setzte sich an einen Tisch. Ihm folgte ein südländisch aussehender Mann mit Chandus Körpermaßen.

»Ich hatte recht. Der Laden ist die Lieblingsfrühstückskneipe des Hurensohns.«

»Was jetzt?«, fragte Zoe. »Vom Kaffeetrinken alleine werden wir nichts erfahren.«

»Bisacodyl«, sagte Chandu.

Zoe zog die Augenbrauen hoch. »Was hat Abführmittel damit zu tun?«

»Ich kenne zwei der Bedienungen. Für ein gutes Trinkgeld regen sie die Verdauung unseres Freundes etwas an. Außerdem wollten sie dem uncharmanten Franzosen schon länger eins auswischen.«

»Wo hast du das Bisacodyl her?«

»Hier und da«, wich Chandu der Frage aus.

»Und dann?«, hakte Zoe nach. »Untersuchen wir seinen Stuhlgang?«

»Etwas mehr Vertrauen in meine Pläne, bitte«, mahnte Chandu. »Ich schleiche mich hinten rein und warte auf der Toilette, während Jan seinen Bodyguard aufhält. Du bleibst sitzen, damit der gute Max alles mit der Kamera am Revers aufzeichnen kann. Vielleicht kommen ja noch andere Typen, die sich mit Nathan treffen wollen.«

Eine blonde Frau kam an Nathans Tisch und nahm die Bestellung auf. Nachdem sie sich umgedreht hatte, streckte ihr der Franzose anzüglich die Zunge heraus und lachte schallend.

»Ein sympathischer Kerl«, bemerkte Zoe.

»Starr nicht so offen rüber«, mahnte sie Jan. »Solche Typen sind paranoid.«

Jan pochte nervös mit den Fingern auf die Tischplatte. Er hasste es, untätig herumzusitzen und andere Leute die Arbeit machen zu lassen. Schließlich brachte die Bedienung zwei Kaffee an Nathans Tisch.

»Ist das eine von deinen Bekannten?«, fragte Zoe.

»Ja«, antwortete Chandu. »Das ist Sandra. Ein süßes Ding mit ordentlich Pfeffer im Hintern. Du kannst dir nicht vorstellen, was sie …«

»Ich will es nicht wissen«, unterbrach ihn die Rechtsmedizinerin. »Hauptsache, sie hat das Bisacodyl reingetan. Wenn ja, dann kannst du loslaufen. Das Zeug wirkt schnell.«

Jan sah auf die Uhr. Der Plan war nicht perfekt. Ihm fielen unzählige Dinge ein, die schiefgehen konnten, aber das war der einzige Ort, an dem Nathan regelmäßig zu finden war. Er hätte den Franzosen gerne selbst verhört, aber zwei Leute auf der Toilette wären zu auffällig gewesen. Außerdem war Nathan bei der Fremdenlegion gewesen, daher war Chandu die bessere Wahl. Er musste nur den Bodyguard aus der Sache raushalten.

Chandu wartete in einer Kabine der Männertoilette. Seine Beine wippten unruhig auf und ab. Er sammelte sich wie vor einem Kampf und blendete alles andere aus. Nathan war kein Schwächling. Wer zehn Jahre bei der Fremdenlegion gekämpft hatte, kannte alle Tricks. Im Boxen würde er den Franzosen niedermachen, aber wahrscheinlich hatte Nat ein Messer oder eine Knarre dabei.

Es musste alles passen. Das Café war kein dunkler, abgelegener Hinterhof. Wenn nur ein einziger Gast zusammen mit Nathan auf die Toilette kommen würde, wäre alles gelaufen. Chandu hatte nur eine Chance. Er musste den Franzosen im Griff haben, bevor dieser ihn kommen sah.

»Er steht auf«, hörte er Jans Stimme im Ohrhörer. »So wie er sich den Bauch hält, ist anzunehmen, dass das Wundermittel gewirkt hat.«

Die Tür zur Männertoilette ging auf. Ein Mann fluchte auf Französisch.

Chandu sprang aus der Kabine und stürzte sich auf den überraschten Nathan. Er packte den Franzosen am Kragen und trat die Kabinentür auf. Chandu steckte dessen Kopf in die Kloschüssel und betätigte die Spülung. Nathan wandte sich in seinem Griff, aber Chandu drückte ihm das Knie auf die Schulter und hielt ihn unten. Als das Wasser abgelaufen war, zog er ihn hoch und schlug Nathans Stirn an die Kabinenwand. Dann steckte er den Kopf des Franzosen wieder in die Toilette. Der Franzose zappelte in Chandus hartem Griff. Der Afrikaner war unbarmherzig. Er zählte bis zehn, dann zog er Nathan aus der Schüssel und riss seinen Kopf an den Haaren hoch.

»Hör zu, Hurensohn. Du wirst mir ein paar Fragen beantworten. Gefällt mir eine Antwort nicht, werde ich dich in der Toilette ersaufen lassen.«

Nathans Augen waren vor Angst aufgerissen. Er hustete Wasser aus. Blut lief ihm über die Stirn. Dann nickte er.

Nathans Bodyguard schien keinen Verdacht zu schöpfen. Der Schläger trank gemächlich seinen Kaffee und legte die Füße auf den Stuhl gegenüber. Er zog eine Schachtel aus dem Hemd und steckte sich eine Zigarette an.

Was Jan über seinen Ohrhörer mitbekam, ließ ihn zusammenzucken.

»Dein Kumpel ist nicht gerade zimperlich«, bemerkte Zoe grinsend. »Wenn das vorbei ist, muss er mal mit meinem Nachbarn reden.«

Nachdem der Bodyguard sich zwei Züge genehmigt hatte, sah er besorgt zur Toilette. Anscheinend dauerte ihm die Toilettenpause seines Chefs zu lange.

»Verdammt«, fluchte Jan. »Ich geh zu ihm.« Er stand auf.

»Warte noch«, versuchte ihn Zoe zurückzuhalten.

Jan schüttelte den Kopf. Er wollte kein Risiko eingehen. Chandu brauchte jede Sekunde. Jan drängte sich durch die eng gestellten Stühle, bis er am Tisch des Bodyguards war. Der Mann wollte sich gerade erheben, als sich Jan zu ihm setzte und ihm die Marke der Kriminalpolizei zeigte.

»Kripo Berlin«, sagte er. »Bitte bleiben Sie sitzen.«

Der Mann war sichtlich überrascht. Er sah sich um, als kundschafte er mögliche Fluchtwege aus, setzte sich aber wieder.

»Ich hab mir nichts zu Schulden kommen lassen«, sagte der Mann.

»Möglich«, sagte Jan, »aber wir haben eine Terrorwarnung

erhalten, daher überwachen wir alle öffentlichen Plätze und Versammlungsorte.«

»Seh ich aus wie 'n verdammter Arab?«, fuhr der Bodyguard auf. Er hatte sich sichtlich vom ersten Schrecken erholt. »Oder glauben Sie, dass ich unter dem Hemd eine Bombe angeschnallt habe?«

Die Klospülung hallte laut in Jans Ohr. Er konnte sich kaum auf das Gespräch konzentrieren.

»Diese Maßnahme beinhaltet Waffenkontrollen. Führen Sie Waffen mit sich?«

»Keine einzige«, sagte der Mann und hob die Hände. »Ich schwör's.«

»Und was beult Ihr Jackett an der linken Hüfte aus?«

Wieder drehte sich der Kopf des Bodyguards zur Straße. Er schien mit Fluchtgedanken zu spielen.

»Das is' nur ein kleiner Knüppel«, flüsterte er. »Damit kann man kein Attentat verüben.«

»Ein kleiner Knüppel.« Jan zog vorwurfsvoll die Augenbrauen hoch. »Wollen Sie damit Ihr Frühstück erlegen oder warum tragen Sie ihn hier bei sich?«

Jan konnte fast sehen, wie die Gedanken des Mannes rasten. In der Zwischenzeit war Nathan gesprächig geworden. Jan musste Zeit schinden.

»Es gibt 'n paar üble Typen in Berlin«, erklärte der Bodyguard. »Is' nur zum Selbstschutz.«

»Kann ich den Knüppel sehen?«

Der Mann murrte und legte einen schmalen Plastikstock auf den Tisch. Jan kannte diese Waffen. Der Knüppel konnte mit einer schnellen Bewegung ausgefahren werden. An seiner Spitze war eine runde Kugel, die Knochen brechen konnte.

Jan betrachtete den Schlagstock ausgiebig. »Totschläger und Stahlruten sind verboten. Erwerb und Besitz sind untersagt. Das wissen Sie, oder?«

Der Bodyguard wrang nervös die Hände. »Hören Sie, Herr Kriminalkommissar. Es tut mir leid, aber ich hab Stress mit ein paar Leuten.«

Jan unterdrückte ein Grinsen. Wenn Schläger höflich wurden, hatte man sie in der Hand.

»Ich weiß alles«, hörte er Chandus Stimme in seinem Ohr. »Wir können gehen.«

Der Plan hatte funktioniert. Jetzt musste er nur noch gut aus dieser Sache rauskommen. Er sah den Bodyguard streng an.

»Nun gut«, begann Jan generös. »Wir suchen Attentäter, keine Schläger. Da ich mich vor dem ganzen Papierkram fürchte, will ich Ihnen das durchgehen lassen. Den Schlagstock ziehe ich ein, aber lassen Sie sich nicht noch mal mit so was erwischen.«

Der große Mann nickte und bedankte sich unterwürfig. »Versprochen, Herr Kriminalkommissar. Kommt nicht wieder vor.«

Jan stand auf, ging zu seinem Tisch zurück und winkte Zoe. »Nichts wie weg«, flüsterte er. Er legte einen Zwanzigeuroschein auf den Tisch und sie verließen das Café. Aus den Augenwinkeln beobachtete er den Bodyguard auf dem Weg zur Toilette. Was er dort finden würde, würde seine Karriere in der Unterwelt beenden.

Chandu setzte sich auf die Couch und seufzte. »Wenn ich gewusst hätte, wie viel Spaß man bei Ermittlungen hat, wäre ich zur Kripo gegangen.«

Jan überging die Bemerkung. »Was hast du rausfinden können? Auf den Aufnahmen hört man nur die Klospülung und irgendwelche französischen Flüche, die ich nicht verstanden habe.«

»Oh, unser Freund war sehr kreativ«, erklärte Zoe. »Einmal

nannte er Chandu einen afrikanischen Heuschreckenfresser, dessen liebstes Ding die Größe …«

»So genau will ich es eigentlich nicht wissen«, unterbrach Jan sie. »Erzähl uns lieber, was er ausgespuckt hat, während er die Toilette austrinken musste.«

»Zuerst einmal muss ich etwas richtigstellen«, begann Chandu. »Ich neige eigentlich nicht zur Gewalt, aber Nathan ist ein Drecksack, selbst für die Berliner Unterwelt, daher war es meine Pflicht, ihn so zu behandeln.«

»Hast du einen Samariter gefrühstückt oder warum schwallst du so rum?«, fragte Zoe, was ihr einen missbilligenden Blick von Chandu einbrachte.

»Ich muss zugeben, dass er ein harter Brocken war, aber nach der Dusche in der Toilette hat er gesungen wie eine Lerche. Michael Josseck war einer seiner Kunden und hat viertausend Euro im Monat bei ihm gelassen. Was seine sexuellen Wünsche betraf, so reichten sie von hartem SM, Homo-Nummern bis hin zur Pädophilie. Anscheinend hat Josseck alles ausprobiert, was Nathan im Angebot hatte.«

»Kannte er den Richter?«, fragte Jan.

»Nein.«

»Kann es sein, dass eins der Mädchen von beiden misshandelt wurde und sich jetzt rächen will?«, fragte Zoe. »Sie kann auf anderem Weg zum Richter gekommen sein.«

Chandu zuckte die Achseln. »Das wäre eine Möglichkeit. In den letzten Jahren hat Nathan Hunderte Mädchen vermittelt, von denen er nicht einmal die Vornamen kennt. Er kann uns nicht weiterhelfen, Klodusche hin oder her. Die Prostituierten bringen uns nicht weiter.«

»Verdammt«, fluchte Jan. »Das kann doch nicht wahr sein. Die beiden sind nicht nur wegen krummer Geschäfte ermordet worden. Da steckt mehr dahinter.«

»Ich hätte vielleicht was anzubieten«, schaltete sich Max ein.

Alle Köpfe wandten sich dem Hacker zu.

»Ich habe Nathan Lefort überprüft. Wie ihr euch denken könnt, war er schon unzählige Male vor Gericht. Körperverletzung, Geldwäsche, Anstiftung zur Prostitution. Nichts Besonderes für ihn, aber einmal stand er unter Mordverdacht. Es ging um eine Frau namens Stein. Sie war sein Drogenkurier.«

Jan fuhr der Name wie ein Blitz durch den Kopf.

»Meinst du Marie Stein?« Er sprang von der Couch hoch.

»Ja«, sagte Max. »Kennst du den Fall?«

»Marie Stein war die Schwester meines Kollegen Patrick Stein.«

Kapitel 12

»Patrick Stein ist wegen des Mordes an seiner Schwester zur Kripo gegangen«, begann Jan. »Anscheinend lag eine glänzende Karriere als Jurist vor ihm. Während er der Strahlemann der Familie war, kam seine Schwester auf die schiefe Bahn. Sie nahm harte Drogen und lief mit sechzehn von zu Hause weg. Die folgenden zwei Jahre wurde sie immer wieder wegen Beschaffungskriminalität und Gelegenheitsprostitution verhaftet. In dieser Zeit muss sie Nathan getroffen haben, der ihr einen Job als Drogenkurier verschafft hat. Angeblich hat sie Heroin aus Russland nach Deutschland geschmuggelt. Ihre Eltern hatten sie da schon aufgegeben. Einzig Patrick stand ihr noch bei. Irgendwann wurde sie in einer Gosse gefunden. Man hatte sie totgeprügelt und ihr den Bauch aufgeschnitten.«

Jan drehte nachdenklich die Flasche in seiner Hand.

»Der Fall wurde nie aufgeklärt. Ihr Zuhälter, von dem wir jetzt wissen, dass es Nathan war, war der Hauptverdächtige, aber die Beweise waren spärlich und er wurde freigesprochen. Am Tag der Urteilsverkündung hat Patrick sein Studium abgebrochen und sich bei der Polizei beworben. Vom ersten Tag an hat er hart gearbeitet und alles mit Bravour bestanden. Er kam bis zur Mordkommission. Die ersten Jahre liefen gut, doch dann wurde sein Aufstieg gebremst.«

»Warum?«, fragte Chandu.

»Ihm fehlt der Instinkt«, erklärte Jan. »Patrick kennt alle

Vorschriften und Gesetze. Er ist ein guter Polizist, aber wenn die Standardvorgehensweisen versagen, kommt er nicht weiter.«

»Und da bist du besser und hast ihm seine Karriere versaut?«, fragte Zoe.

»Ich bin nicht besser, nur instinktgetriebener. Damit habe ich Fälle vorangebracht, bei denen er nicht weiterkam. Aber seine Karriere habe ich nicht zerstört. Er arbeitet schließlich noch bei der Kripo.«

»Warum hasst er dich dann?«

»Dafür gibt es zwei Gründe. Erstens habe ich Witze auf seine Kosten gemacht. Das ist ein Aufnahmeritual. Nichts Dramatisches, aber das hat er mir krummgenommen. Zum endgültigen Bruch kam es, als ich mich bei einem seiner Fälle eingemischt habe. Seine Ermittlungen waren in die falsche Richtung gegangen und dank meiner Hilfe konnte der Fall aufgeklärt werden. Patrick stand dumm da. Er hatte zwei Wochen keine Ergebnisse vorzuweisen gehabt und ich hatte die Sache in einem Tag erledigt.

Ich kann ihn verstehen, aber wir sind die Mordkommission. Was zählt, ist den Täter zu fassen. Wer das am Ende gemacht hat und wie das zustande gekommen ist, spielt keine Rolle. Das ist meine Auffassung.«

»Patrick ist anderer Meinung«, sagte Chandu.

»Ich habe es nicht ernst genommen und hätte nie gedacht, dass das solche Ausmaße annimmt.«

»Er soll hinter alldem stecken?«, fragte Zoe. »Das ist eine harte Anschuldigung.« Sie blies den Rauch ihrer Zigarette zur Decke. »Ich kenne Patrick kaum, aber wie ein psychopathischer Mörder kommt er mir nicht vor.«

»In jedem von uns steckt ein Wahnsinniger«, erklärte Chandu. »Man braucht nur einen Auslöser. Der bestialische Mord an seiner Schwester wäre so etwas.«

»Ich will keine leichtfertigen Verdächtigungen aussprechen«, sagte Jan, »aber mit Patrick haben wir die Verbindung zu mir. Außerdem ist er der perfekte Mörder.«

»Weil er bei der Kripo ist?«, fragte Chandu.

»Wer könnte besser einen Mord begehen als die Leute, die sich den ganzen Tag damit beschäftigen? Wir kennen die Methoden der Tatortermittlungen und der Spurensuche. Wir können Ziele observieren, deren Schwächen herausfinden und den perfekten Mordzeitpunkt ermitteln. Patrick hat alle Fertigkeiten für diese Mordserie.«

»Und dass er die Mordkommission leitet, setzt dem Ganzen die Krone auf«, sagte Chandu. »Da kann er die Ermittlungen von sich weg in deine Richtung lenken.«

»Ich fühl mich gleich viel sicherer«, bemerkte Max.

»Und wie ist er an dich rangekommen?«, fragte Zoe.

»Meine besten Freunde arbeiten bei der Mordkommission«, erklärte Jan. »Meine Wohnung und mein Auto kennt er. Die Geschichte mit Richter Holoch und mir ist bekannt.«

»Wie kam er an dein Blut und deine Fingerabdrücke?«, fragte Max.

»Das muss er am Samstag gemacht haben. Wahrscheinlich bin ich von Betty nach Hause gegangen und habe irgendwas getrunken, das mit K.-o.-Tropfen versetzt war.«

»Hätte man das nicht beim Bluttest erkennen müssen? Das Ecstasy haben sie schließlich auch gefunden«, fragte Max.

»Nein«, erklärte Zoe. »Gamma-Hydroxybuttersäure, einer der verbreitetsten K.-o.-Tropfen, ist im Blut maximal zwölf Stunden nachweisbar. Man hätte Jans Haare checken müssen.«

»Nehmen wir an, dass Patrick der Mörder ist und sich an dir rächen will«, sagte Chandu. »Wie ist die Verbindung zwischen ihm und den beiden Opfern?«

»Ganz offensichtlich war Marie nicht nur Drogenkurier, sondern auch Prostituierte«, erklärte Jan.

»Das habe ich verstanden«, sagte Chandu. »Aber woher wusste Patrick, dass Marie von Richter Holoch und Michael Josseck missbraucht wurde?«

»Sie wird es ihm erzählt haben«, sagte Zoe.

»Wirklich?«, fragte Chandu. »Würdest du deinem Bruder erzählen, dass du bei irgendwelchen Perversen anschaffen warst, um deine Drogensucht zu finanzieren?«

»Sie hatte nur ihn«, erklärte Zoe. »Ihre Eltern wollten nichts mehr mit ihr zu tun haben und im Drogenmilieu findest du keine Freunde.«

»Es gibt einige offene Fragen«, sagte Jan. »Nachdem Nathan Lefort eine Sackgasse war, ist Patrick das Beste, was wir haben.«

Max schaltete den Beamer ein. Ein Bild von Jans Kollegen im Anzug erschien. »Ladys und Gentlemen. Darf ich vorstellen: unser neuer Hauptverdächtiger. Patrick Stein.«

»Und was machen wir jetzt?«, fragte Zoe. »Wir können Patrick nicht im Café auflauern und seinen Kopf in eine Toilettenschüssel stecken.«

»Ach, das funktioniert auch bei Kripobeamten«, sagte Chandu grinsend.

»Wir müssen vorsichtig sein«, mahnte Jan. »Momentan bin nur ich im Fokus der Mordkommission. Wenn jemand vermutet, dass Chandu mich versteckt oder Zoe mir hilft, kommen wir alle in Schwierigkeiten.«

»Wir werden uns ihm nicht persönlich vorstellen«, beruhigte Chandu.

»Bei Patrick genügt ein winziger Verdacht, um eine Ringfahndung auszulösen. Dass er Zoe gesehen hat, ist nicht weiter schlimm. Aber noch eine Begegnung würde ihn misstrauisch machen.«

»Soll das heißen, ich darf bei dem Spiel nicht mitmachen?«

»Ich bin dir ewig dankbar, dass du mir hilfst, Zoe, aber ich werde nicht zulassen, dass du deine Karriere ruinierst und von Hartz IV leben musst.«

Zoe lachte und verschluckte sich an dem Rauch. »Du bist echt süß, Jan, aber ich brauche keinen Beschützer.«

»Wenn du bei der Kripo rausfliegst, wirst du Probleme …«

»Was sind das für Schuhe?«, unterbrach sie und hob ihren rechten Fuß hoch.

Jan blinzelte verwirrt. »Schwarze Stiefel?«, antwortete er zögerlich.

»Ich liebe Typen wie dich. Kennen die Fußballergebnisse der letzten zehn Jahre, halten aber Deichmann für eine Schuhmarke.«

Jan konnte an den Schuhen nichts Besonderes feststellen. Das Leder war gut verarbeitet. Die Stiefel hatten eine leicht erhöhte Sohle und am Schaft einen Metallring.

»Die sind von Gucci«, erklärte Chandu. »Aus der Winterkollektion.«

Zoe nickte anerkennend. »Ich wusste gar nicht, dass es in Afrika Gucci gibt.«

»Da gibt es noch eine Menge mehr.«

»Also, Jan. Preisfrage: Wie kann sich eine bei der Kripo angestellte Rechtsmedizinerin Schuhe für sechzehnhundert Euro leisten?«

»Sechzehnhundert Euro für ein paar lausige Lederstiefel?«, brauste Max auf. Zoe strafte den Hacker mit einem bösen Seitenblick, was den jungen Mann sofort verstummen ließ.

»Äh, Rechtsmediziner verdienen viel?«, fragte Jan unsicher.

Zoe rollte mit den Augen. »Hast du mich schon zweimal mit dem gleichen Paar Schuhe gesehen?«

»Wenn du mich so fragst …«

»Vergiss es. Offensichtlich kannst du meinen Gedankengängen nicht folgen. Ich fasse es so zusammen, dass auch ein einfach strukturiertes männliches Gehirn es erfassen kann.« Zoe sah Jan eindringlich in die Augen. »Ich mache den Job zum Spaß. Ich habe genug Kohle, sodass ich eigentlich nicht mehr arbeiten müsste.«

»Und woher …«, begann Max.

»Das geht dich einen Scheiß an, Computerhirn«, fuhr sie auf. »Denk dir lieber aus, wie wir Psycho-Patrick schnappen.«

Sie lehnte sich wieder auf die Couch zurück. »Bekomme ich eigentlich noch was von der Affenbrühe, die du Kaffee nennst, oder muss ich zu Starbucks laufen?«

Chandu stand auf und nahm ihre leere Tasse. »Aber gerne doch, Zoe«, sagte er übertrieben freundlich und verneigte sich. Während der große Mann in die Küche ging, wandte sich Jan wieder dem Bild an der Wand zu.

»Also. Wie kommen wir an Patrick ran?«

»Eine Überwachung kannst du vergessen«, rief Chandu aus der Küche. »Das wird er bemerken.«

»Was sollte das bringen?«, fragte Zoe. »Selbst wenn er an den Tatort zurückkommt, kann er das als leitender Ermittler begründen.«

»Vielleicht ist er noch nicht fertig und hat schon das dritte Opfer im Auge«, sagte Chandu.

»Du meinst Nathan?«, fragte Jan.

»Wäre ein heißer Kandidat.« Chandu stellte eine Tasse vor Zoe ab. »Vielleicht weiß er auch, wer seine Schwester wirklich ermordet hat.«

»Es war nicht Nathan?«, fragte Zoe.

»Das ist nicht sein Stil. Auch wenn er schon Leute umgelegt hat, würde er sich nicht mit einem kleinen Drogenkurier beschäftigen. Dafür hat er Personal.«

»Dann müsst ihr bei ihm einbrechen«, warf Max ein.

»Max«, sagte Jan väterlich. »Das ist nicht CSI. Patrick hat sicher keine Tür, die man mit einem Streichholz knacken kann. Auch wird er nicht seine Balkontüre auflassen.«

»Dann gebt euch beim Hausmeister als Kripo aus und brecht die Tür auf. Bis er wieder heimkommt, habt ihr alle Beweise gesichert.«

»Eine schlechte Idee«, erklärte Jan. »Der Hausmeister würde mich beschreiben können und Patrick wäre gewarnt. Er weiß nicht, dass wir auf seiner Spur sind. Das ist der einzige Vorteil, den wir haben.«

Jan stand auf und lief im Zimmer umher. »Wie räche ich den Tod meiner Schwester?«

»Ich wusste ja gar nicht, dass deine Schwester …«, begann Max.

»Das war hypothetisch, Nerd«, fuhr Zoe ihn an.

»Oh«, erwiderte Max und widmete sich wieder dem Laptop auf seinem Schoß.

»Du musst alles über dein Ziel wissen«, sagte Chandu.

»Das ist kein Problem. Alle wichtigen Daten finde ich im Kriporechner. In meiner Freizeit beobachte ich die Opfer und erstelle ein Bewegungsprofil.«

»Du musst es irgendwo aufschreiben«, sagte Max.

»Was meinst du mit aufschreiben?«

»Wenn du zwei oder mehr Leute umlegen willst und dabei akribisch vorgehst, musst du dir irgendwo Notizen machen. Kein Mensch behält das alles im Kopf.«

»Und wo finden wir die Notizen?«, fragte Chandu.

»Entweder ist Patrick sehr leichtsinnig und hat seine Notizen bei der Arbeit«, sagte Max.

»Oder sie sind bei ihm zu Hause«, ergänzte Jan.

»Exakt«, sagte Max. »Also führt kein Weg an einem Einbruch vorbei.«

»Ich fürchte, Max hat recht«, wandte sich Jan an Chandu.

Der große Mann seufzte. »Meine Polizeiakte ist fast makellos, aber seit ich dich kenne, stehe ich kurz davor, in den Knast zu wandern.«

Jan grinste verlegen.

»Macht es euch bequem«, sagte Chandu. »Ich muss einen Freund besuchen und mich auf den neuesten Stand der Sicherheitstechnik bringen lassen. Heute Abend planen wir weiter.« Er nahm seine Schlüssel, zog seine Jacke an und verließ die Wohnung.

»Gibt's noch Kaffee?«, fragte Zoe.

Chandu war nicht lange fort, als es an der Tür klopfte.

»Erwartest du jemanden?«, fragte Zoe und drückte ihre Zigarette im Aschenbecher aus.

»Vielleicht hat Chandu seinen Schlüssel vergessen«, bemerkte Max.

Jan sprang über die Couch und holte eine Pistole unter einem Kissen hervor. Dann hastete er zur Tür und gab Zoe ein Zeichen.

»Ich hoffe, es sind die Zeugen Jehovas«, murmelte sie, ging zur Tür und drückte die Klinke herunter.

»Ist Herr Tommen da?«, hörte Jan die Stimme von Pfarrer Anberger. »Ich habe seine Post dabei.«

Jan seufzte erleichtert, legte seine Waffe auf die Anrichte und stellte sich neben Zoe.

»Pfarrer Anberger«, begrüßte er den Geistlichen. »Kommen Sie doch rein.«

»Ich hoffe, ich störe nicht, aber ihr Briefkasten war voll, daher bin ich nach dem Gottesdienst vorbeigekommen.«

»Das ist sehr freundlich.« Er winkte Pfarrer Anberger herein. So sehr Jan den Geistlichen mochte, sein Besuch kam zu einem ungünstigen Zeitpunkt. Wenn Chandu zurück war, mussten sie den Einbruch in Patricks Wohnung planen. Zeit für einen Plausch war nicht.

»Darf ich bekannt machen: meine Freunde Max und Zoe.«

Der Hacker winkte dem Pfarrer freundlich zu. Zoe steckte sich eine neue Zigarette an.

»Freut mich, Sie kennenzulernen.«

»Setzen Sie sich doch.« Jan deutete auf einen Sessel.

Pfarrer Anberger nahm Platz und reichte Jan die Briefe. »Ich weiß, dass Sie momentan … Schwierigkeiten haben, nach Hause zu kommen«, flüsterte der Geistliche verstohlen.

»Keine Sorge. Max und Zoe wissen Bescheid.«

»Ah«, sagte der Pfarrer. »Geht es Ihnen gut, Herr Tommen?«

»Trotz meiner Situation habe ich noch Glück gehabt. Ich habe einen Platz zum Schlafen und Freunde, die mich bei der Suche nach dem wahren Mörder unterstützen.«

»Wissen Sie, wer es war?«

»Noch haben wir nur Vermutungen, aber wir hoffen, bald etwas Konkretes zu haben.«

»Die Zeiten sind schlimmer geworden«, sagte der Geistliche. »Ich habe wieder von einem Mord gelesen. Irgendein Bauunternehmer wurde zu Tode gefoltert.«

»Ach, Sie meinen Michael Josseck?«, fragte Max.

»Ich glaube, so hieß er. Sie kannten ihn?«

»Wir beschäftigen uns auch mit dem Fall«, erklärte Jan.

»Ist das derselbe Mörder?«

»Möglich.« Jan wunderte sich über das Interesse des Geistlichen an den Morden.

»Warum macht ein Mensch so etwas?«

»Sicher nicht, weil er vom Teufel besessen ist«, sagte Zoe, die von dem Gespräch sichtlich genervt war.

»Kann ich Ihnen etwas zu trinken anbieten?«, versuchte Jan, die Bemerkung zu umgehen.

Pfarrer Anberger schüttelte den Kopf. »Danke. Ich wollte Ihnen nur die Post bringen.« Er erhob sich vom Sessel. »Ich werde beten, dass Sie den Mörder finden.«

Anberger nickte Max und Zoe zu und verließ die Wohnung.

Jan schloss die Tür und lehnte sich erleichtert dagegen. Er wollte den Geistlichen nicht mit hineinziehen.

»Irgendwie habe ich das Gefühl, dass der Alte dir nicht nur die Post bringen wollte«, sagte Zoe.

»Pfarrer Anberger ist eine Seele von einem Mensch«, verteidigte ihn Jan. »Er sorgt sich um alle seine Schäfchen. Auch wenn die Post nur ein offensichtlicher Vorwand war hierherzukommen, sind seine Motive selbstlos.«

Zoe zog die Augenbrauen hoch und widmete sich wieder ihrer Zigarette. Sie schien nicht überzeugt zu sein. Für derlei Gedankenspiele hatte Jan keine Zeit. Es galt, den Einbruch in Patricks Haus vorzubereiten.

Am Abend kam Chandu von seiner Exkursion zurück.

»Zuerst müssen wir wissen, wo Patrick wohnt«, begann der große Mann.

»In einem Mehrfamilienhaus in Kreuzberg«, sagte Max. »Keine schlechte Gegend, aber auch nicht der Hammer.«

»Gut. Ich brauche ein Foto des Türschlosses am Eingang. Dann weiß ich, wie wir reinkommen, weil die Schlösser der Wohnung zu neunundneunzig Prozent einen ähnlichen Aufbau haben.«

»Was für Möglichkeiten gibt es?«, fragte Jan.

»Wir können es zuerst mit Elektropicking versuchen«, erklärte Chandu. Er hob ein kleines Gerät hoch, das wie ein zu groß geratener Milchaufschäumer aussah. »Das Ding erzeugt Vibrationen durch einen sich schnell auf und ab bewegenden Mechanismus. Durch den Spanner an der Vorderseite lässt sich der Zylinderkern drehen und die Tür ist auf.«

»Klingt nach einem Kinderspiel«, sagte Zoe.

»Das ist es auch. Allerdings haben die meisten Zylinder eine Schutzvorrichtung dagegen. Es funktioniert nur, wenn das

Schloss an Patricks Tür alt ist.«

»Und wenn nicht?«, fragte Max.

»Dann nutzen wir die Schlagschlüsseltechnik. Wir brauchen dafür einen Rohling mit speziellen Einkerbungen.« Chandu hob einen Schlüssel hoch, dessen Zähne weit abgefräst waren. »Im Grunde besteht jedes Schloss aus fünf Stiften, die nach oben geschoben werden müssen, um den Schlüssel zu drehen. Ist einer höher oder niedriger als die Zähne des Schlüssels, blockiert das Schloss. Die Zähne auf dem Rohling liegen so tief, dass ich in jedes Schloss hineinkomme. Sie setzen sich unter die Stifte, und wenn ich auf den Rohling schlage, springen die Stifte durch den Impuls nach oben. Dann kann ich den Rohling drehen und die Tür geht auf.«

»Das ist alles?«, fragte Zoe.

»Im Grunde ja. Je nach Schloss wähle ich einen passenden Rohling aus. Eine Minute später sind wir drin.«

»Super. Darf ich da mitmachen?«

»Zoe«, mahnte Jan. »Das haben wir doch besprochen.«

»Und ich habe dir erklärt, dass ich auf den Job nicht angewiesen bin.«

»Es geht nicht nur darum«, erklärte Chandu. »Wenn die dich bei 'nem Bruch mit Jan erwischen, kommst du in den Bau.«

»Machst du dir etwa Sorgen um mich, Afrikamann?«, sagte Zoe verschmitzt.

»Bild dir bloß nichts ein, Luftverpesterin.«

Zoe klimperte kokett mit den Wimpern.

»Außerdem«, schaltete sich Jan ein, »brauche ich dich bei der Kripo. Du musst Patrick beobachten und uns warnen, falls er früher nach Hause kommen will.«

Zoe atmete missmutig den Rauch ihrer Zigarette aus. »Und wie kommt ihr hinein?«

»Ich hätte da einen Plan«, sagte Jan.

Max hätte vor Anspannung beinahe das Paket fallen lassen. Das letzte Mal war er beim Endgegner von *Diablo* so aufgeregt gewesen. Mit schweißnassen Händen ging er zu dem Haus und las die Klingelschilder. Er versuchte sich an den Plan zu erinnern, aber sein Kopf war leer. Dann hörte er Jans Stimme hinter sich.

»Ganz ruhig, Max. Du schaffst das.«

Jan trug die reflektierende Uniform der Stadtreinigung. Er stand mit einem Blättergebläse am Straßenrand. Wenn Max die Tür offen ließ, würde das Geräusch laut durch den Hausgang hallen und Chandus Einbruchslärm überdecken.

Max atmete tief durch. Er musste die Klingeln von oben herunter abarbeiten, bis jemand die Tür öffnete. Den Namen des Öffnenden würde er auf dem Weg nach oben auf das Paket schreiben und es dann aushändigen. Der Karton war mit einer Rolle Paketband zusammengeklebt. Das würde Max genug Zeit geben, zu verschwinden, bevor der Empfänger den Computerschrott ausgepackt hatte.

Max begann mit der ersten Klingel. »A. Regner.« Er drückte den weißen Knopf und wartete. Nichts geschah. Er wischte sich die feuchten Handflächen an der Hose ab. Dann versuchte er die nächste Klingel. »Mal sehen, P. Walter, ob du daheim bist«, murmelte er. Zwei Sekunden später drang die Stimme einer Frau durch die Sprechanlage. Max hätte vor Schreck beinahe das Paket fallen lassen.

»Hallo?«

»Äh, hallo. Hier ist Max. Ich meine natürlich die Post. Ich habe ein Paket für Sie, Frau … Walter.«

Der Türöffnungsmechanismus wurde betätigt. Max hätte vor Freude beinahe gejubelt. Jetzt musste er die Tür fixieren, damit Chandu hineinkam und der Lärm des Blätterfegers durch den Gang hallen konnte. Max drückte die Tür auf, bis sie einrastete. »Ha«, triumphierte er. Jetzt schnell den Namen von Frau Walter auf das Paket schreiben, dann wäre seine Aufgabe erledigt.

Jan nahm sein Handy aus der Tasche und drückte auf eine Kurzwahltaste. Zoe meldete sich.

»Wir sind drin«, sagte er. »Was ist mit Patrick?«

»Er ist noch im Gebäude, auch wenn ich ihn nicht sehe«, antwortete die Rechtsmedizinerin. »Das Auto ist noch da und ich habe den Eingang im Blick.«

»Gut. Wir gehen rein.«

»Ich warte noch dreißig Minuten. Dann gehe ich zur Arbeit. Berichte mir heute Abend davon.« Zoe legte auf.

Jan schaltete den Laubbläser an. Das Gerät heulte laut auf und übertönte alle Geräusche. Jan blies Kaugummipapier vor sich her, als Chandu das Treppenhaus betrat.

Der angeschaltete Laubbläser war das verabredete Zeichen. Ohne seinen Freund zu beachten, ging Chandu in das Haus. Er hatte sich eine blaue Arbeitsjacke geliehen, in der verschiedene Werkzeuge steckten. So ging er im Notfall noch als Hausmeister durch. Er stieg zügig die Treppe hoch, ohne zu rennen. Wenn alles nach Plan lief, würde Max sein Paket ausliefern und bevor der Hacker wieder unten war, wäre Chandu in der Wohnung. Jan würde das Gebläse ins Auto werfen und zur Wohnung hochkommen.

Als Chandu vor Patricks Wohnung angekommen war, holte er den Spezialschlüssel heraus. Er steckte ihn in das Schloss und nahm einen Schraubenzieher zur Hand. Mit dem Griff schlug er leicht dagegen und drehte den Schlüssel. Das kleine Metallstück blockierte. Er versuchte es erneut, aber wieder gelang es nicht, den Schlüssel zu drehen.

Chandu fluchte. Er hatte den richtigen Rohling. Gestern hatte er geübt und keine Probleme gehabt.

An der Tür neben Patricks Wohnung regte sich etwas.

»Schatz«, hörte er die Stimme eines Mannes über den Lärm des Laubbläsers. »Ich gehe schnell einkaufen.« Die Tür öffnete sich einen Spalt. Chandus Gedanken rasten. Sollte er alles abbrechen und abhauen?

Er schlug fester auf den Rohling.

»Vergiss das Brot nicht«, antwortete eine Frauenstimme.

Er hatte noch einen, höchstens zwei Versuche. Er zog den Schlüssel ein Stück heraus. Mit einer schnellen Bewegung drehte er das Handgelenk, aber der Metallstift blockierte noch immer. Unter seinem kräftigen Griff verbog sich der Rohling.

»Ganz ruhig, Junge«, mahnte er sich. Wenn er den Stift abbrechen würde, wäre alles vorbei. Sie würden nicht in die Wohnung kommen und Patrick wäre gewarnt.

»Bis dann«, sagte der Mann und öffnete die Tür.

Chandu schlug auf den Schlüssel. Der Rohling ließ sich drehen. Er schob die Tür auf, hastete in die Wohnung und schloss die Tür sofort. Chandu hörte Schritte vorbeilaufen. Alles blieb ruhig. Er atmete tief aus und versuchte sein klopfendes Herz zu beruhigen. Einbrechen war nicht sein Ding.

Er nahm das Handy aus seiner Hosentasche. Er wählte Jans Nummer, ließ es einmal klingeln und legte auf.

Das Geräusch des Blätterfegers verstummte. Sie hatten es geschafft.

»Einen schönen guten Morgen, Frau Walter«, sagte Max und lächelte breit.

Die ältere Dame sah ihn argwöhnisch an. »Morgen«, antwortete sie mürrisch.

»Ihr Paket.« Er drückte ihr den Karton in die Hand.

»Danke.« Die Frau drehte den Karton interessiert in den Händen. »Wo muss ich unterschreiben?«

Max' Lächeln verblasste. »Was wollen Sie?«

»Unterschreiben«, erklärte die Frau. »Normalerweise muss man den Empfang quittieren.«

Daran hatte er nicht gedacht. »Nein«, sagte er überschwänglich. »Wir haben eine neue Technik. Sie müssen nur das Paket in Empfang nehmen und alles ist gut.«

»Für welchen Zusteller arbeiten Sie gleich?«

»Die Post.«

»Sie meinen DHL?«

»Genau.«

»Haben die nicht so gelbe Uniformen an?«

»Ich bin … freischaffend. Die Kleidung haben nur die Festangestellten.«

»Aha«, sagte die Frau. Sie musterte Max, als wäre er nicht bei Trost. Dann schloss sie die Tür.

Max wischte sich den Schweiß von der Stirn. Er musste verschwinden, bis die alte Frau das Paket geöffnet hatte. Er hastete die Treppen hinunter und wäre beinahe mit einem Mann mit Einkaufskorb zusammengestoßen. Er entschuldigte sich und lief hinaus. Draußen ging er um die Ecke und lehnte sich an eine Litfaßsäule. Seine Knie zitterten. Das wahre Leben da draußen konnte ganz schön aufregend sein. Es war Zeit, wieder an den Computer zurückzukehren.

Die Luft in Patricks Wohnung war abgestanden. Es roch nach frittiertem Fleisch. An der Wand hingen Jacken akkurat in einer Reihe. Daneben standen ein leerer Schirmständer und ein kleiner Schrank mit abgetragenen Hausschuhen. Das Laminat glänzte, als wollte es den Geruch in der Wohnung Lügen strafen. Als Jan hineinkam, saß Chandu im Wohnzimmer. Er hatte seinen Laptop an Patricks Computer angeschlossen und startete ein Kopierprogramm. Max hatte alles so präpariert, dass die Festplatte heruntergeladen wurde, ohne dass Patrick die Kopie auffallen würde.

Jan ließ seinen Blick durch den Raum schweifen. Die Wände wurden von Bücherregalen eingenommen, in denen sich juristische Fachzeitschriften, wissenschaftliche Magazine und Reiseführer stapelten. Eine alte Couch und der Schreibtisch mit Computer vervollständigten das Bild der langweiligen Einrichtung. Einzig ein Bild von Patrick und seiner Schwester brachte Persönliches in das Wohnzimmer. Patrick war darauf kaum vierzehn Jahre alt, seine Schwester nur wenig jünger. Sie waren stark gebräunt und saßen auf einem Felsen. Hinter ihnen lag das blaue Meer der Adria. Ihr Lächeln war das zweier glücklicher Teenager, die nicht ahnten, welches Schicksal das Leben für sie parat hatte.

»Nach was suchen wir?«, unterbrach Chandu seine Gedanken.

»Wir brauchen die Daten auf dem Computer.« Jan streifte sich ein Paar Handschuhe über. »Wichtig sind auch handschriftliche Notizen oder irgendetwas anderes, das ihn mit den Morden in Verbindung bringen könnte. Suche du hier weiter. Ich bin nebenan.«

Jan ging ins Schlafzimmer. Der Raum war trostlos. Ein einfaches Bett mit einer Decke und ein Schrank waren die einzigen Möbel. Die Bettwäsche war verblichen und das Kissen zerschlissen. In der Ecke des Raums hing ein großer Boxsack. Ein Paar Boxhandschuhe und ein Handtuch lagen auf dem Boden. Jan zog sein Smartphone aus der Tasche, um alles zu dokumentieren. Er musste alles festhalten. Die Auswertung kam später.

Jan öffnete den Schrank. Am Boden lagen Unterwäsche, Socken und T-Shirts wild durcheinander. Dem Chaos zum Trotz hingen zwei dunkle Anzüge und vier gebügelte Hemden im Schrank.

Die hingeworfenen Kleidungsstücke am Boden irritierten ihn. Er hatte Patrick immer für einen Spießer gehalten, der seine Socken sortierte. Ganz offensichtlich war dies nur der Schein, den er wahren wollte. Jan machte auch Fotos davon und ging wieder ins Wohnzimmer.

Chandu hatte ein Fotoalbum auf den Tisch gelegt und fotografierte die Seiten ab. Manche Bilder waren verblichen. Auf den meisten war Patricks Schwester zu sehen.

»Er scheint sie sehr gemocht zu haben«, sagte Chandu. Das Buch war abgegriffen, als würde es oft benutzt werden.

»Wir haben noch zwanzig Minuten«, sagte Jan mit Blick auf die Uhr. »Ich gehe ins Bad. Mal sehen, was ich noch finde.«

Das Bad war klein und viel zu warm. Ein abgetragener Morgenmantel hing an der Tür. Der muffige Geruch des Duschvorhangs wurde von Patricks Aftershave überdeckt. Jan war es zu herb und zu billig, aber irgendwie passte es zu der trostlosen Wohnung. Jan öffnete den Schrank unter dem Waschbecken. Dort standen Wattestäbchen, Taschentücher, ein kleiner Erste-Hilfe-Kasten und eine Packung Aspirin. Beim Fotografieren fiel ihm ein schwarzer Plastiksack auf, der hinter dem Erste-Hilfe-Kasten verborgen war. Er zog den Sack vorsichtig heraus und öffnete ihn. Der Inhalt ließ ihn einen leisen Pfiff ausstoßen. Er nahm seine Kamera und machte Fotos. Vielleicht war das der Beweis, den sie brauchten.

Kapitel 13

Das Bild an der Wand zeigte eine schwarze Plastiktüte voller Pillen und Ampullen.

»Okay«, begann Zoe. »Ich habe die Proben aus der Wohnung analysiert. Wir haben Ecstasy, Marihuana, einen Blister Valium und zwei Ampullen mit K.-o.-Tropfen, wahrscheinlich Benzodiazepine.«

»Dein Kollege steht wohl auf wilde Partys«, sagte Chandu.

»In der Tat«, erklärte Zoe. »Bei der Menge an Ecstasy kommt er ein halbes Jahr nicht mehr runter.«

»Ich glaube nicht, dass er Drogen nimmt«, sagte Jan.

»Wieso nicht?«, fragte Chandu.

»Und wozu hat er das ganze Zeug in seinem Badezimmer?«, ergänzte Zoe.

»Wenn Patrick auf Ecstasy wäre, hätte ich das gemerkt. Ich glaube eher, dass er einen Dealer hochgenommen hat.«

»Er hat einen Dealer beklaut und das Zeug für sich behalten?«, fragte Chandu. »Und warum?«

»Es war der beste Weg, an die Drogen heranzukommen. Man kann K.-o.-Tropfen und Ecstasy nicht in der Apotheke kaufen. Wenn er es aus der Asservatenkammer genommen hätte, wäre es bemerkt worden. Wahrscheinlich kannte Patrick einen Dealer. Den hat er um seine Ware erleichtert.«

»Keine schlechte Theorie«, erwiderte Zoe, »aber was beweist das?«

»Das beweist, dass Patrick wahrscheinlich unser Serienmörder ist. Würde er selbst Ecstasy nehmen, könnte man von einem unglücklichen Zufall sprechen, aber wenn er drogenfrei ist, warum bunkert er das Zeug bei sich?«, sagte Jan.

»Aber wir haben noch keinen Beweis«, warf Chandu ein. »In der Wohnung war sonst nichts, das ihn mit den Morden in Verbindung bringen könnte. Keine Bilder von den Opfern. Kein Blut oder sonst etwas Verdächtiges.«

»Vielleicht doch«, sagte Max. Alle Köpfe wandten sich ihm zu.

»Ich habe die Festplatte gecheckt. Es gab keine verdächtigen Dokumente oder verfänglichen Bilder, aber ein Teil der Festplatte war verschlüsselt.«

»Kannst du es entschlüsseln?«, fragte Jan.

»Das Problem ist, dass man den verschlüsselten Teil nicht kopieren kann. Dazu hätte ich einen Passwort-Cracker installieren müssen. Das hätte erstens sehr lange gedauert und wäre Patrick außerdem aufgefallen.«

»Verdammt«, fluchte Jan. »Wir sind keinen Schritt weiter.«

»Aber wir können davon ausgehen, dass Patrick in die Sache verwickelt ist.«

»Das ist nicht genug«, sagte Jan. »Wir brauchen etwas Handfestes, sonst kann ich mich nicht aus der Deckung wagen.«

Jans Handy unterbrach die Diskussion. Einen Moment starrten alle auf das kleine, klingelnde Gerät.

»Ich dachte, nur wir haben deine Nummer«, durchbrach Zoe die Stille.

»Vielleicht ist es die Telefongesellschaft«, sagte Max.

Jan nahm das Gespräch entgegen.

»Hallo?«

»Hallo«, meldete sich die leise Stimme einer Frau. »Sind Sie der Mann, der Manuel die Nummer gegeben hat?«

»Und wer sind Sie?«

»Ipig.«

»Sarah Ipig?«

»Er ist hier«, schluchzte die Frau. »Ich weiß nicht, wie er uns gefunden hat, aber er quält meinen Mann im Wohnzimmer zu Tode.«

Jan legte das Handy auf den Tisch und schaltete den Lautsprecher an.

»Wer will Ihren Mann töten?«

»Keine Ahnung. Er trägt eine Maske. Ich konnte sein Gesicht nicht erkennen.«

»Wo sind Sie?«

»In Charlottenburg. Wir haben gerade gegessen. Dann stand er plötzlich im Wohnzimmer und hat Horst mit einem Elektroschocker angegriffen.«

Wie zur Bestätigung unterbrach ein lauter Schrei das Gespräch. Die Frau begann hysterisch zu weinen.

»Frau Ipig. Sagen Sie mir, wo Sie sind. Straße. Ihre Hausnummer.«

Er wandte sich an Max. »Ruf bei der Kripo an. Nimm dein Handy und lass dich mit Patrick Stein verbinden.«

»Helfen Sie mir. Ich liege unter dem Bett …«

Die Frau schrie laut auf. »Lassen Sie mich los«, flehte sie. Dann folgte ein lautes Klatschen. Wahrscheinlich hatte der Angreifer ihr ins Gesicht geschlagen.

»Nein. Bitte nicht«, flehte Sarah. »Ich tue alles …« Ihre Bitte ging in einem Schmerzensschrei unter.

»Frau Ipig!«, brüllte Jan, aber die Frau konnte das Telefon nicht mehr erreichen. Es blieb auf Empfang und übertrug Sarah Ipigs Leiden bis zum Ende. Ihr Sterben dauerte siebzehn Minuten.

Dann nahm jemand das Handy. Ein leises Keuchen drang durch die Leitung.

»Hörst du mir zu, du perverses Schwein?«, fragte Jan.

Stille.

»Ich werde dich finden. Du kannst mir alles in die Schuhe schieben, aber ich kriege dich.«

Die Verbindung brach ab. Der Mörder hatte aufgelegt.

Max kam von der Toilette und wischte sich über den Mund. Er hatte sich zum dritten Mal übergeben und sah aus, als würde es nicht das letzte Mal gewesen sein. Sein Gesicht war bleich, wie bei einem Toten. Schweiß stand auf seiner Stirn und seine Augen waren gerötet.

Zoe ging es kaum besser. Sie nippte immer wieder an ihrer Tasse, obwohl diese schon leer war. Ihre Hand zitterte, als sie die Zigarette zum Mund führte. »Verdammte Scheiße«, murmelte sie. Sie drückte die halb fertig gerauchte Zigarette in den Aschenbecher und steckte sich eilig eine neue an.

Chandu saß auf dem Sofa und starrte mit leerem Blick auf den Boden, als hätten die Schreie der Frau eine längst vergessene Erinnerung in ihm hochgeholt.

Auch Jan hatte der Mord erschüttert, aber er hatte in seinem Leben schon zu viele kaputte Dinge gesehen. Er beneidete seine Freunde, dass sie noch Schrecken empfinden konnten. Ihre Welt war besser. Sie hatten noch nicht in den Abgrund gesehen.

Jan liebte seine Arbeit, aber sie fraß ihn auf. Erst körperlich; aber zusätzlich riss jeder Todesfall ein wenig mehr aus der Seele des Ermittlers. Sein Kollege Simon war so ein Fall. Er war seit vierundzwanzig Jahren dabei und jeder Mord hatte sich in die Falten seines Gesichtes eingegraben. Er war am Ende. Einen Nervenzusammenbruch hatte er schon gehabt. Den zweiten würde Bergman nicht mehr auffangen können. Dann musste Simon in Frührente gehen. Mit einundfünfzig.

Jan hatte sich nie mit Philosophie beschäftigt, aber als er

das berühmte Zitat von Nietzsche gelesen hatte, hatte er sich dem verschrobenen Mann nahe gefühlt: »Wer mit Ungeheuern kämpft, mag zusehn, dass er nicht dabei zum Ungeheuer wird. Und wenn du lange in einen Abgrund blickst, blickt der Abgrund auch in dich hinein.« Den Ausspruch kannten viele. Aber kaum einer verstand die Wahrheit dahinter. Jan tat es. Simon auch.

»Patrick Stein war nicht bei der Kripo.« Max' Stimme riss Jan aus seinen Gedanken. »Ich habe während des Mords bei der Mordkommission angerufen. Er war seit einer Stunde weg.«

»Fuck«, sagte Zoe und nippte an der leeren Tasse.

»Ich rufe ein paar Jungs an«, sagte Chandu. »Die richtig kranken Typen. Dann passen wir das Schwein ab. Eine Stunde später wird das, was von ihm übrig ist, ein ausführliches Geständnis abliefern.«

»Das bringt uns nicht weiter«, sagte Jan.

»Ich scheiß auf Menschenrechte, Kumpel. Die Schreie der Frau hallen noch in meinen Ohren. Man müsste ihn auf einen Spieß stecken und in der Sonne braten lassen.«

»Wir wissen nicht, ob es Patrick war.«

»Mann, Jan.« Zoe atmete zornig den Rauch aus. »Wie viele Beweise brauchst du noch? Lass uns den Mistkerl umnieten.«

Jan hob beschwichtigend die Hände. »Patrick ist darin verwickelt, aber was, wenn er einen Profikiller engagiert hat, der die Drecksarbeit für ihn macht? Was, wenn noch mehr auf der Todesliste stehen? Vielleicht observiert der Killer schon das nächste Opfer.«

»Den Dreck höre ich mir nicht mehr an«, sagte Chandu und stand auf. »Solche Typen gehören abgeknallt.« Er nahm seine Jacke vom Stuhl. »Ich brauche frische Luft, sonst nehme ich meine Knarre und laufe direkt zur Kripo.« Die Tür knallte ins Schloss.

»Er hat recht«, sagte Zoe. »In meinen dunkelsten Gedanken kann ich mir nicht vorstellen, was er mit ihr gemacht hat. Gib mir einen Grund, warum wir Chandu nicht zu Patrick schicken sollten? Wenn wir ihn überführen, kommt er in den Knast. Entweder wird er für unzurechnungsfähig erklärt, oder er sitzt lebenslänglich, kommt nach fünfzehn Jahren frei und spaziert durch die Straßen von Berlin, als wäre nichts passiert. Ist das gerecht?«

»Es geht nicht um Gerechtigkeit.«

»Um was dann?«, fuhr Zoe auf.

»Es macht mich auch wahnsinnig, wenn ich die Leiche eines Kindes finde und weiß, dass der Mörder irgendwann wieder freigelassen wird, aber Leute wie du und ich müssen uns vom Abschaum unterscheiden. Wenn wir die gleichen Methoden anwenden, sind wir nicht besser. Dann wird einfach alles zu einer unterschiedslosen Masse Abschaum.«

»Glaubst du nicht, dass er den Tod verdient hat?«

»Natürlich hat er den Tod verdient«, brüllte Jan und trat gegen den Tisch. »Aber ich bin noch immer Polizist und kein verdammter Racheengel. Auch wenn es mir in solchen Momenten schwerfällt, glaube ich an das System. Ich werde Patrick des Mordes überführen. Dann übergebe ich ihn den Behörden und schaue zu, wie er in den Knast marschiert.«

»Ich gehe wieder zur Arbeit.« Zoe stand auf. »In den nächsten Stunden werden sicher zwei Leichen eingeliefert.«

Im Hinausgehen drehte sie sich zu Jan um. »Ich schicke dir ein paar schöne Farbfotos. Dann kannst du es dir überlegen, ob wir das Schwein nicht doch umlegen.«

Dann knallte die Tür erneut ins Schloss.

Chandu stellte sein neues Auto auf dem Besucherparkplatz ab und stieg aus dem Wagen. Durch einen schmalen Durchgang zwischen zwei Eichen gelangte er zu dem hell erleuchteten Eingangsbereich. Ein schachbrettartiges Muster an Pflastersteinen wies ihm den Weg vorbei an akkurat geschnittenen Hecken. Eine breite Tür mit Bewegungssensor öffnete sich. Chandu winkte der Frau am Eingang, die freundlich zurücklächelte. Der Geruch nach Reinigungsmitteln mischte sich mit dem Duft der Blumen aus Terrakottavasen. Das dunkle Rot der untergehenden Sonne schien durch die Fenster. Chandu durchquerte die große Halle bis zu einer großen Glaswand. Durch eine Tür trat er auf eine breite Terrasse mit Blick auf den Wald.

Manchmal vermisste er seine Heimat Ruanda. Gerade in den kalten Wintermonaten, doch der Anblick des Mischwalds milderte die Sehnsucht nach den Grassavannen. Wenn ihm alles zu viel wurde, setzte er sich in sein Auto und ließ die Stadt hinter sich. Er marschierte abseits der Wege durch den Wald, suchte sich einen großen Baum und ließ sich darunter nieder. Bald darauf waren alle seine trüben Gedanken von ihm abgefallen.

Am Rand des Balkons saß eine dunkelhäutige Frau in einem Rollstuhl. Sie schien im Licht der untergehenden Sonne zu baden. Chandu stellte sich hinter sie und küsste sie auf die Stirn.

»Hallo, Mama.«

»Chandu.« Sie lächelte, ohne den Blick von der Sonne abzuwenden.

»Ich wusste, dass ich dich hier finde. Keine Wolke am Himmel und der Blick reicht über den Wald bis zum Horizont.«

»Der Sonnenuntergang ist wunderschön heute«, sagte sie verträumt. »Als ihr klein wart, sind wir abends immer auf den kleinen Hügel geklettert und haben gewartet, bis es dunkel wurde. Dann habt ihr mit leuchtenden Augen zugesehen, wie der große rote Ball hinter den Sanddünen versunken ist. Ihr wolltet nicht von dort weg, bis der letzte Sonnenstrahl verschwunden war. Dein Bruder hat immer deine Schwester getragen, während du an meiner Hand mitgelaufen bist. Weißt du das noch?«

Chandu strich ihr sanft über das Haar. »Das ist lange her.«

»Manchmal träume ich noch von ihr. Wie sie durch die Hütte rennt, mit dem kaum zu bändigenden Haar und dem freudigen Lachen. Sie konnte keine Sekunde still sitzen.«

Chandu schloss die Augen und versuchte die Bilder von seiner Schwester zu verdrängen. Die Erinnerung war zu schmerzhaft.

»Wie geht es dir, Mama?«, wechselte er das Thema.

»Du hast mich lange nicht mehr besucht.«

»Ich war sehr beschäftigt. Ich bin nicht einmal zum Arbeiten gekommen. Ich muss einem Freund helfen, der in Schwierigkeiten steckt.«

»Hauptsache, du bringst dich nicht in Schwierigkeiten«, mahnte seine Mutter. »Arbeitest du noch für diesen Geldeintreiber?«

»Nein«, beruhigte er sie. Er log seine Mutter nicht gerne an. Aber das Pflegeheim war nicht nur das beste in Berlin, es war auch das teuerste. Mit einem normalen Job hätte er keine Woche bezahlen können, also musste er dort arbeiten, wo das große Geld war. Und in der Berliner Unterwelt gab es genug davon.

»Du brauchst dir keine Sorgen zu machen.«

Sie streichelte ihm die Wange. »Du bist der Einzige, der mir geblieben ist, Chandu. Ich will nur, dass es dir gut geht.«

»Ich weiß, Mama. Mir geht es gut.«

»Hast du noch Zeit?«

»Den ganzen Abend.«

Ihr Gesicht strahlte. Wie leicht sie glücklich zu machen war.

»Dann lass uns hierbleiben. Bis die Sonne verschwunden ist. Wie früher. Als wir vier noch zusammen waren.«

Chandu legte ihr seine Hände auf die viel zu dürren Schultern. Er hob den Blick zur Sonne und war froh, dass er hinter ihr stand. So konnte sie seine Tränen nicht sehen.

Nachdem Max gegangen war, saß Jan lange auf dem Sofa und starrte an die Wand. Er hielt das Foto von Betty in seinen Händen. Durch die Mordermittlungen war er abgelenkt gewesen und hatte ihren Tod für eine Weile verdrängt. In solch einsamen Momenten holte ihn die Erinnerung ein. Ihr schönes Gesicht, ihr bezauberndes Lächeln. Doch heute ertrug er diese Gedanken nicht. Stattdessen rief er Pfarrer Anberger an.

»Hallo?«

»Pfarrer Anberger? Hier ist Jan.«

»Hallo, Herr Tommen. Schön, von Ihnen zu hören. Soll ich Ihnen wieder etwas aus Ihrer Wohnung holen?«

»Erst mal nicht. Vielen Dank.« Jan suchte nach den richtigen Worten. »Ich weiß, es ist schon spät, aber haben Sie heute Zeit für ein Treffen? Ich bekomme einiges nicht aus meinem Kopf und ich muss mit jemandem darüber reden.«

»Natürlich«, antwortete der Geistliche, als hätte er genau darauf gewartet. »Soll ich zu Ihnen kommen?«

»Nein, das ist zu weit. Treffen wir uns in der Kirche, deren Gemeinde Sie früher betreut haben? Ich wäre in einer Stunde da.«

»In Ordnung.«

»Vielen Dank«, sagte Jan gerührt.

»Keine Ursache. Bis später.«

Jan steckte das Handy wieder ein. Draußen war es dunkel. Mit der Mütze und der Brille fühlte er sich sicher genug, um mit der U-Bahn zu fahren, ohne von einer Streife erkannt zu werden. Müde stand er auf.

Zoe bekam eine Nachricht auf ihr Handy. Ein neuer Mordfall. Zwei Leichen. Gleichzeitig kam eine SMS von Walter. Nur zwei Worte. »Brauche Hilfe.«

Sie wählte seine Nummer. Nach dem zweiten Klingeln hob er ab.

»So was habe ich noch nie gesehen, Zoe«, sagte der Kollege atemlos. »Ich dachte, das gibt es nur im Film.«

So lange, wie die Frau gefoltert worden war, konnte sie sich gut vorstellen, wie entstellt die Leichen waren.

»Beruhige dich, Walter. Was ist los?«

»Ich kann dir das am Telefon nicht sagen. Komm in die Forensik und schau dir das an.«

Dann legte er auf.

Zoe zog ihren Mantel an und verließ ihre Wohnung. Wütend knallte sie die Tür zu. Wenn Jan nicht die Eier hatte, Patrick umzulegen, würde sie es selbst tun. An eine Knarre zu kommen war leicht. Auch wenn sie kein guter Schütze war, aus zwei Metern würde sie ihn nicht verfehlen.

Max knabberte an seiner kalten Pizza. Er hatte gehofft, dass er zu Hause ruhiger werden würde, aber die Schreie der Frau gingen ihm nicht mehr aus dem Kopf. Selbst der voll aufgedrehte MP3-Player konnte die Geräusche des Todes nicht verbannen. Wenn er schlechte Laune hatte, zockte er normalerweise eine Runde *Counter-Strike.* Jetzt konnte er keine Gewalt mehr sehen. Wahrscheinlich konnte er nie mehr einen Ego-Shooter spielen.

Sein Magen rumorte und Max legte die Pizza zur Seite. Er hatte heute mehr gekotzt, als er es für möglich gehalten hatte. Auf ein weiteres Mal hatte er keine Lust. Er ging zur Eingangstür und kontrollierte zum vierten Mal die Schlösser. Eigentlich machten ihm Horrorgeschichten und Splatterfilme nichts aus. *Saw* hatte er schon elf Mal gesehen. Darin kamen wirklich kaputte Sachen vor, aber die Schreie der Frau waren real gewesen und ihr Tod auch. Jetzt hatte er Angst. Echte Angst. Nicht dieses angenehme Kribbeln, das man bei den Horrorfilmen bekam, sondern die Angst, die man als Kind verspürte, wenn ein Gewitter nahte. Der Moment, in dem man weinend seine Finger in das Kopfkissen krallte. Doch hier war keine Mama, unter deren Decke er flüchten konnte. Kein Papa, der ihn beruhigte.

Max warf die Pizza in den Müll. Es hatte so viel Spaß gemacht, Jan zu helfen. Er war sein einziger Freund, aber heute hatten sie eine Grenze überschritten. Dort draußen lief ein Psychopath herum, der es genoss, Leute zu massakrieren. Noch nie war er einem Mörder so nahe gekommen, und diese Nähe hatte jede Faser seines Körpers erschüttert. Wie konnte ein Mensch so etwas aushalten? Wie konnte man bei der Kripo arbeiten und täglich mit dem Grauen konfrontiert werden, ohne irre zu werden?

Er musste alles hinwerfen. Die ganze Sache vergessen, mit seiner Gang nächtelang *World of Warcraft* zocken und die neusten Kreationen seines Pizzaservices ausprobieren. Irgendwann würden die Schreie aus seinem Kopf verschwinden.

Dann dachte er wieder an Jan. Wie geschockt er gewesen war, als man ihn des Mordes verdächtigt hatte, und wie ihn der Selbstmord von Betty getroffen hatte. Jan war der Mittelpunkt jeder Party gewesen. Seiner lockeren Art konnte man sich nicht entziehen. Max hatte die Veränderung gespürt. Jans verschmitztes Grinsen und seine »Lass-uns-noch-ein-Bier-trinken«-Mentalität waren verschwunden.

Jan hatte ihn immer mit Respekt behandelt, und es war ein gutes Gefühl gewesen, seinem Freund zu helfen, aber er konnte nicht mehr. Noch ein Toter würde ihn den Verstand kosten.

»Scheiße«, fluchte Max. Ohne ihn würde Jan an keine Informationen mehr kommen, und Patrick würde die Beweise so manipulieren können, dass Jan schuldig blieb.

Wütend fegte er den Laptop mit dem Smiley-Aufkleber vom Tisch. Er ging ins Schlafzimmer, in dem nur ein schmales Bett und ein Kleiderschrank standen. Alte Hosen und T-Shirts lagen auf dem Boden. Ein Kasten Coca-Cola stand auf einem Hocker. Max warf sich aufs Bett und zog die Decke über den Kopf. Er hatte genug von der Welt. Er wollte nur schlafen und alles vergessen. Keine Morde mehr. Keine Schreie.

Jan war auf dem Weg zur Kirche, als sein Handy klingelte. Er kramte es schnell aus der Tasche.

»Ja?«

»Mein Kollege bereitet gerade die Leichen vor. Ich habe die Tatortfotos gesehen, daher wollte ich dir einen kurzen Zwischenbericht geben«, begann Zoe ohne Begrüßung. »Die Opfer sind Sarah und Horst Ipig. Wer hätte es gedacht?

Ihn hat man übel zusammengeschlagen. Neben Frakturen an Beinen und Armen wurden ihm die Kniescheiben gebrochen. Als er gefesselt auf der Couch lag, hat man ihm Spielzeugschwerter aus Holz durch die Eingeweide getrieben. Armlang und angespitzt. Anhand der Menge des Blutes auf der Couch lässt sich feststellen, dass er dabei noch gelebt hat.«

»Zoe, ich …«

»Unterbrich mich nicht«, fuhr ihn die Rechtsmedizinerin an. »An den Wunden ist er gestorben, wobei der Angreifer weder Herz noch Lunge durchbohrt hat, was das Sterben verlängert hat.«

»Also hat der Mörder Ahnung von der menschlichen Anatomie«, stellte Jan fest.

»Was du nicht sagst.«

»Und Sarah Ipig?«

»Oh, die hat den Jackpot gezogen«, fuhr Zoe sarkastisch

fort. »Ihre Knochen wurden gebrochen, bis sie sich nicht mehr bewegen konnte. Dann hat man ihre Hände auf den Rücken gebunden, ihr die Augen ausgestochen und die Augäpfel mit Glasperlen ersetzt. Anschließend hat ihr der Mörder die Pulsadern aufgeschnitten und zugesehen, wie sie langsam verreckt.«

»Warum hat er die Augen durch Glasperlen ersetzt?«

»Weil er ein krankes Arschloch ist«, blaffte sie ihn an. »Was weiß ich. Du bist doch der tolle Ermittler.«

»In der ganzen Zeit bei der Kripo habe ich …«

»Laber mich nicht mit rührseligen Storys voll«, unterbrach ihn Zoe. »Du weißt, wer das gemacht hat, und willst ihm trotzdem keine Kugel in den Kopf jagen, auch wenn das noch zu gnädig für das Schwein wäre.«

»Ich kann keinen klaren Gedanken …«

»Erspar mir deine Ausreden. Das war das letzte Mal, dass ich dir geholfen habe. Wenn du Patrick plattmachen willst, ruf mich an. Ansonsten suche dir einen anderen Deppen.«

Die Verbindung brach ab.

Jan rieb sich über die Augen. Er konnte Zoe verstehen. Der Täter musste bestraft werden, aber er würde sich nicht zu einer aus Wut geborenen Tat hinreißen lassen. Wenn er mehr als nur Indizien hatte, einen unumstößlichen Beweis oder ein Geständnis, dann würde er vielleicht Zoes Wunsch erfüllen. Nicht für sich oder für die Rechtsmedizinerin. Für Betty.

Die Zeit bei seiner Mutter war eine wunderbare Flucht aus dem Alltag. Sie war der wichtigste Mensch in Chandus Leben, außerdem die einzige Verwandte, die ihm geblieben war. Die Erinnerungen an seine Geschwister und seine alte Heimat schmerzten, und doch schwelgte Chandu gerne in der Erinnerung an die Zeit, bevor sie fliehen mussten. Auch wenn sie ihm schreckliche Narben geschlagen hatte, hatte jeder Mensch nur einen Ort, dem er ein Leben lang verbunden blieb. Ruanda war in seinem Blut, war seine Heimat. Berlin war sein Zuhause.

Auf dem Nachhauseweg rührte sich sein schlechtes Gewissen. Jan war sein Freund. Einer der wenigen Menschen, denen er vertraute. Er hätte ihn nicht alleine lassen dürfen, aber die Schreie der Frau hatten Erinnerungen wachgerufen, die er in der hintersten Ecke seines Gedächtnisses vergraben hatte. Er war kein wehrloses Kind mehr, aber der Mord hatte ihn in eine Zeit voller unvorstellbarer Gräuel zurückversetzt. Todesangst. Leichen auf den Straßen und der süße Gestank verwesender Körper.

Die Menschen wandten beim Anblick einer Leiche entsetzt den Kopf ab. Chandu hatte dafür kaum ein Achselzucken übrig. Er war am dunkelsten vorstellbaren Ort gewesen. Dort hatten Menschen Dinge getan, die selbst mit Millionen Worten nicht erklärbar waren und deren Schrecken einem für immer den Schlaf raubten. Doch die Albträume hatten ihn stärker gemacht. Wie nach einem Stahlbad. Hart und unantastbar. Selbst in der wildesten Schießerei behielt er die Nerven, und doch hatte ihn das Flehen der sterbenden Frau getroffen.

Heute Nacht würden sie ihn wieder heimsuchen. Die Albträume. Der Verwesungsgestank. Wie alte Freunde. Aber es durfte ihn nicht davon abhalten, Jan beizustehen. Er stand noch immer in seiner Schuld.

Er trat das Gaspedal durch und beschleunigte den Wagen.

Pfarrer Anbergers Anblick ließ Jan lächeln. Seine ruhige Art und sein freundlicher Gesichtsausdruck gaben ihm das Gefühl, dass alles wieder in Ordnung kommen würde. Die Last auf seiner Seele würde weniger werden und der Mord würde aufgeklärt werden.

»Vielen Dank, dass Sie Zeit für mich haben«, sagte Jan und

schüttelte dem Pfarrer die Hand. »Es tut mir leid, dass ich Sie so spät noch hierher gerufen habe, aber ich wusste keinen Ausweg.«

»Das ist in Ordnung.« Hinrich winkte ab. »In meinem Alter benötigt man nicht viel Schlaf, und wenn ich einer gequälten Seele Erleichterung verschaffen kann, ist das meine Pflicht.«

Jan wrang nervös die Hände. »Ich weiß nicht, wie ich beginnen soll. Die letzten Tage waren die schlimmsten meines Lebens.«

»Vielleicht sollten Sie von vorne anfangen und mir alles erzählen. Es hilft, wenn man sich seine Sorgen von der Seele redet.«

»Ich werde des Mordes verdächtigt.«

»Das war dieser Richter. Ihre Fingerabdrücke und Ihre DNA wurden gefunden und Sie mussten fliehen. Dann gab es einen zweiten Mord.«

»Auch hier hat man meine Fingerabdrücke gefunden. Da ich zu der Zeit bei Freunden war und ich das Opfer nicht kannte, bin ich zu dem Schluss gekommen, dass mir jemand die ganze Sache anhängen will. Auf der Flucht bin ich auf die Hilfe meiner Freunde angewiesen, aber alle drei haben noch nichts mit polizeilicher Aufklärungsarbeit zu tun gehabt.«

»Sie haben Angst, dass sie Dinge zu sehen bekommen, die sie um den Verstand bringen könnten?«

Jan nickte. »Darüber habe ich mir nie Sorgen gemacht. Ich habe sie mit hineingezogen, ohne darüber nachzudenken, ob ich sie in Gefahr bringe.«

»Sind sie in Gefahr?«

»Körperlich nicht, aber ich glaube, ihre Seelen haben Schaden genommen.«

»Was ist passiert?«

»Ich habe einem möglichen Kontaktmann meine Nummer gegeben. Heute Abend erhielten wir einen Anruf von einer verängstigten Frau, deren Mann gerade im Nebenzimmer ermordet wurde.«

»Mein Gott.« Pfarrer Anberger bekreuzigte sich.

»Die Schreie des Mannes waren schon schwer zu ertragen gewesen, aber dann hat sich der Mörder die Frau vorgenommen und sie zu Tode gefoltert, während das Handy ihre Qualen übertragen hat. Man kann es sich nicht vorstellen, wenn man es nicht erlebt hat«, sagte Jan verzweifelt. »Die Schreie eines Sterbenden sind schrecklich. Sie bringen eine Urangst im Menschen hervor und man wird sich seiner Vergänglichkeit bewusst. Selbst mich hat es mitgenommen, daher will ich mir nicht ausmalen, was es bei den anderen angerichtet hat.«

»Und Sie geben sich hierfür die Schuld?«

»Es war meine Schuld«, sagte Jan eindringlich. »Ohne mich hätten sie das nicht erlebt.«

Pfarrer Anberger lehnte sich nachdenklich auf der Bank zurück.

»Ich kenne Sie schon einige Jahre, Herr Tommen. Sie haben nie den Eindruck auf mich gemacht, als würden Sie Menschen zu etwas zwingen.«

»Eigentlich nicht.«

»Daher gehe ich davon aus, dass Sie Ihre Freunde nicht gezwungen haben, Ihnen zu helfen.«

»Gezwungen habe ich sie nicht, aber ich hätte sie da heraushalten müssen. Ich arbeite bei der Mordkommission. Ich hätte wissen müssen, was aus einem solchen Fall werden kann.«

»Vielleicht hat diese Verzweiflung Ihre Freunde dazu bewogen, Ihnen zu helfen.«

»Ich hätte die Hilfe nicht annehmen dürfen. Jetzt bin ich schuld daran, dass sie nicht mehr schlafen können.«

»Jetzt verstehe ich.«

»Wirklich?«

»Sie leiden an einem übermäßigen Beschützerinstinkt. Sie sind wie die Mutter, die ihren Nachwuchs jahrelang vor allem

Ungemach bewahrt hat und vergisst, dass auch Kinder erwachsen werden.«

»Das verstehe ich nicht.«

»Sie fürchten, dass Sie Ihren Freunden die seelische Unschuld geraubt haben.«

»Darauf läuft es hinaus.«

»Es ist nicht so schlimm, wie Sie glauben.«

»Nicht so schlimm?«, fragte Jan verwundert. »Es ist nicht schlimm, dass meine Freunde jetzt psychologische Hilfe brauchen?«

»Trauen Sie den Menschen mehr Stärke zu«, sagte der Geistliche eindringlich. »Sie haben als Polizist viele schreckliche Dinge gesehen, ohne daran zugrunde zu gehen. Auch Sie hatten ein Schockerlebnis, das viele um den Verstand gebracht hätte, und trotzdem hat es Sie nicht gebrochen. Können Sie sich daran erinnern?«

Jan seufzte. »Ein Kindsmord. Sie können sich nicht vorstellen, was man mit dem neunjährigen Mädchen gemacht hat.«

»Und wie haben Sie sich dabei gefühlt?«

»Ich war zwei Tage im Delirium. Ich konnte nicht schlafen, habe nichts gegessen und bin wie ein wandelnder Toter durch die Gänge der Mordkommission gelaufen.«

»Und dann?«

»Mein Chef, Klaus Bergman, hat mich zusammengestaucht, und als wir eine neue Spur fanden, verschwand die Lethargie. Die Chance, den Kerl zu kriegen, hat mir Kraft gegeben. Vier Tage später haben wir ihn gefasst. Da habe ich das erste Mal wieder geschlafen.«

»Sie sehen, dass man selbst aus schrecklichen Erlebnissen Kraft ziehen kann.«

»Meine Freunde werden gestärkt daraus hervorgehen?«, fragte Jan unsicher.

Pfarrer Anberger legte Jan die Hand auf die Schulter. »Gott

ist unsre Zuversicht und Stärke. Eine Hilfe in den großen Nöten, die uns getroffen haben«, zitierte er. »Vertrauen Sie. Auch andere können Leid ertragen. Sie müssen nicht alles alleine stemmen. Teilen Sie Ihre Sorgen.«

Pfarrer Anberger stand auf. »Ich lasse Sie jetzt mit Gott alleine. Vertrauen Sie sich ihm an, dann wird er Ihre Seele erleichtern.«

Jan schloss die Augen. »Danke«, sagte er sichtlich gerührt. »Ich werde für die getötete Familie Ipig beten.«

Einen Augenblick wirkte Pfarrer Anberger erschüttert. Es war nicht mehr als ein Aufblitzen in den Augen und ein kurzes Verziehen der Mundwinkel.

»Kannten Sie das Ehepaar?«, fragte Jan überrascht.

»Nein«, antwortete er hastig. »Wieso sollte ich?« Sein Lächeln war zurückgekehrt.

Jan blinzelte kurz. Wahrscheinlich hatte er schon Halluzinationen.

Der Pfarrer verließ eilig die Kirche. Als sich die Tür mit einem lauten Knall geschlossen hatte, stand Jan auf und ging zum Opferstock. Dort nahm er drei Kerzen. Zwei für die Familie Ipig. Eine für Betty.

Er suchte die Ruhe im Gebet, aber der Gesichtsausdruck des Pfarrers ging ihm nicht mehr aus dem Kopf. Als er vom Tod der Ipigs erfahren hatte, war ihm die Angst bis ins Mark gefahren.

Es war Mitternacht, als Jan aus der U-Bahn-Station kam und sich zu Chandus Wohnung schlich. Er hatte noch immer Angst, dass ihn jemand erkennen könnte. Es musste kein Kollege sein, aber selbst ein Freund konnte gefährlich werden. Eine zufällig fallen gelassene Bemerkung bei einer Routinebefragung, und schon würde sich die Schlinge zuziehen.

Jan drängte sich zwischen zwei Autos hindurch und überquerte die unbefahrene Oranienburger Straße. Ein paar Kneipen hatten noch auf, aber an diesem Montag waren sie kaum besucht.

Jan ging in den Hinterhof, als jemand seinen Namen rief. Er drehte sich um, konnte aber nur eine dunkle Gestalt sehen, die sich aus dem Schatten löste. Er versuchte ein Gesicht zu erkennen.

»Kennen wir ...«, begann Jan, doch seine Worte verloren sich in einem Schmerzensschrei, als ihm ein Messer in den Bauch gerammt wurde. Jan krümmte sich keuchend. Die Gestalt zog das Messer heraus und wollte erneut zustechen, aber Jan wich nach hinten aus und stolperte zurück auf die Straße. Instinktiv floh er vor dem Angreifer, aber der Schmerz ließ ihn taumeln. Er presste die Hand auf die Wunde. Blut rann durch seine Finger und durchnässte sein Hemd.

Die Gestalt folgte ihm. Sie war schwarz gekleidet, trug eine Skimaske und eine spiegelnde Sonnenbrille. In der behandschuhten Hand hielt sie ein kleines, blutverschmiertes Skalpell.

Jan wollte wegrennen, aber alles drehte sich um ihn. Er wusste nicht, wo oben und unten war. In seinem Zustand würde er nicht entkommen, also schrie er laut um Hilfe. Dann war seine Kraft verbraucht und seine Beine knickten unter ihm weg. Er knallte mit dem Kopf auf die Straße. Die Gestalt stellte sich über ihn und hob das Skalpell. Jan versuchte wegzukriechen. Das Blut tropfte durch seine Finger auf den Asphalt.

Als die Klinge sich ein weiteres Mal senkte, vernahm er noch das laute Quietschen eines bremsenden Autos. Dann war nichts mehr. Nur Dunkelheit.

Kapitel 14

Jan hatte Mühe, die Augen zu öffnen. Er fühlte sich träge und schwer. Sein Mund war trocken und sein Hals schmerzhaft rau. Er lag in einem Bett in einem ihm unbekannten Raum. Die Decke war mit quadratischen, weißen Gipsfliesen dekoriert. Eine Neonröhre beleuchtete die weiß getünchte Wand. Jan drehte den Kopf zu einer Anordnung blinkender Geräte. Ein Metallständer trug einen Beutel mit durchsichtiger Flüssigkeit, die über einen Schlauch in seinen linken Arm floss. Er hob den Kopf. Ein scharfer Schmerz ließ ihn aufschreien. Der Raum drehte sich um ihn, und er übergab sich auf die Bettdecke. Eine Frau in weißem Kittel kam in das Zimmer gelaufen. Dann wurde er wieder ohnmächtig.

Patrick ließ gähnend die Jalousien herunter. Die aufgehende Sonne blendete ihn bei der Arbeit. Während seine Kollegen zu Hause geschlafen hatten, hatte er die Nacht durchgemacht. Die Ermittlungen bei Richter Holoch und Michael Josseck waren noch nicht abgeschlossen, als mit dem Ehepaar Ipig ein neuer Fall auf den Tisch gekommen war. Obwohl Bergman die Mordkommission erweitert hatte, stapelten sich die Akten bis zur Decke. Patrick schenkte sich eine Tasse Kaffee ein, als das Telefon klingelte. Es war halb sieben Uhr morgens. Wer rief schon so früh hier an?

»Kripo Berlin, Stein«, meldete er sich kurz.

»Niedermeyer mein Name«, sagte eine Frauenstimme. »Guten Tag.«

»Was kann ich für Sie tun?« Wahrscheinlich wieder eine von den Wichtigtuern, die sich einbildeten, etwas gesehen zu haben. Er hatte genug von den Hinweisen aus der Bevölkerung, die regelmäßig ins Nichts führten.

»Ich bin Krankenschwester in der Charité. Wir haben gestern einen schwer verletzten Mann eingeliefert bekommen, den wir notoperieren mussten. Auch wenn es ihm wieder besser geht, ist er noch nicht ansprechbar. Er wurde ohne Ausweis auf der Straße gefunden. Erst heute Morgen haben wir in der Jacke eine Kripomarke entdeckt.«

Patrick verharrte elektrisiert. Seine Müdigkeit war verflogen.

»Um wen handelt es sich?«, fragte er atemlos.

»Wir haben keinen weiteren Ausweis gefunden.«

»Können Sie den Mann beschreiben?«

»Ich schätze ihn auf Anfang dreißig. Ein Meter fünfundachtzig groß. Kurz geschnittene, hellbraune Haare und grüne Augen. Kräftig gebaut und in eine dunkle Lederjacke …«

»Lassen Sie ihn nicht weg«, brüllte Patrick in den Hörer und knallte das Telefon auf. Er griff nach seiner Jacke und fummelte den Autoschlüssel aus seiner Hosentasche. Dann rannte er über den Flur zum Ausgang. In seinen gehetzten Gesichtsausdruck stahl sich ein Lächeln. Endlich hatte er Jan. Er musste ihn nur noch einsammeln.

Mit dem Erwachen waren Jans Schmerzen verschwunden, aber er fühlte sich schwächer als zuvor. Er konnte kaum den Arm heben. Irgendjemand unterhielt sich neben seinem Bett und störte seine schläfrige Trance.

»Bist du sicher, dass er keine Schmerzen hat?«, fragte die tiefe Stimme eines Mannes.

»Das Morphium in seinem Blut würde eine Kamelhorde einschlafen lassen«, antwortete eine Frau.

»Und was ist mit der Wunde?«

»Der Schnitt ist gut genäht und verklebt. Wenn du ihn ruhig hältst, wird sie nicht aufreißen.«

»Und die inneren Verletzungen?«

»Laut dem Krankenblatt ist er über den Berg.«

Jan öffnete die Augen und versuchte die Sprecher zu erkennen. Die Stimmen kamen ihm vertraut vor, aber er konnte ihnen keine Namen zuordnen.

»Ich glaube, er wacht auf«, sagte der Mann.

»Macht nichts«, antwortete die Frau. »Er ist sediert.«

Jemand hob ihn aus dem Bett. Lampen zogen an ihm vorbei. Er wurde durch einen Gang getragen.

»Beeilung«, drängte die Frau. »Wenn sie merken, dass er nicht mehr auf der Station ist, wird hier die Hölle los sein.«

»Das weiß ich auch«, erwiderte der Mann ungehalten. »Aber Jan ist nicht gerade ein Leichtgewicht. Du wolltest die Treppen nehmen.«

»Wir sind in einem Krankenhaus, Milli Vanilli«, herrschte ihn die Frau an. »Hier werden Patienten in Betten transportiert und nicht getragen. Wenn nur eine Schwester in den Fahrstuhl steigt, wird das eine kurze Flucht.«

»Und warum haben wir dann kein Bett und keinen Rollstuhl genommen?«

»Weil wir damit nicht auf den Besucherparkplatz rollen können.«

Der Mann antwortete mürrisch, aber Jan war zu müde, um dem Gespräch zu folgen. Er ließ sich in den Schlaf hinübergleiten.

Bergman betrachtete die Fotos. Die Luft war abgestanden und die heruntergelassenen Jalousien verdüsterten den Ermittlungsraum. Die Bilder an den Wänden schufen eine bedrückende Stimmung. Das Sortierungssystem war leicht zu durchschauen. Die Fotos links widmeten sich Jans möglichen Verstecken. In der Mitte waren Aufnahmen und Notizen von Richter Holochs Ermordung. Rechts davon hing der Fall Josseck. Am Eingang pinnte Patrick Stein die Bilder des Ipig-Mordes an die Wand.

Er war immer ein Vorbild an Korrektheit und Zuverlässigkeit gewesen. Normalerweise trug Patrick einen Anzug mit Krawatte, seine Schuhe waren geputzt und er achtete auf seine Körperhygiene. All das war während des Falls verloren gegangen. Patricks dunkler Anzug war schmuddelig, die Krawatte lag auf dem Tisch und er hatte drei Knöpfe seines durchgeschwitzten Hemdes geöffnet. Er war unrasiert und seine Haare standen ungekämmt von seinem Kopf ab.

»Wir haben die Kontrollen rund um das Krankenhaus verstärkt«, wandte er sich an Bergman. Dieser unterdrückte den Drang, von Patricks schlechtem Atem zurückzuweichen. »Da wird Jan nicht durchschlüpfen können.«

»Von vorne«, bat Bergman.

Patrick fuhr sich nervös durch die Haare.

»Gestern Nacht wurde Jan schwer verletzt ins Krankenhaus eingeliefert. Die Not-OP ist gut verlaufen.«

»Was ist passiert?«

»Die Ärzte sprechen von einer schweren Stichwunde an der Milz.«

»Jemand wollte ihn niederstechen?«

»Der Angriff auf Jan geschah am selben Tag, an dem die Ipigs ermordet wurden. Vielleicht haben sie sich gewehrt.«

»Wurde ein Messer am Tatort gefunden?«

»Nein. Aber noch sind nicht alle Blutproben überprüft.«

»Warum hat man uns erst heute informiert?«

»In der Nacht wurden wegen einer Gangschlägerei mehrere Verletzte eingeliefert, daher hatte niemand Zeit für eine Identifizierung. Erst vor drei Stunden wurde in Jans Kleidung eine gefälschte Kripomarke gefunden, woraufhin das Krankenhaus angerufen hat. Doch da war Jan schon verschwunden.«

»Er ist aus dem Krankenhaus geflohen? Nach einem solchen Eingriff?«

»Die Ärzte sagen, dass er dazu nicht in der Lage war. Er war sediert und wäre noch nicht einmal aus dem Bett gekommen. Er hatte Hilfe.«

»Wer hat ihn rausgeholt?«

»Zwei Polizisten sind noch im Krankenhaus. Sie befragen mögliche Zeugen und überprüfen die Überwachungskameras. Alle Streifen sind auf der Suche nach ihm.«

»Das kann man abblasen.« Bergman winkte ab.

»Ich verstehe nicht.«

»Wenn Jan sich alleine aus dem Krankenhaus geschleppt hätte, wäre er vielleicht noch in der Nähe, aber seine Helfer sind nicht zu Fuß gekommen.«

»Aber wenn er doch noch in der Nähe …«

»Hast du Jans Freunde überprüft?«, unterbrach Bergman.

»Jeden einzelnen. Bei manchen waren wir sogar in der Wohnung.«

»Und?«

»Nichts. Keinen Hinweis auf Jans Verbleib.«

»Was ist mit dem Fall Ipig?«

»Die Spurensicherung ist fast abgeschlossen. Die Leichen sind obduziert. Aufgrund der grausamen Ermordung und einer Verbindung zu Richter Holoch und Michael Josseck gehen wir vom selben Täter aus. Der Bericht ist in einer Stunde fertig.«

»Gibt es Hinweise auf Jans Beteiligung?«

»Nun, da wir bei den ersten Opfern Fingerabdrücke von ihm gefunden haben, werden wir auch hier …«

»Keine Spekulationen, Patrick. Hast du Spuren von Jan am Tatort gefunden?«

»Noch nicht.«

»Gibt es einen Zusammenhang zwischen den Ipigs und Jan?«

Patrick zögerte. »Bisher gibt es keine Hinweise.«

»Und zum Bauunternehmer?«

»Auch zu Michael Josseck gibt es keine Verbindung.«

Bergman seufzte. Er hatte zu wenig Schlaf und zu viel Stress, als dass sein Job noch Spaß machte.

»Also haben wir nichts.«

»Wieso nichts?«, fragte Patrick. »Bei den ersten beiden Morden sind die Beweise eindeutig.«

»Aber schon beim zweiten Mord fehlt das Motiv. Das wird jetzt nicht anders sein.«

»Ich verstehe nicht.«

»Betrachte den Fall neutral«, begann Bergman. »Jan ermordet Richter Holoch und stellt sich dabei wie ein Anfänger an. Der Richter hat ein hartes Urteil gegen ihn gefällt, daher hatte er ein Motiv, aber dieses fehlt uns beim zweiten Mord.«

»Aber wir haben seine Fingerabdrücke auf der Mordwaffe …«

»Noch so ein idiotischer Fehler, den nicht einmal ein Zwölfjähriger machen würde. Und Jan ist ein erfahrener Mordermittler.«

»Nur weil wir bei Michael Josseck keine Verbindung zu ihm gefunden haben, heißt das nicht, dass es keine gibt.«

»Der dritte Mord an den Ipigs ist wieder ohne Bezug zu ihm.«

»Wir überprüfen …«

»Du hast tagelang Jans Hintergrund gecheckt, Patrick.

Wenn es da Verbindungen zu Josseck oder den Ipigs gegeben hätte, hättest du sie entdeckt.«

»Vielleicht finden wir bei …«

»Hör mir auf mit ›vielleicht‹«, fuhr Bergman ihn an. »Die Presse suhlt sich seit Tagen in dieser Story und der Polizeipräsident verlangt zweimal am Tag einen Bericht von mir. Von den sesselfurzenden Politikern ganz abgesehen. Alles, was ich vorzuweisen habe, ist ein möglicher Verdächtiger auf der Flucht, dessen Mordmotive von Tag zu Tag unglaubwürdiger werden.«

»Gerade in den ersten Mordfällen ist die Beweislage …«

»Leg dich schlafen.«

»Wie bitte?«, fragte Patrick überrascht.

»Du siehst schrecklich aus. Dein Engagement für diesen Fall ist vorbildlich, aber du hast dich zu sehr an Jan festgebissen. Komm zur Ruhe und überlasse die Ermittlungsarbeit für ein paar Stunden deinen Kollegen.«

»Mir geht es gut. Ich kann heute Abend …«

»Das war kein Vorschlag«, sagte Bergman bestimmt. »Du gehst jetzt in den Abstellraum mit der alten Couch, schließt die Tür ab und schläfst mindestens acht Stunden. Dann gehst du nach Hause, duschst und ziehst dich um. Danach machst du dir Gedanken, wer diese Morde noch begangen haben könnte.«

»Kann ich nicht zu Hause schlafen?«

»Nein, weil du dich dort nicht ins Bett legst, sondern weiter am Fall arbeitest.«

Patrick wollte einen Einwand vorbringen, aber Bergman unterbrach ihn mit einer scharfen Geste. »Jetzt, sofort!«

Patrick war der Unwille über diese Anweisung anzusehen, aber er fügte sich. Er trottete müde in den Nebenraum und legte sich auf die Couch.

Bergman seufzte. Die Fixierung auf Jan hatte zu viel wertvolle Zeit gekostet. Sie waren dem Mörder nicht auf die Spur gekommen. Patrick war ein fleißiger Ermittler, konnte aber einen einmal eingeschlagenen Weg nicht verlassen. Jan fehlte ihnen.

»Jan«, riss ihn eine Stimme aus dem Schlaf. »Wach auf.«

Er drehte sich stöhnend in seinem Bett um und versuchte weiterzuschlafen. Jemand schüttelte ihn. Mürrisch öffnete er die Augen. Vor ihm stand eine attraktive blonde Frau, die ihn abwägend ansah.

»Hi, Baby.« Jan grinste breit.

»Das Morphium wirkt offensichtlich noch.« Die Frau wandte sich an einen großen, dunkelhäutigen Mann.

»Ich beschleunige den Aufwachprozess.« Sie nahm ein Glas Wasser und schüttete es Jan ins Gesicht. Mit einem Mal fiel das beschwingte Gefühl von ihm ab.

Entweder war er im seltsamsten Krankenzimmer der Welt oder irgendjemand hatte ihn zu Chandu nach Hause gebracht. Ein leichtes Pochen an seinem Bauch ließ die Erinnerung an den Angriff wiederkommen.

»Willkommen zurück«, sagte der große Mann. »Wie fühlst du dich?«

»Es geht«, antwortete Jan mit heiserer Stimme und wischte sich das Wasser vom Gesicht. »Als hätte ich eine Nacht durchgezecht und wäre danach einen Marathon gelaufen.« Jan wollte sich aufrichten, aber seine Arme knickten unter ihm ein.

»Ich würde es langsam angehen lassen«, sagte Zoe und steckte sich eine Zigarette an. »Ich habe dich ordentlich sediert, daher wirst du dich kaum bewegen oder klar denken können.«

»Was ist passiert?«

»Du wurdest niedergestochen«, erklärte Chandu. »An was kannst du dich erinnern?«

»Ich war auf dem Weg zurück, als mich jemand im Hinterhof abgepasst hat.«

»Wer?«

»Der Angreifer hatte eine Skimaske auf und war schwarz gekleidet. Aber er hat meinen Namen gerufen.«

»Deinen Namen?«, fragten Zoe und Chandu gleichzeitig.

Jan nickte.

»Oh Mann«, sagte Chandu. »Jemand will dich aus dem Weg haben. Das war kein Raubüberfall.«

»Es ging alles so schnell. Bevor ich wusste, wie mir geschieht, hatte ich ein Messer im Bauch.«

»Ein Skalpell«, verbesserte Zoe. »Und genau genommen war es deine Milz.«

Jan hob die Decke und sah unsicher an sich herunter. Er war noch immer in einen Krankenhauskittel gekleidet. Sein Bauch war in einen dicken Verband gehüllt.

»Was ist nach dem Angriff passiert?«

»Du hattest viel Glück«, begann Chandu. »Nach dem ersten Stich bist du auf die Straße getorkelt. Dort hätte dich beinahe ein Auto überfahren, was dir das Leben gerettet hat. Von den Scheinwerfern gestört, hat dein Angreifer von dir abgelassen und ist weggelaufen. Der Fahrer ist ausgestiegen, hat das ganze Blut gesehen und einen Krankenwagen gerufen.«

»Die haben dich noch in der Nacht notoperiert«, ergänzte Zoe. »Chandu ist zwei Minuten nach dem Überfall angekommen und hat den Krankenwagen verfolgt, daher wussten wir, wo sie dich eingeliefert haben. Beim Schichtwechsel haben wir dich herausgeholt, weil bei solchen Verletzungen routinemäßig die Polizei eingeschaltet wird. Dann wärst du geliefert gewesen.«

»Wie lange bin ich hier?«

»Vierundzwanzig Stunden«, sagte Chandu. »Zoe hat dich sediert und deine Genesung überwacht.«

Jan wandte den Kopf zu ihr. »Ich dachte, du bist Rechtsmedizinerin?«

»Ich habe während des Studiums im Krankenhaus gearbeitet und nebenher eine Ausbildung zur Rettungssanitäterin gemacht. Solange es keine Komplikationen gibt, geht es dir hier auch nicht schlechter als im Krankenhaus.«

»Danke«, sagte Jan gerührt. »Ich dachte, du wolltest nicht mehr …«

»Bild dir bloß nichts ein«, unterbrach ihn Zoe. »Ich halte dich immer noch für einen Arsch, aber der Muskelberg hat mich so lange genervt, bis ich hierhergekommen bin. Wenn du wieder gesund bist, ist mein scharfer Hintern wieder weg. Außerdem schuldest du mir zwei Tage Urlaub.«

Jan zwinkerte verwirrt. Zoe hatte eine ungewöhnliche Art, Sympathie zu zeigen.

»Sie ist schon ein kleiner Charmebolzen, unsere kleine Zoe.« Chandu ging in die Küche.

»Ich bin nicht deine kleine Zoe«, rief sie ihm hinterher. »Wenn du das noch mal sagst, verpasse ich dir eine.«

Chandu winkte entschuldigend und schaltete die Kaffeemaschine ein. Bald roch die ganze Wohnung nach der kräftigen afrikanischen Bohnenmischung. Jan verspürte große Lust auf eine Tasse mit einem Croissant. Doch bevor er seinen Wunsch äußern konnte, überkam ihn wieder die Müdigkeit. Zufrieden schlief er ein.

Der Geruch von gebratenem Fleisch weckte Jan. Chandu stand in der Küche und werkelte mit einer Pfanne. Nicht weit von ihm saß Max und tippte auf einem Laptop. Der junge Hacker hob kurz den Kopf.

»Hey, Jan«, sagte er lächelnd. »Willkommen unter den Lebenden.«

»Hi, Max«, antwortete Jan mit trockenem Mund. Er fühlte

sich immer noch müde und ausgelaugt. Er griff nach einem Glas Wasser, genehmigte sich einen Schluck, hatte aber Mühe, seine zitternden Hände unter Kontrolle zu bringen.

»Das wird bald wieder«, erklärte Max. »Zoe hat gesagt, dass du morgen wieder aufstehen kannst.«

»Gut zu hören.«

Chandu kam mit der Pfanne in der Hand aus der Küche. »Du bist gerade richtig aufgewacht«, sagte der große Mann fröhlich. »In zehn Minuten essen wir.«

Der Geruch des Fleisches ließ Jans Magen knurren. Jan trank das Glas leer und lehnte sich seufzend zurück in die Kissen. Die Sonne schickte die letzten Abendstrahlen ins Wohnzimmer. Chandu hatte bereits das Licht angemacht.

»Seit wann bin ich hier?«, wandte sich Jan an Max.

»Zoe und Chandu haben dich vor zwei Tagen aus dem Krankenhaus geholt. Heute Morgen hast du das erste Mal etwas essen können. Jetzt ist es neun Uhr abends.«

»Und was treibst du hier?«, fragte Jan.

»Verschiedenes«, erklärte Max. »Erstens wollte ich nach dir sehen, nachdem mir Chandu gesagt hatte, dass man dich niedergestochen hat. Zweitens hat mir Zoe gedroht, mir die Finger abzuschneiden, wenn ich nicht an deinem Bett wachen würde. Sie wollte dich nicht mit einem Gorilla alleine lassen«, sagte er mit einem Nicken zu Chandu, »während sie ihren Schlaf nachholen wollte.«

»Sie war die ganze Zeit hier?«

»Zwei Tage. Und drittens«, fuhr der junge Hacker fort, »will ich weiter an dem Fall arbeiten.«

»Das ist nett, Max, aber der Tod der Ipigs hat dich mitgenommen. Manche Menschen überwinden das ein Leben lang nicht. Ich wollte dich nicht mit hineinziehen. Wenn du deine Sachen packst und abhaust, verstehe ich das.«

Max winkte ab. »So schlimm war es nicht. Nach einer

schlaflosen Nacht ist mir klar geworden, dass ihr ohne mich nicht weiterkommt. Dann wanderst du in den Knast und Patrick Stein kommt davon. Das würde mir mehr zu schaffen machen.«

Jemand donnerte an die Tür. Jan zuckte zusammen. Max ging zur Tür und öffnete sie. Zoe kam hereingestürmt. Sie sah übernächtigt aus, aber ihr Styling war perfekt. Die sorgsam gekämmten Haare fielen ihr lang über den Rücken. Sie trug ein enges Kostüm und hochhackige Stiefel, die jedem Schuhfetischisten die Tränen in die Augen getrieben hätten.

»Ach schau, unser Patient ist wach«, begrüßte sie Jan. »Wie geht's?«

»Nun, wenn du mich so fragst …«

»Laber nicht«, unterbrach sie ihn. »Das war nur eine rhetorische Frage. Ich schau selbst nach.« Sie stieß ihn auf die Couch zurück. Sie maß seinen Puls, überprüfte die Wunde und sah ihm mit einer Taschenlampe in die Augen. Jan fühlte sich eher wie ein Versuchskaninchen als wie ein Patient. Gott sei Dank war Zoe Rechtsmedizinerin. Als Ärztin hätte sie mit ihrem Feingefühl nur wenige Patienten gehabt.

»Sieht gut aus«, schloss sie die Untersuchung ab. »Die Jungs in der Charité haben einen Sahnetag gehabt, als sie dich operiert haben. Du hast noch eine Weile Schmerzen, aber das wirst du überleben.«

Sie legte ihre Taschenlampe zur Seite.

»Und jetzt habe ich Hunger.« Sie drehte sich zur Küche. »Wohnzimmer an Chandu. Was macht das Essen?«

»Die Tortillas brauchen noch eine Minute, aber ihr könnt euch schon hinsetzen.«

»Tortillas?«, fragte Jan. »Das klingt aber nicht afrikanisch.«

»Afrikanisches Essen? Bist du irre? Ich komm doch nicht hierher und lass mir einen Insekteneintopf hinstellen. Ich habe zu Balu gesagt, entweder er kocht was Richtiges oder er soll eine Pizza bestellen.«

Sie setzte sich an den Tisch.

»He, Maximum Porno«, wandte sie sich an Max. »Heb den alten Furz vom Sofa und bring ihn an den Tisch. Was zu essen wird ihm guttun.«

Max stellte seinen Laptop zur Seite und half Jan auf. Er musste sich beim Gehen auf Max stützen. Es war ein gutes Gefühl, wieder stehen zu können.

Chandu stellte ein großes Tablett vorgewärmter Taco-Shells auf den Tisch. Es folgte eine große Schüssel Hackfleisch, Teller mit Gemüse, überbackene Tortilla-Chips und eine Flasche Tabasco. Dann Salat, geschnittene Tomaten, Bohnen, Mais und geriebener Käse. Wie immer, wenn Chandu kochte, reichte es für eine ganze Fußballmannschaft.

Jan füllte sich einen der Maisfladen und biss hungrig hinein. Auch wenn die Schärfe ihm Tränen in die Augen trieb, hatte er schon lange nicht mehr so gut gegessen. Selbst Zoe schien mit den Kochkünsten seines Freundes zufrieden zu sein, denn die blonde Frau aß kommentarlos.

Nachdem der erste Hunger gestillt war, sprachen sie über die Vorfälle der letzten Tage. Chandu begann mit einer Anekdote von Zoe und einem Pfleger, der nicht schnell genug aus dem Weg gegangen war. Als die ersten Gläser Tequila ausgeschenkt wurden, waren die Morde vergessen und sie unterhielten sich, als wären sie schon viele Jahre die besten Freunde.

Während Chandu in der Küche werkelte, lehnte sich Zoe zufrieden zurück und blies Rauchkringel in die Luft.

»Was gibt es zum Nachtisch?«, fragte sie.

»Flan«, antwortete der große Mann.

»Was zum Teufel ist das?«

»Ein mexikanischer Vanillepudding.«

»Na dann«, sagte sie wenig überzeugt.

»Es wird dir schmecken.«

»Nun gut, Mädels«, begann Zoe. »Während wir auf den Nachtisch warten, berichte ich von der Obduktion der Ipigs. Ich verzichte auf Bilder, weil ich nicht will, dass Minimum wieder kotzt«, sagte sie mit Blick auf Max.

»Das erste Opfer war Horst Ipig. Er war bei Michael Josseck angestellt und wurde von Richter Holoch in den Knast geschickt. Nach ersten Vermutungen ist der Mörder heimlich bei den Ipigs eingedrungen und hat die beiden beim Fernsehen überrascht. Der gute Horst hat mit einem Elektroschocker eine gebraten bekommen, was ihn kurzzeitig bewusstlos gemacht hat. Danach wurde er aufs Schlimmste verprügelt. Wir haben zwanzig Knochenbrüche obduziert, wobei die eigentliche Todesursache drei Spielzeugschwerter aus Holz waren, die man ihm durch den Bauch gerammt hat.«

»Spielzeugschwerter?«, fragte Chandu aus der Küche.

»Eigentlich sind diese Dinger zu stumpf, um sie durch den Körper zu treiben, aber der Mörder hat sie angespitzt. Horst Ipig wurde regelrecht auf die Couch genagelt.«

Zoe zog an ihrer Zigarette.

»Sarah Ipig wurde im angrenzenden Schlafzimmer getötet. Sie hatte unzählige Blutergüsse, Prellungen und Knochenbrüche. Das wirklich Üble dabei waren ihre Augen. Der Mörder hat sie herausgeschnitten und durch Glasperlen ersetzt. Der Schnitt wurde mit äußerster Präzision durchgeführt. Wahrscheinlich mit einem Skalpell.«

»Glasperlen?«, fragte Max.

»Tand, Kinderschmuck. Glasperlen eben. Gibt es in allen Farben.«

»Warum macht man das?«

»Keine Ahnung«, antwortete Zoe. »Aber Sarah Ipig hat noch gelebt, als man ihr die Augen herausgeschnitten hat. Der Mörder ist ein krankes Schwein. Deshalb knüpfe ich an das letzte Gespräch vor deinem Krankenhausaufenthalt noch mal an. Wann gehen wir los und knallen Patrick ab? Nachdem er dich jetzt fast abgestochen hat, wäre ein Kopfschuss gerechtfertigt.«

»Ich glaube, er hat mich nicht angegriffen.«

»Oh Mann«, sagte Zoe. »Wie viele Beweise brauchst du noch?«

»Ich habe weder sein Gesicht gesehen noch seine Stimme erkannt. Warum glaubst du, dass es Patrick war?«

»Wer soll es sonst sein? Patrick hat sich auf die Suche nach Chandu gemacht. In seiner offiziellen Wohnung hat er ihn nicht angetroffen. Dann hat er Chandus Mieterin unter Druck gesetzt, und schon wusste er, dass unser Koch noch einen anderen Unterschlupf hat. Einem Mann mit Chandus Statur kann man leicht folgen. Er hat gewartet, bis es dunkel geworden ist, und hat sich auf die Lauer gelegt.«

»Und warum sollte es nicht Patrick gewesen sein?«, fragte Max.

»Zu umständlich. Er hätte mit einer Spezialeinheit die Wohnung stürmen können, und schon wäre ich weg gewesen. Und das ganz offiziell. Warum sollte er ein Risiko eingehen?«

»Weil du etwas weißt, was ihn in Schwierigkeiten bringen könnte«, sagte Chandu, während er eine große Schüssel abtrocknete.

»Was sollte das sein? Dass wir seine Drogen gefunden haben, hat er nicht mitbekommen. Dazu waren wir zu vorsichtig.«

»Vielleicht glaubt er, dass du etwas weißt, was du gar nicht weißt«, sagte Max.

Drei Köpfe wandten sich ihm zu.

»Ich hab gleich gesagt, gebt dem Kleinen keinen Tequila«, sagte Zoe.

»Vielleicht hast du an dem Samstag, an dem Richter Holoch ermordet wurde, etwas gesehen, was Patrick belasten oder dich entlasten könnte«, erklärte Max seine Theorie.

»Ich weiß noch immer nicht, was passiert ist«, erklärte Jan.

»Das ist nicht wichtig«, sagte Max. »Allein die Möglichkeit, dass du dich erinnern könntest, könnte Patrick nervös machen.«

»Das fällt mir schwer zu glauben. Patrick war immer ein guter Polizist. Er hält sich so akribisch an die Vorschriften, dass es mich wahnsinnig gemacht hat.«

»Vielleicht der Patrick, den du mal kanntest«, sagte Chandu. »Aber irgendwas hat ihn durchdrehen lassen. Eine Erinnerung an seine Schwester. Wer weiß. Dann hat er mit Richter Holoch angefangen und hat sich in einen kranken Serienmörder verwandelt.«

»Verdammt«, fluchte Jan. »Warum kann ich mich nicht erinnern?« Er wandte sich an Zoe. »Gibt es da keine Behandlung?«

»Gott, Jan. Ich müsste erst feststellen, um welche Art von Amnesie es sich handelt, und dann den Auslöser finden. Der könnte von Schlaganfall, Vergiftungen, Drogen oder Alkohol über traumatische Erlebnisse reichen, bis hin zu Medikamenten wie Morphin oder eben K.-o.-Tropfen. Eine Behandlung gibt es nicht. Manche Scharlatane haben es mit Elektroschocks oder irgendwelchen Medikamenten-Cocktails versucht. Vielleicht bekommst du einen Flashback.«

»Und wie kriege ich den?«

»Durch Zufall. Du brauchst einen Trigger, also einen Auslöser, der Teile der Erinnerung wachruft. Dies kann ein Geruch, ein Geräusch, ein Ort oder nur eine Berührung sein. Das lässt sich nicht steuern. Ich rechne eher damit, dass diese Erinnerungen für immer verschüttet sind.«

»Es führt kein Weg an Patrick vorbei«, sagte Chandu. »Auch wenn ich ihn gerne umlegen würde, sollten wir zuerst mit ihm reden.«

»Mit einem Serienmörder?«

»Ich verstehe deine Gefühle, Zoe. Aber nüchtern betrachtet ist Jan der erfahrene Ermittler. Wir sollten seinem Instinkt vertrauen.«

Zoe machte sich mürrisch eine weitere Zigarette an.

»Wie willst du das anstellen?«, fragte Max. »Wir können ihn kaum um ein Gespräch bitten.«

»Wir müssen ihn zu Hause erwischen«, sagte Jan.

»Und warum sollte er dir keine Kugel verpassen?«, fragte Zoe.

»Weil er keine Chance bekommt, seine Waffe zu ziehen.«

»Das geht nur auf eine Art«, sagte Chandu.

»Wenn er selbst in die Mündung einer Waffe starrt«, ergänzte Jan.

»Die Idee gefällt mir«, sagte Zoe, »aber wie willst du ihn zu einem Geständnis zwingen?«

»Befragungen sind Improvisation. Allein seine erste Reaktion wird uns schon etwas verraten.«

»Wir brauchen keine Reaktion, sondern ein Geständnis«, sagte Zoe.

»So blöd ist er nicht«, sagte Jan. »Selbst wenn er der Mörder ist, wird er sich nicht grinsend vor mich hinstellen und gestehen.« Er wandte sich an Max. »Trotzdem hätte ich gerne eine Kamera dabei. Kannst du mich mit einem Modell ausstatten, das auch im Dunkeln aufzeichnen kann?«

»Klar«, antwortete Max. »Mit einer empfindlichen Linse brauche ich nur wenig Licht.«

»Gut«, sagte Jan. »Morgen Abend passen wir ihn ab.«

»Du hast gemerkt, dass du den Weg vom Tisch zur Couch nur mit Mühe geschafft hast?«, fragte Chandu. »So kommst du nicht mal zum Auto.«

»Ich hoffe auf Zoes Wunderheilerfertigkeiten.«

»Das hat nichts mit Wunderheilung zu tun«, erklärte sie. »Eigentlich ist es zu früh für so eine Aktion, aber ich kann dir ein paar schicke Schmerzmittel geben. Wenn dabei deine Wunde wieder aufreißt, verblutest du, bevor wir dich im Krankenhaus haben.«

»Das Risiko gehe ich ein. Vielleicht gibt es noch weitere Opfer auf der Liste, und jeder Tag, den wir verstreichen lassen, bringt sie noch mehr in Gefahr.«

Zoe zuckte die Achseln. »Ich wollte nur warnen.«

»Danke.« Jans Wunde schmerzte, und alleine die Vorstellung, mehr als fünf Meter zu gehen, ließ ihn schaudern, aber er hatte keine Wahl. Er musste Gewissheit haben.

Kapitel 15

Zoes Schmerzblocker wirkten. Außer einem kleinen Ziehen im Bauch spürte Jan nichts mehr, aber die Medikamente machten ihn träge, und er hatte Mühe, sich zu konzentrieren.

Es war zweiundzwanzig Uhr. Chandu und er warteten in einem unauffälligen Ford vor der Wache, den sich sein Freund von seinem Nachbarn geliehen hatte. Jan hatte sich nie gefürchtet, einem Mörder oder einem gewalttätigen Irren gegenüberzutreten, aber er fühlte sich zwiespältig. Der Polizist in ihm wäre am liebsten aufgestanden, in die Wache gelaufen und hätte alles erklärt. Doch die letzten Tage hatten ihn zweifeln lassen. Wenn Patrick hinter alldem steckte, funktionierte das System nicht mehr. Einerseits wünschte er sich nichts sehnlicher, als den Morden ein Ende zu bereiten, andererseits hoffte er, dass er falschlag. Der Gedanke, dass ein Mordermittler bestialische Morde beging, war ihm unerträglich.

»Da kommt er«, sagte Chandu und riss ihn aus seinen düsteren Spekulationen.

Patrick sah überarbeitet und müde aus. Sein Gang war schlurfend und seine Schultern waren nach vorne gebeugt. Sein Haar war zerzaust und der Anzug verknittert.

Er ging zu seinem Auto, startete den Wagen und fädelte sich in den Verkehr ein. Chandu folgte in sicherem Abstand.

»Wie willst du es anstellen?«, fragte er. »Willst du ihn in der Wohnung abpassen?«

»Das ist mir zu heikel. Die Tiefgarage ist der richtige Ort. Wir müssen nur drin sein, bevor das Gitter wieder unten ist.«

»Du glaubst, dass er dir zuhören wird?«

»Ich mache mir keine Illusionen. Er redet nur mit mir, wenn er in die Mündung einer Knarre sieht. Du hast doch dein Spielzeug dabei?«

Wortlos zog Chandu eine Pistole unter dem Sitz vor. Jan stieß einen leisen Pfiff aus.

»Eine Heckler & Koch USP 40 S&W. Du willst es wirklich wissen.«

»Das ist nur die kleine Ausführung«, sagte Chandu. »Ich hab den großen Bruder in meinem Holster. Wenn das Schwein nur falsch zuckt, leg ich ihn um.«

»Ich will erst mit ihm reden.«

»Sei vorsichtig. Wenn Patrick der Serienmörder ist, wird er dich umlegen und behaupten, dass es Notwehr war. Außerdem stehst du unter Schmerzmitteln. Das verlangsamt deine Reaktion.«

»Ich pass schon auf.« Jan lud die Pistole durch und versuchte seine zitternde Hand zu verbergen.

Zehn Minuten später waren sie am Ziel. Patricks Wagen wartete vor der Tiefgarage, während sich das Gitter träge hob. Als das Auto außer Sicht war, beschleunigte Chandu und war unten, bevor sich das Gitter wieder gesenkt hatte. Er fuhr den Wagen in die erste Lücke und schaltete die Lichter aus.

Jan stieg aus dem Wagen und verbarg sich hinter einem SUV. Patrick hatte nur zehn Meter weiter geparkt und schloss gerade sein Auto ab. Anscheinend hatte er ihre Ankunft nicht bemerkt. »Hallo, Kollege«, sagte Jan und hob seine Waffe.

Patrick drehte sich überrascht um.

»Ich hätte es wissen müssen«, sagte er.

»Dass ich dir auf die Spur komme?«

»Auf welche Spur?«

»Lüg mich nicht an, Arschloch«, brüllte Jan. »Ich weiß, dass du hinter den Morden steckst.«

»Hast du völlig den Verstand verloren?«, schrie Patrick zurück. »Es gibt an zwei Tatorten Spuren von dir und du gibst mir die Schuld?«

»Das hat mir jemand angehängt.«

»Und wer?«

»Du.«

»Ich?«, empörte sich Patrick. »Du hast wirklich einen Schaden.«

»Du hast mich nie gemocht und mir meine Karriere geneidet.«

»Ich halte dich für einen Möchtegern-Rambo, dem man seine Knarre wegnehmen sollte, aber das ist kein Grund, dir einen Mord anzuhängen.«

»Wir wissen von deiner Schwester.«

Patrick kniff die Augen zusammen. »Was hat meine Schwester damit zu tun?«

»Georg Holoch und Michael Josseck waren Kunden von Nathan Lefort. Wahrscheinlich hat der Franzose deine Schwester als Hure an sie verkauft.«

Patrick kam einen Schritt auf Jan zu. »Meine Schwester hatte eine Menge Freier«, sagte er zornig. »Wenn ich jeden von ihnen umlegen würde, müssten die Friedhöfe wegen Überfüllung schließen. Und wie passt der Mord an den Ipigs da rein? Haben die auch meine Schwester bei Nathan bestellt?«

Jan zögerte. Diesen Moment nutzte Patrick, um ihn anzugreifen. Früher hätte Jan einen solchen Angriff lässig pariert, aber die Medikamente machten ihn langsam. Der Tritt traf ihn im Bauch und raubte ihm die Luft. Patrick griff nach seiner Hand und versuchte, ihm die Waffe zu entreißen. Jan war seinem Kollegen im Kampf immer überlegen gewesen, aber heute entwaffnete ihn Patrick, als wäre er ein Schuljunge.

Mit Jans Waffe in der Hand trat er einen Schritt zurück.

»Lass die Knarre fallen, du Penner, oder ich puste dir dein Hirn raus«, hallte Chandus Stimme durch die Tiefgarage.

»Einen Scheiß mach ich«, schrie Patrick zurück und hielt Jan die Pistole an den Kopf. »Du solltest besser deine Knarre zu mir rüberwerfen, sonst kannst du das bisschen Hirn von dem Idioten hier von der Wand abkratzen.«

»Wenn Jan nur eine Schramme abbekommt, findet man *dein* Gehirn an der Wand«, grollte der große Mann zurück.

Jan hielt sich den Bauch. Der Tritt hatte die Narbe verfehlt, schmerzte aber noch immer.

»Mein Gott, Patrick. Warum musstest du all diese Leute abschlachten? Das bringt dir deine Schwester nicht wieder.«

»Ich sage es noch einmal. Ich habe niemanden ermordet.«

»Wir waren in deiner Wohnung und haben Drogen gefunden. Da waren K.-o.-Tropfen und das Ecstasy, das man mir verabreicht hat.«

»Du irrst dich.« Patrick ging unsicher ein Schritt zurück. »Ich kümmere mich um einen Jungen in der Nachbarschaft, der die falschen Freunde hat. Er hat einen Dealer hochgehen lassen und wollte das Zeug verkaufen. Deshalb hab ich es ihm abgenommen.«

»Und warum hast du es nicht weggeworfen?«

»Ich wollte es der Drogenabteilung geben, um die Spuren zu sichern.«

»Und worauf wartest du?«

»Dann werde ich gefragt, woher ich das Zeug habe, und mir ist keine gute Ausrede eingefallen.«

Patrick hatte die Waffe gesenkt. Sie standen sich Auge in Auge gegenüber.

»Und was jetzt?«, brach Jan die Stille.

»Du kommst mit mir auf die Wache«, erklärte Patrick.

»Niemals«, sagte Jan.

»Ich habe die Knarre.«

»Und ich einen Freund hinter dem Auto.«

»Das ist doch Wahnsinn, Jan. Du reitest dich immer mehr hinein.«

»Und das ist deine Schuld. Wenn du mich als Hauptverdächtigen ausschließen würdest, hättet ihr den wahren Mörder schon.«

»Das ist Mist! Wir haben einen Aktenordner voller Spuren von dir. Was soll ich denn machen?«

»Mir glauben, dass ich es nicht war.«

»Das ist verdammt wenig.«

»Aber es stimmt. Spätestens nach dem Tod der Ipigs hättest du wissen müssen, dass du auf der falschen Fährte bist.«

»Und was sollen wir dem Polizeipräsidenten und den ganzen Wichtigtuern von Politikern erzählen? Ganz zu schweigen von den Reportern. Soll sich Bergman hinstellen und sagen: ›Ja, wir wissen, dass es bei den ersten Morden offensichtliche Spuren gab. Aber es war jemand anderes, von dem wir keinen Hinweis haben‹?«

»Was ihr der Öffentlichkeit erzählt, ist egal. Intern hättet ihr nach anderen Tätern suchen können.«

»Warum? Wir haben keinen Hinweis auf andere Täter. Alles passt und kann dir zugeordnet werden.«

»Mein Wort muss dir reichen. Ich war es nicht, und da draußen läuft der Irre noch herum.«

»Ich werde dich trotzdem nicht laufen lassen.«

»Doch, das wirst du«, sagte Jan bestimmt. »Ich gehe nicht in den Knast und leg mein Schicksal in deine Hände. Ich werde jetzt hier herausmarschieren und wieder untertauchen.«

Jan beobachtete Patrick. Ein Hauch von Unsicherheit hatte sich in seine Augen geschlichen.

»Morgen früh bekommst du eine Mail mit all meinen Ermittlungsergebnissen. Vielleicht hilft es.« Jan drehte sich um und ging zum Auto zurück. Der Weg dorthin war der längste seines Lebens. Wenn er sich geirrt hatte, würde ihn Patrick jetzt niederschießen und irgendeine Geschichte erfinden.

Jan konnte spüren, wie Patrick hinter ihm die Waffe hob und auf ihn zielte. Er biss die Zähne zusammen. Jeder Schritt war eine Qual. Seine Knie zitterten, und er hatte Mühe, die Hände ruhig zu halten. Nach einer Ewigkeit war er beim Auto. Er öffnete die Tür und setzte sich hinein.

Das Gitter bewegte sich ratternd nach oben. Chandu sprang hinein, startete den Motor und raste los.

Jan sah in den Rückspiegel. Patrick war verschwunden.

»Ich hätte ihm ins Knie geschossen.«

»Zum dritten Mal, Zoe«, sagte Jan. »Er ist nicht der Mörder.«

»Warum nicht? Weil er es dir gesagt hat?«

»Das ist schwer zu erklären. Wenn du Verhöre mit echten Mördern geführt hast, erkennst du, wenn jemand lügt oder wenn er etwas verbirgt. Du entwickelst einen Instinkt.«

»Und du hast dich noch nie geirrt?«

»Doch. Aber es geht nicht darum, was er gesagt hat, sondern was er getan hat.«

»Und was hat er getan?«

»Mich nicht erschossen.«

»Und deshalb ist er nicht der Mörder?«

»Die Entwaffnung war die perfekte Gelegenheit. Als Folge meines Todes wären die Ermittlungen in den ersten beiden Fällen eingestellt worden.«

»Hm«, sagte Zoe und zog an ihrer Zigarette. »Er bleibt trotzdem ein Arschloch.«

»Ich will die Stimmung nicht verderben«, sagte Max, »aber haben wir gerade unseren einzigen Verdächtigen verloren?«

»Vielleicht kann Patrick was mit unseren Ermittlungsergebnissen anfangen«, sagte Jan.

»Ich glaube es nicht, dass du dieser Wurst hilfst.«

»Es geht darum, den Fall aufzuklären, Zoe. Dann ist nicht nur der Mörder gefasst, sondern ich bekomme auch mein Leben zurück.«

»Ist das nicht ein bisschen wenig, einfach hier zu sitzen und auf Patricks Erfolg zu hoffen?«, fragte Chandu.

»Das habe ich auch nicht geplant.«

»Sondern?«

»Wir haben kein alles umfassendes Mordmotiv. Bei Richter Holoch und Michael Josseck hätte es eine ehemalige Hure sein können. Da könnte man auch Horst Ipig einordnen, aber spätestens bei Sarah Ipig passt das nicht mehr.«

»Vielleicht stand sie auch auf perverse Sexspielchen«, sagte Zoe.

»Möglich. Aber wir können das nicht mal Horst Ipig nachweisen.«

»Wir sollten wieder ins Baumilieu zurück«, schlug Chandu vor. »Wenn der Mord an Richter Holoch nicht mit den verprügelten Huren zusammenhängt, passt der Beton bei Michael Josseck wieder ins Bild.«

»Ja, aber Spielzeugschwerter und Glasperlen?«, fragte Jan.

»Vielleicht war Sarah Ipig nur zur falschen Zeit am falschen Ort«, sagte Max, »und der Mörder ist in einen Blutrausch geraten.«

»Dazu ist der Mord an Sarah Ipig zu persönlich. Man hat ihr die Augen mit chirurgischer Präzision herausgeschnitten und durch Glasperlen ersetzt. Die lagen da nicht rum. Der Mörder hat sie mitgebracht, daher war der Mord an ihr geplant.«

»Aber was hat das zu bedeuten?«, fragte Chandu. »Die Art des Todes ist aussagekräftig. Richter Holoch hat Frauen verprügelt. Wahrscheinlich wurde er deshalb mit einem Hammer totgeschlagen. Michael Josseck war Bauunternehmer. Da ist der Zusammenhang zum Beton nicht schwer herzustellen. Aber ich muss bei den Glasperlen passen. Von den Spielzeugschwertern in Horst Ipigs Bauch will ich gar nicht reden.«

Jan kratzte sich nervös am Kopf. »Das ist mir auch schleierhaft. Glasperlen und Spielzeugschwerter? Dazu fällt mir keine sexuelle Abart ein.«

»Dir fehlt es an Fantasie«, sagte Zoe grinsend.

»O weise Rechtsmedizinerin, erleuchte uns«, sagte Chandu spöttisch.

»Was weiß ich«, blaffte sie den großen Mann an. »Aber warum gehen wir nicht in die Wohnung der Ipigs? Vielleicht finden wir da was.«

»Nach dem Bericht zu urteilen, wurde der Tatort gründlich durchsucht. Die Wohnung war sehr klein, daher glaube ich nicht an einen Glückstreffer wie bei Richter Holoch.«

»Nicht ihr Versteck, Janni«, sagte Zoe, »sondern ihre ursprüngliche Wohnung.«

»Und da sollen wir Spuren des Mörders finden?«, fragte Chandu.

»Wir suchen keine Spuren, sondern ein Mordmotiv«, erklärte Zoe.

Jan überdachte den Vorschlag. Es war möglich, dass die Wohnung noch nicht überprüft worden war.

»Ich sage es nicht gerne«, begann Chandu, »aber Blondie könnte recht haben.«

»Danke. Und weil ich so genial bin, kannst du meine Kaffeetasse nachfüllen.«

Chandu nahm mürrisch die Tasse entgegen und ging in die Küche.

»In Ordnung«, sagte Jan. »Es ist spät und ich will für diese Aktion ausgeruht sein. Chandu und ich werden morgen hingehen …«

»Ich auch«, unterbrach ihn Zoe.

»Zoe, ich dachte, wir hätten geklärt …«

»Laber nicht. Ich komme mit, schon weil ich sehen will, wie Air Jordan das Schloss knackt. Das gehört zu den Dingen, die man später gebrauchen kann. Außerdem ist das Haus nicht mal ein abgesperrter Tatort.«

Sie drehte sich zur Küche um. »Musst du den Kaffee noch ernten oder haben sie dir das Wasser abgedreht?«

Sie nahm eine Gauloises aus der Schachtel und steckte sich grinsend die Zigarette an. »Wann geht's los?«

Jan seufzte. »Morgen, um zweiundzwanzig Uhr. Zieh was Unauffälliges an. Möglichst ohne hohe Absätze.«

Kapitel 16

Patrick saß zwischen den Aktenstapeln und rührte müde in seinem Kaffee. Er wollte nur nach Hause und eine Woche lang schlafen. Die Begegnung mit Jan hatte ihn nicht zur Ruhe kommen lassen. Erst hatte er über die Vorwürfe seines Kollegen lachen müssen, aber so wie Jan sie vorgebracht hatte, waren sie schlüssig gewesen. Ebenso wie seine Vermutung, dass Jan der Serienmörder war, doch wenn man ein paar der Indizien uminterpretierte, lösten sich beide Theorien in nichts auf.

Er mochte Jan nicht. Zusammen mit der Gelegenheit, als Leiter der Mordkommission »Richter« einen wichtigen Fall zu lösen, war er blind für alles andere geworden. Ein Fehler, den er zu spät eingesehen hatte.

Es war still in der Kripo. So früh am Morgen war nur Jans Freund Andreas Emmert hier. Sein Tippen war das einzige Geräusch auf dem Stockwerk. Andreas hatte von Anfang an an der Theorie gezweifelt, dass Jan Richter Holoch ermordet hatte. Er hätte auf ihn hören sollen.

»Morgen, Andreas.«

»Ich habe noch keine Neuigkeiten über Jans Verbleib«, begann dieser, ohne den Blick vom Bildschirm zu heben.

»Das ist nicht wichtig.«

Andreas hörte mit dem Tippen auf.

»Vielleicht sollten wir noch in andere Richtungen ermitteln«, schlug Patrick vor.

»In andere Richtungen?«

»Wir sollten Jan als Serienmörder ausschließen und neue Verdächtige suchen.«

»Äh …« Andreas kratzte sich verwirrt am Kopf.

»Ist eine lange Geschichte«, erklärte Patrick. »Alles fing damit an, dass ich gestern nach Hause gekommen bin …«

Es war eine dieser bürgerlichen Wohnhaussiedlungen. Reihenhäuser mit kleinen Gärten. In der Nähe eine U-Bahn-Station. Es gab Schulen und Kindergärten. Alle halbe Stunde fuhr ein Bus durch die mit Mittelklassewagen zugestellte Straße.

Es war dreiundzwanzig Uhr. Jan hatte gewartet, bis alle Lichter in den Nachbarhäusern erloschen waren. Er fühlte sich noch immer ausgelaugt, aber die Schmerzmittel vollbrachten wahre Wunder. Chandu werkelte an dem Schloss, während Zoe ungeduldig mit dem Fuß tippte. Dass sie sich keine Zigarette anstecken durfte, zerrte an ihren Nerven. Sie hatte ihre Haare schwarz gefärbt, trug eine dunkle Hose und eine schwarze Lederjacke, die, wie Jan fand, für eines ihrer Outfits ungewöhnlich dick war. Mit der großen Taschenlampe und den ebenfalls schwarzen Handschuhen sah sie wie der perfekte Klischeeeinbrecher aus. Es fehlten nur die Tarnstreifen im Gesicht.

Schließlich hörte Jan das erlösende Klicken. Chandu stieß die Tür auf und sie huschten hinein. Die Luft im Haus war abgestanden. Der Gott der Einbrecher meinte es gut mit ihnen, denn die Rollläden waren heruntergelassen und die Vorhänge zugezogen. Die Strahlen der Taschenlampen würden sie nicht verraten.

»Was jetzt?«, flüsterte Zoe.

»Du kannst normal reden«, antwortete Jan. »Solange wir keine Möbel umwerfen, hört uns niemand.«

»Oh«, sagte sie. Sie leuchtete umher, als erwartete sie hinter der nächsten Ecke den Axtmörder. So aufgedreht hatte er Zoe noch nicht erlebt.

»Wir sollten uns aufteilen«, sagte Jan. »Zoe sucht im Keller, ich bleibe hier und Chandu geht nach oben.«

Während die Rechtsmedizinerin zur Treppe ging, machte sich der große Mann auf den Weg nach oben. Jan stellte sich in die Mitte des Wohnzimmers, ließ die Taschenlampe kreisen und verschaffte sich einen ersten Eindruck. Das Haus der Ipigs war ein typisches Einfamilienhaus. Langweilig von außen und noch schlimmer von innen. Die Einrichtung bestand aus Regalen mit Dingen, die man in einer Million anderer Häuser fand. Eine Handvoll CDs, ein paar Bücher, Souvenirs vergangener Urlaube und billige Fotodrucke aus Einrichtungshäusern. Die Sofagarnitur war abgesessen und erlaubte den Blick auf einen Flachbildfernseher mit DVD-Player. Die halb offene Küche war klein, genügte aber für das Aufwärmen von Tiefkühlkost und Fertiggerichten.

Jan nahm die Bücher aus dem Regal und suchte nach versteckten Notizen. Er öffnete CD-Hüllen und vergewisserte sich, dass auch die richtige Silberscheibe darin lag. Dann sah er unter das Sofa und leuchtete den Boden ab, als ihn ein lautes Klirren zusammenzucken ließ.

»Mein Fehler«, rief Zoe vom Keller hoch.

Jan schloss die Augen und seufzte. Was würde er für sein altes Ermittlerteam geben. Er ging in die Küche, räumte Geschirr zur Seite, kontrollierte den Unterboden der Schränke und öffnete die Geschirrspülmaschine, aber nichts war in irgendeiner Weise auffällig. Eine Stunde lang untersuchte er jeden Zentimeter des Erdgeschosses. Dann setzte er sich müde auf das Sofa. Er brauchte einen Moment Ruhe. Seine Verletzung machte ihm zu schaffen. Er fühlte sich zehn Jahre älter. Als er die Augen geschlossen hatte, hörte er Zoe die Kellertreppe hochkommen. Sie stellte sich hinter ihn.

»Ich bin mir nicht sicher«, begann sie, »aber ich habe vielleicht was gefunden.«

Jan stand auf. »Was genau?«

»Ist schwer zu erklären. Ruf mal Magic Johnson und komm in den Keller.« Dann ging sie wieder nach unten.

»Ich kann euch hören.« Chandu kam die Treppe herunter. Zusammen mit Jan folgte er Zoe in den Keller.

»Was gibt's, Leichenlady?«

»Hier fehlt ein Raum«, sagte sie aufgeregt.

Chandu blinzelte verwirrt.

»Und wo ist der hin?«, fragte er. »Zigaretten holen?«

Zoe ging auf den Spott nicht ein. »Bei der Durchsuchung bin ich systematisch vorgegangen. Von hinten nach vorne. Dann von rechts nach links. Die Räume sind gleichmäßig angeordnet. Dort drüben ist ein kleiner Abstellraum.« Ihr Kopf zuckte nach rechts. »Auf der anderen Seite ist nichts. Außer Wand.«

»Vielleicht hat man die Fläche für Rohre oder etwas anderes gebraucht«, sagte Jan.

»Der Rohr- und Kabelschacht ist hinter uns.«

»Vielleicht wurde die Stelle aus statischen Gründen ausgelassen.«

Zoe schüttelte den Kopf. »Dahinter ist etwas. Ein Teil der Wand ist aus Rigips.«

»Das heißt Rigips«, korrigierte sie Chandu.

»Von mir aus.«

Jan untersuchte die Wand. »Schon möglich, aber ich sehe keine Öffnung. Wer immer dahinter etwas verbirgt, müsste sich durch die Wand schlagen.«

»Dachte ich auch, aber sieh dir die Tapete an.«

Jan fuhr über die Wand. »Dick und faserig. Was ist daran ungewöhnlich?«

»Nur dieses Stück Wand ist mit Tapete verziert.«

»Warum tapeziert jemand nur ein Stück Kellerwand?«

»Das ist die Frage«, antwortete Zoe.

»Na dann.« Jan riss die Tapete herunter. Dahinter kam eine kahle Wand zum Vorschein. Man musste genau hinsehen, um zwei Scharniere und ein kleines Griffloch zu erkennen. Jan steckte seinen Finger hinein und zog. Die Tür öffnete sich mit einem leisen Quietschen.

»Verdammte Scheiße«, sagte Zoe, als das Licht der drei Taschenlampen den Raum erhellte.

Jan sperrte nur ungläubig den Mund auf. Ihm hatte es die Sprache verschlagen.

Der Raum war gesäumt von schmalen Regalen, die unzählige Filme enthielten. Manche von ihnen waren noch auf VHS. Die meisten waren auf CD oder DVD gebrannt. Allen war eins gemeinsam. Es waren Kinderpornos. Der Raum war der Traum eines jeden Pädophilen.

»Verdammtes Schwein«, sagte Chandu.

»Wie kann man sich nur so eine kranke Scheiße anschauen?«, fragte Zoe.

»Ich glaube nicht, dass die Ipigs sich das Zeug angesehen haben«, sagte Jan.

»Was?«

»Von jedem Film gibt es mindestens fünf Kopien. Das macht eher den Eindruck, als hätten die Ipigs einen gut gehenden Kinderporno-Verkaufsring gehabt.«

»Und ich hatte Mitleid mit der Frau«, sagte Chandu. »Wenigstens haben sie bekommen, was sie verdient haben.«

»Lasst uns mit der Durchsuchung weitermachen«, sagte Jan. »Wir müssen fertig sein, bevor es hell wird. Dann können wir zu Hause spekulieren, wie das alles zusammenpasst.« Er wandte sich an Chandu. »Bist du oben fertig?«

»Nicht ganz«, antwortete er. »Ich habe in einer Art Arbeitszimmer ein paar Fotoalben gefunden. Ich war gerade am Blättern, als Zoe gerufen hat.«

»Für drei ist der Raum zu klein«, sagte Jan. »Ich suche oben weiter. Macht von allem Fotos. Achtet auf Namen potenzieller Kunden, aber steckt nichts ein. Stellt alles an seinen Platz zurück. Morgen schicke ich einen Hinweis an die Mordkommission, also lasst eure Handschuhe an.«

Auf dem Weg nach oben sah Jan auf die Uhr. Es war nach zwei. In drei Stunden mussten sie hier weg sein, damit sie keinem Frühaufsteher, Brötchenbringer oder Zeitungsjungen über den Weg liefen. Aber vielleicht hatten die Ipigs ihm den Gefallen getan, einige ihrer Kunden zu fotografieren.

Jan nahm ein Fotoalbum in die Hand und blätterte es durch. »Bau 2001« stand auf der Vorderseite. Die ersten Schnappschüsse zeigten die noch leere Baugrube. Dann kamen der Keller, die Wände, die Decken und das Dach. Das Richtfest war groß gefeiert worden. Die Biertische bogen sich unter Speisen und Getränken. Es waren vielleicht vierzig Gäste anwesend. Kinder tobten umher und zwei Hunde balgten sich um ein altes Seil. Horst und Sarah wirkten glücklich.

Jan blätterte weiter. Am Abend wirkten die Gäste sichtlich angetrunken. Das nächste Foto war in der Mitte durchgeschnitten. Den unteren Teil hatte man entfernt. Es waren nur fünf Köpfe zu sehen. In freundschaftlicher Eintracht standen Horst und Sarah Ipig, Richter Georg Holoch und Michael Josseck vor dem Richtkranz. Jan hatte zwischen den vier einen Zusammenhang vermutet, aber die fünfte Person ließ ihm den Atem stocken. Es war Pfarrer Anberger. Er hatte mehr Haare auf dem Kopf und wirkte jünger, aber das Bild zeigte unverkennbar seinen Nachbarn.

»Verdammt«, fluchte Jan. Jetzt war alles klar. Das Interesse des Geistlichen für den Fall. Seine Hilfsbereitschaft. Jan war wie betäubt. Er hatte dem alten Mann vertraut, dabei hatte er ihn nur aushorchen wollen. Er legte das Buch wieder zurück und rannte die Treppen hinunter.

»Chandu, Zoe«, rief er durch das Haus. »Lasst alles liegen. Wir müssen los.«

Zoe erschien an der Kellertreppe. »Wir sind noch nicht fertig.«

»Wir haben, was wir brauchen«, erwiderte Jan. »Ich erkläre euch alles im Auto.«

»Pfarrer Anberger?«, fragte Chandu ungläubig, als er den Wagen über die leere Stadtautobahn lenkte. »Das hätte ich nicht gedacht.«

»Aber es passt«, sagte Zoe. »Jetzt haben wir den Zusammenhang zu Jan.«

»Aber es fehlt das Motiv«, sagte Jan.

»Ist doch offensichtlich«, erklärte Zoe. »Pfarrer Anberger hat herausgefunden, was für kranke Schweine seine Freunde waren. Dann hat er in der Bibel einen Abschnitt gefunden, der eine grausame Rache für solche Sünder rechtfertigt, und ist losgezogen.«

»Aber warum schiebt er es mir in die Schuhe?«

»Damit er in Ruhe gelassen wird«, erklärte Zoe. »Während sich die Kripo auf dich konzentriert hat, hat er sein nächstes Opfer ausspioniert. Er war mit allen befreundet, also ist er leicht in die Wohnungen gekommen. Die Drogen hat er in einen Drink gemischt, und schon waren die Opfer betäubt.«

»Das glaube ich nicht.« Jan schlug die Hände vors Gesicht. »Pfarrer Anberger ist ein wahnsinniger Serienmörder? Ich kann mich nicht so in einem Menschen geirrt haben.«

»Stell dich nicht so an«, sagte Zoe. »Es gibt Hunderte Psychopathen, die religiöse Eingebung als Grund für ihre Morde genannt haben.«

»Die waren von Kindesbeinen an verrückt. Pfarrer Anberger ist ein hilfsbereiter Mann, der in seiner Gemeinde sehr beliebt war. Kein religiöser Fanatiker kann diese Maskerade so lange aufrechterhalten.«

»Manchmal kennt man die Menschen nicht so gut, wie man glaubt.«

»Was hast du jetzt vor?«, fragte Chandu.

»Wir fahren zu Pfarrer Anberger.«

»Um drei Uhr morgens?«

»Umso besser. Dann ist er zu Hause.«

»Du weißt schon, dass das Haus noch von der Polizei observiert wird?«, erinnerte ihn Chandu. »Auch wenn dich Patrick gehen ließ, ist die Fahndung nach dir nicht aufgehoben.«

»Von meiner Wohnung gibt es einen Schleichweg zum Hintereingang. Um diese Uhrzeit kommen wir da ungesehen hinein.«

»Und was machen wir dann?«, fragte Zoe. »Den Pfarrer erschießen?«

»Ich werde ihn mit allen Fakten konfrontieren. Dann sehen wir, was ihn zu dieser Tat getrieben hat und warum er mich als Sündenbock auserkoren hat. Ich habe ihm vertraut und ihm alles gebeichtet, doch er hat dieses Wissen genutzt, um mich den Geiern zum Fraß vorzuwerfen.«

Jan schlug wütend auf das Sitzpolster. Er fühlte sich verraten.

»Wann sind wir dort?«, fragte er.

»In zehn Minuten.«

»Gut«, sagte Jan. Es war Zeit, dem allem ein Ende zu machen.

Es war ein eigenartiges Gefühl, wieder zu Hause zu sein. Er hatte immer wieder von diesem Tag geträumt, doch seine Rückkehr war nicht wie erhofft. Mit Zoe und Chandu im Schlepptau schlich er leise die Treppe hinauf. Es war dunkel und die Gänge verlassen. Er verfluchte das laute Treppenhaus, in dem selbst seine leisen Schritte wie Donnerschläge hallten. Trotzdem blieb alles ruhig. Keine Tür wurde geöffnet und kein Licht verriet sie.

Vor der Tür von Pfarrer Anbergers Wohnung gab Jan seinem Freund ein Zeichen. Wie verabredet machte sich der große Mann daran, die Tür zu öffnen. Sie würden Pfarrer Anberger in seiner Wohnung überraschen. Je unvorbereiteter der Befragte war, umso mehr konnte man herausfinden. Und wenn sie den Pfarrer zu dritt aus dem Bett holten, war er sehr unvorbereitet.

In Jans Innerem rangen Wut und Enttäuschung miteinander. Er hatte geglaubt, dass Pfarrer Anberger sein Freund, mehr noch, sein Vertrauter war. Aber der Geistliche hatte ihn nicht nur belogen, sondern auch noch seine Beichte gegen ihn verwendet.

Chandu schlug vorsichtig gegen den Rohling im Schloss. Er brauchte nur zwei Versuche und die Tür ging auf. Wie auf einen stummen Befehl hin huschten die drei hinein und kamen in einen kleinen Vorraum, der zum Wohnzimmer führte. Jan knipste seine Taschenlampe an und unterdrückte einen Fluch. Das hatte er nicht erwartet.

Jan war nur einmal in der Wohnung des Pfarrers gewesen, als er ihm mit den Einkäufen geholfen hatte. Damals waren ihm die spartanische Einrichtung und die klinische Ordnung aufgefallen. Die Möbel waren noch dieselben, aber die Ordnung war verschwunden. Eine Orchidee lag auf dem Laminat. Die Scherben der Vase waren über den Küchenboden verteilt. Erde und Wasser vermischten sich zu einer braunen Masse. Der kleine Tisch in der Mitte war umgeworfen. Ein Holzstuhl mit gebrochener Rückenlehne lag dagegen.

Chandu ging ins Schlafzimmer und leuchtete mit der Taschenlampe umher. Zoe untersuchte das Badezimmer.

»Niemand da«, sagte der große Mann. Die Rechtsmedizinerin schüttelte den Kopf. Jan untersuchte die Möbel und entdeckte einen kleinen Blutfleck auf dem Stuhl. Zoe bückte sich und tippte mit dem behandschuhten Finger auf die zähe Masse.

»Noch nicht sehr alt«, sagte sie. »Höchstens ein paar Stunden her.«

»Was ist hier passiert?«, fragt Jan ratlos. »Ich verstehe nichts mehr.«

»Ohne das Blut würde ich auf einen Einbruch tippen«, sagte Zoe.

»Das sieht eher nach einem Kampf aus«, erklärte Chandu.

»Aber wer hat hier gekämpft?«, fragte Jan.

»Vielleicht der Pfarrer mit seinem nächsten Opfer«, schlug Zoe vor.

»Alle Opfer wurden in ihren Wohnungen umgebracht«, sagte Jan. »Warum sollte er sein Opfer hierherbringen?«

»Wer versteht schon einen Serienmörder«, bemerkte Zoe.

»Ich tippe auf eine Entführung«, sagte Chandu und leuchtete auf eine Ablage mit Hausschlüssel und Geldbeutel. »Irgendjemand hat sich den Pfarrer geschnappt.«

»Dann muss es eine weitere Partei geben. Richter Holoch, Michael Josseck, die Ipigs und Pfarrer Anberger kannten sich. Bei den ersten drei ist es vorstellbar, dass sie Schweinereien gemacht haben, aber wie passt der Pfarrer hinein?«

»Es gibt auch Kindesmissbrauch in der Kirche«, erklärte Zoe.

»Wir sind auf einen Kinderpornoring gestoßen«, sagte Chandu. »Vielleicht ist der Mörder ein missbrauchtes Kind. Wenn ich die Anzahl der DVDs bei den Ipigs bedenke, haben wir eine Menge Verdächtiger.«

»Das müssen nicht nur missbrauchte Kinder sein«, ergänzte Zoe. »Es kommen auch Eltern oder Freunde in Betracht.«

»Und wo ist der Zusammenhang zu mir?«, fragte Jan.

»Vielleicht war es nur Pech«, sagte Chandu. »Der Mörder hat dich als Sündenbock herausgesucht. Vielleicht bist du ihm nicht einmal begegnet.«

Jan fluchte. Jedes Mal, wenn er glaubte, den Mörder gefunden zu haben, löste sich seine Vermutung in nichts auf. Er war in gewisser Weise froh, dass Pfarrer Anberger nur das Opfer war, auch wenn ihn das gleichzeitig wieder zurückwarf. Sie hatten immer noch nichts in der Hand.

»Vielleicht lebt der Pfarrer noch«, begann Jan, »und wenn ich die Polizei rufe, sind die Kollegen vor der Tür in einer Minute oben. Aber mit jedem Augenblick, den ich warte, sinken seine Überlebenschancen. Durchsucht alles. Die Wohnung ist klein. Ich gebe uns fünf Minuten. Dann verschwinden wir und ich melde die Entführung.«

Zoe lief ins Bad, während Chandu ins Schlafzimmer hastete. Jan begann mit dem Wohnzimmerschrank. Zwei Minuten später hatten sie einen Hinweis gefunden.

Kapitel 17

Jan starrte auf das Bild in seinen Händen. Es war das gleiche wie aus dem Fotoalbum von Sarah und Horst Ipig. Der untere Bereich war nicht abgeschnitten. Er zeigte ein Kind, das auf der Wiese saß und verträumt an einer Blume in der Hand roch. Die Aufnahme war zehn Jahre alt, aber das Gesicht war Jan so vertraut wie kein anderes.

»Betty«, flüsterte er.

»Hast du was gefunden?«, rief Chandu. Jan zuckte erschreckt zusammen und steckte das Bild in die Tasche.

»Ja. Ich weiß nicht, ob es uns weiterbringt, aber das erkläre ich euch gleich. Lasst uns schnell verschwinden.«

Eine Minute später waren sie wieder im Freien und schlichen durch den Hinterhof zum Auto. Noch bevor Chandu losfuhr, hatte Jan das Handy in der Hand.

»Max«, begann er das Gespräch. »Schau nach, ob die Ipigs Kinder hatten.«

»Moment«, sagte der Hacker. Die Tastatur klackerte im Hintergrund.

»Hatten sie«, bestätigte er. »Bettina und Johann.«

»Verdammt«, fluchte Jan. Er hatte einen schrecklichen Verdacht, aber diese Erkenntnis war so grauenvoll, dass er hoffte, sich zu irren.

»Klärst du uns auf?«, fragte Zoe.

Jan seufzte. Etwas in ihm sträubte sich, seine Gedanken zu

teilen, als würde er ein intimes Geheimnis zwischen ihm und Betty verraten.

»Betty war die Tochter von Sarah und Horst Ipig.«

»Oh Mann«, sagte Zoe.

»Wie kommst du darauf?«, fragte Chandu.

»Ich habe ein altes Foto gefunden.«

»Als du mir Betty vorgestellt hast, hieß sie aber nicht Ipig.«

»Ihr Nachname war Windsten, aber ich habe nie ihren Ausweis gesehen. Vielleicht hat sie ihren Namen geändert.«

»Ich rühre nicht gerne an alten Wunden«, begann Zoe, »aber vielleicht ist das der Grund für den Selbstmord deiner Freundin.«

Jan nickte. »Mit dem Mord an Richter Holoch ist alles wieder hochgekommen. Man braucht nicht viel Fantasie, um zu ahnen, dass sie auch für Kinderpornos missbraucht wurde.«

»Mein Gott«, sage Chandu. »Wer tut das seinem Kind an?«

»Aber wenigstens haben wir einen neuen Verdächtigen«, bemerkte Zoe.

»Wen meinst du?«, fragte Chandu.

»Na, den Bruder«, antwortete die Rechtsmedizinerin. »Hast du ihn kennengelernt?«

»Ihre Eltern sind angeblich nach Bayern gezogen und hatten nur wenig Kontakt mit ihr. Geschwister hat sie nie erwähnt.«

»Ich will euch nicht den Spaß verderben«, klang Max' Stimme durch das Telefon, »aber Johann Ipig fällt als Mörder aus.«

»Wieso?«, fragte Jan.

»Das hast du deinen Kollegen von der Mordkommission zu verdanken. Sie haben nach den Kindern von Sarah und Horst Ipig gesucht. Betty haben sie nicht gefunden. Ihre Spur verliert sich nach dem neunzehnten Lebensjahr, aber Johann ist, seit er vierzehn ist, in einer Klinik. Er hat eine ganze Reihe psychischer Störungen, die zu einer dauerhaften Unterbringung in einer geschlossenen Anstalt führten.«

»Das ist perfekt«, sagte Zoe. »Da haben wir den Irren.«

»Nicht wirklich«, bemerkte Max. »Laut den Notizen ist Johann kataton und bewegt nicht einmal einen Finger. Jans Kollegen haben nachgeforscht. Er hat seit Monaten sein Zimmer nicht mehr verlassen. Das belegen auch Aufnahmen der Überwachungskameras in der Psychiatrie.«

»Dann haben wir wieder nichts«, sagte Jan. »Wir können nur noch Pfarrer Anberger suchen und den Mörder auf frischer Tat ertappen.«

»Wo sollen wir suchen?«, fragte Chandu.

»Normalerweise tötet der Mörder alle Opfer zu Hause« erklärte Jan. »Die Entführung passt nicht ins Bild.«

»Vielleicht hat Pfarrer Anberger seine Entführung vorgetäuscht und will abhauen«, sagte Chandu.

»Dazu hätte er nicht seine Wohnung verwüsten müssen. Er hatte genug Zeit, sich abzusetzen. Koffer packen, Flugticket kaufen und fertig. Er wurde entführt.«

»Vielleicht schleppt ihn der Mörder zu einem Ort mit besonderer Bedeutung«, sagte Zoe.

»Da wir nicht wissen, wer der Mörder ist, finden wir diesen Ort nie«, erklärte Jan.

»Vielleicht ist es auch ein Platz, der Pfarrer Anberger wichtig war«, sagte Chandu.

»Welchen meinst du?«

»Die Kirche in seiner alten Gemeinde.«

»Wäre eine Möglichkeit«, sagte Jan. »Die Kirche ist keine zwei Minuten von hier.«

»Was Besseres haben wir nicht«, sagte Zoe und steckte sich eine Zigarette an. »Lass uns hinfahren.«

Chandu wechselte in einem halsbrecherischen Manöver die Spur und trat das Gas durch.

Jan schlug frustriert gegen das Armaturenbrett. Sie hätten schon früher in das Haus der Ipigs einbrechen sollen. Dann hätten sie Pfarrer Anberger lebend angetroffen und wüssten, wer hinter ihm her war. Jetzt ergab das Verhalten seines Nachbarn auf furchtbare Weise Sinn.

»Was hast du, Jan?«, fragte Chandu. »Wir sind gleich da.«

»Ich ärgere mich, dass der Mörder uns ständig einen Schritt voraus ist und dass mein Instinkt völlig versagt hat. Erst habe ich Horst Ipig verdächtigt, dann meinen Kollegen Patrick und schließlich sogar Pfarrer Anberger. Jeder von ihnen war der perfekte Verdächtige, und jetzt haben wir immer noch keine Ahnung, wer der Täter ist.«

»Sei nicht zu voreilig«, mahnte ihn Zoe. »Außer den Ipigs, die nachweislich tot sind, können wir niemanden ausschließen. Vielleicht ist Patrick ein hervorragender Schauspieler, oder du kennst den Pfarrer nicht so gut, wie du glaubst.«

»Denkbar ist alles«, sagte Jan. »Aber wir reden von mindestens vier Morden. Richter Holoch, Michael Josseck und die Ipigs. Vielleicht war der Tod von Betty kein Selbstmord, und jetzt Pfarrer Anberger.« Jan hob sechs Finger in die Höhe. »Sechs Tote und wir tappen noch immer im Dunkeln.«

»Wir sind ihm so nah wie nie zuvor«, sagte Chandu. »Wenn der Mörder den Pfarrer in die Kirche gebracht hat, werden wir ihn kriegen.«

»Hoffen wir's«, sagte Jan.

Chandu fuhr an der Kirche vorbei und parkte das Auto in einer Nebenstraße. Dann griff er unter den Sitz und reichte Jan eine Pistole.

»Bitte dieses Mal nicht verlieren.«

Jan überprüfte die Munition. »Bleib hier«, wandte er sich an Zoe.

»Niemals.«

»Zoe«, sagte Jan genervt. »Da drin ist ein wahnsinniger Serienmörder. Das ist kein Spaß. Ich habe keine Zeit, mit dir zu diskutieren.«

»Dann lass es. Ich gehe mit rein.«

»Du hast nicht einmal eine Waffe«, sagte Chandu.

Zoe fasste in ihre Hosentasche und zog ein silbernes Klappmesser heraus. Mit einem leisen Klick sprang die Klinge auf. »Damaststahl mit einem Spezialschliff«, erklärte sie. »Individuelle Anfertigung. Meinen Bedürfnissen entsprechend. Hat mich dreitausend Euro gekostet, ist aber jeden Cent wert. Dagegen sind die Skalpelle aus der Rechtsmedizin stumpfe Frühstücksmesser.«

Zoe klappte das Messer wieder ein und sprang aus dem Auto. Jan entsicherte seine Waffe und ging ihr hinterher.

»Und wie ist der Plan, Mister Mordkommission?«

»Um diese Uhrzeit ist die Kirche zu«, sagte Jan. »Lasst uns trotzdem die Eingänge checken und schauen, ob wir irgendwie reinkommen.«

Er deutete auf Chandu und sich. »Wir zwei gehen vor und du bleibst hinter uns. Nicht reden. Wenn wir sagen ›Deckung‹, dann springst du in Deckung. Und wenn wir sagen ›Hinlegen‹, bist du einen Augenblick später auf dem Boden.«

Zoe salutierte.

»Lass uns links mit dem Seiteneingang anfangen«, wandte er sich seinem Freund zu.

Jans Sinne waren angespannt. Die Überraschung war auf ihrer Seite. Wenn der Mörder dort drin war, mussten sie so nahe wie möglich an ihn herankommen, bevor er sie bemerkte. Die Kirche war groß und bot viele Fluchtwege. Der Wahnsinnige durfte nicht entkommen. Das war er Betty schuldig.

Vorsichtig umrundeten sie die Kirche, aber jede Tür war verschlossen.

»Verdammt«, fluchte Jan. Entweder wollte der Mörder ungestört sein oder sie hatten einfach Pech.

»Kannst du eines der Schlösser knacken?«, fragte er Chandu.

Der große Mann schüttelte den Kopf. »Die müssen hundert Jahre alt sein. Für die braucht man die großen Schlüssel. Mit meinem feinen Werkzeug kann ich nichts machen.«

»Wir haben schon zu viel Zeit mit der Suche nach einem Eingang verbraucht. Wir müssen jetzt sofort einbrechen. Unsere Überraschung ist dahin.«

Jan zog seine Jacke aus, wickelte sie um seine Hand und schlug ein Fenster ein. Es klirrte laut, als die Scherben auf den Boden fielen. Er legte seine Jacke auf den Rahmen und kletterte hinein. Drinnen angekommen sicherte er das Fenster und wartete auf Chandu und Zoe.

Das Licht in der Kirche war dämmrig. Brennende Kerzen verhinderten die völlige Dunkelheit. Sie standen in einem Seitenschiff der Kirche. Zwei Bänke standen mit Blickrichtung zum Altar. Eine kleine Mariengestalt prangte golden in einer Nische.

»Bleibt zusammen«, flüsterte Jan. Dann ging er die Bankreihen entlang zum Mittelgang der Kirche. Nach einigen Metern blieb er stehen. Er traute seinen Augen nicht.

Vor dem Altar lag ein großes Kruzifix, doch statt eines hölzernen Jesus lag Pfarrer Anberger darauf. Er war nackt. Seine Hände und Füße waren ans Holz genagelt. Aus einer Wunde auf der rechten Seite lief Blut. Außer dem Geistlichen war niemand zu sehen. Es war gespenstisch still.

Jan musste nachsehen, ob Pfarrer Anberger noch lebte, also schlich er geduckt weiter. Das Kreuz lag einige Meter von der nächsten Bank entfernt. Er musste seine Deckung aufgeben. Vor dem Altar würde er ein perfektes Ziel abgeben.

Jan kniete sich neben das Kreuz und legte seinem Nachbarn die Hand an den Hals. Die glasigen Pupillen und der fehlende Puls zeigten ihm, dass Pfarrer Anberger tot war. Die Augen starrten leblos zur Decke. Sein Mund war mit Seiten aus einer Bibel gefüllt, deren leerer Einband neben dem Kruzifix lag.

»Wir sind zu spät«, sagte Jan.

»Der Mörder kann nicht weit sein«, sagte Zoe. »Das Blut ist kaum geronnen.«

Während Zoe den Toten untersuchte und Chandu mit gezogener Waffe neben ihr Wache stand, ging Jan zum Kopfende des Kruzifixes. Sein Blick fiel auf ein Geflecht aus Zweigen vor dem Altar. Er hob es auf und hätte sich beinahe daran gestochen.

»Eine Dornenkrone«, murmelte er leise. »Hatte Jesus die Dornenkrone nicht auf dem Kopf?«, fragte er.

Zoe richtete sich auf. »Ja. Wieso fragst du?«

Jan riss die Augen auf. Das Bild war noch nicht fertig. Sie hatten den Mörder gestört.

»Verdammt …« Er griff nach seiner Waffe.

Ein ohrenbetäubender Knall hallte durch die Kirche. Zoe wurde nach hinten geworfen und Chandu knickte schreiend ein. Jan warf sich zur Seite, als ein weiterer Schuss in den Altar hinter ihm einschlug. Steinsplitter spritzten umher. Während er hinter eine Säule robbte, zog der verletzte Chandu die regungslose Zoe zu den Bänken. Wenn sie von der Schrotladung voll getroffen worden war, würde sie die nächste Minute nicht überleben.

Ein weiterer Schuss schlug in die Säule. Ein kleiner Splitter streifte seine Stirn.

»Bastard«, schrie er seine Wut hinaus. Ein dünnes Rinnsal Blut lief ihm die Stirn herunter. »Zeig dich. Dann bringen wir es zu Ende.«

Chandu hatte sich zwischen zwei Bänke gedrückt. Die Blutspur am Boden verhieß nichts Gutes. Der große Mann verdeckte Zoes Körper und richtete die Waffe in Richtung des Schützen.

Jan verfluchte sich, dass er sein Handy im Wagen gelassen hatte. Es war bei solchen Einsätzen Routine, keine Telefone mitzunehmen, denn ein Klingelton im falschen Moment konnte alles in Gefahr bringen. Jetzt hätte er alles für ein Handy gegeben. Er hätte in der Mordkommission angerufen und alle verfügbaren Einheiten hierhergeleitet. Schießereien waren sein Berufsrisiko, aber er wollte nicht für den Tod seiner Freunde verantwortlich sein.

Jan presste sich an die Säule und erhob sich. Es war keine Zeit zum Taktieren. Chandu war angeschossen und Zoe lag im Sterben. Er musste den Mörder stellen. Sofort. Jede Sekunde war kostbar.

»Du kommst hier nicht raus«, rief Jan. Seine Stimme hallte laut durch die Kirche. Er hoffte auf eine Antwort des Mörders, damit er ihn besser orten konnte.

Stille. Nur das Reißen von Stoff störte die Ruhe. Chandu zerriss sein Hemd und wickelte es sich mit schmerzverzerrtem Gesicht um das Bein. Zoe lag noch immer regungslos am Boden.

»Ich habe in der Mordkommission angerufen«, versuchte es Jan weiter. »In zwei Minuten stürmen die den Laden. Wenn du deine Waffe hinwirfst, kommst du lebend raus.«

Noch immer keine Antwort. Jan vermeinte das Wachs der Kerzen auf den Boden tropfen zu hören. Dann erklang eine Stimme, die ihn verstummen ließ.

»Du warst schon immer ein schlechter Lügner«, sagte Betty.

Kapitel 18

Jans Herz setzte aus. Er musste Wahnvorstellungen haben. Betty. Er hatte die Fotos ihrer Leiche gesehen. Mit der geschmolzenen Kette um den Hals.

»Das kann nicht sein«, sagte er atemlos.

»Du hast es nicht gewusst?« Ein Kichern hallte durch die Kirche. »Der Superermittler wird von seiner Freundin gelinkt. Das muss an deinem Ego kratzen.«

»Wie hast du …?«

»Eine Leiche aus der Charité«, fuhr sie fort. »Es gab einen Brand in einem Mehrfamilienhaus. Die tote Frau passte von der Statur. Damit habe ich meinen Tod vorgetäuscht.«

Das Praktikum im Krankenhaus, dachte Jan. Sie hatte ihm davon erzählt. Über die Pathologie war sie an die Tote gekommen. Sicher war der Diebstahl gemeldet worden, aber dieser Zusammenhang hatte sich ihm nie erschlossen.

»Es war alles nur gespielt? Die ganze Zeit des Glücks?«

»Armer Janni«, sagte sie heuchlerisch. »Es war nicht dein gutes Aussehen, das mich zu dir gezogen hat.«

Alles passte zusammen. Die langen Abende, in denen er von seiner Arbeit erzählt hatte. Wie sie aufmerksam zugehört, manchmal sogar nachgefragt hatte.

»Ich war also nur der Sündenbock?«

»Jetzt tu nicht so verletzt«, fuhr sie fort. »Du hattest deinen Spaß.«

Jan versuchte Bettys Stimme in der Kirche zu orten. Sie war irgendwo vor ihm. In einer Nische hinter der Säule. Wahrscheinlich hatte sie ihre Schrotflinte schon im Anschlag und wartete auf ihn.

»Und wie geht es jetzt weiter?«, versuchte er das Gespräch in Gang zu halten.

»Eine dumme Frage«, antwortete sie kalt. »Ich lege euch alle um. Bis deine Kollegen dahinterkommen, liege ich am Strand und lasse mir die Sonne ins Gesicht scheinen.«

»Damit wirst du nicht durchkommen.«

Sie seufzte hörbar. »Ich plane das schon seit Jahren, Janni. Wenn ich den guten Pfarrer Anberger nicht in der Kirche umgebracht hätte, wäre ich im Flieger und du würdest dich mit seiner Leiche beschäftigen. Aber ich fand diesen Ort irgendwie … passender. Eigentlich sollte er an seiner Bibel ersticken, mit der er mich früher immer züchtigte, bevor er sich an mir vergangen hat, aber dann habe ich das Kruzifix gesehen.«

Ein helles Licht blitzte durch die Kirche.

»Nur noch ein kleines Erinnerungsfoto«, sagte Betty. Dann hörte er, wie das Schrotgewehr durchgeladen wurde.

»Hat Spaß gemacht.«

Neben ihm schlug etwas auf den Boden. Jan drehte sich mit der Pistole im Anschlag um. Ein verbogener Kerzenleuchter.

Er fluchte. Der älteste Trick der Welt. Er ließ sich auf den Boden fallen. Fast gleichzeitig ertönte ein Schuss. Jan spürte den heißen Luftzug der Schrotladung über sein Gesicht zischen. Sie hatte ihn verfehlt. Er hob seine Waffe und schoss blind in Bettys Richtung. Nach dem dritten Schuss hörte er ein Aufstöhnen. Er rollte sich zur Seite und drehte sich mit der Waffe im Anschlag um.

Betty fiel zu Boden. Sie presste ihre Hand auf den Hals. Blut floss durch ihre Finger. Der Schuss hatte die Halsschlagader getroffen. Die Schrotflinte lag neben ihr. Jan ließ die Waffe fallen und rannte zu ihr. Er zog seine Jacke aus und presste sie auf die Wunde, aber der Blutstrom brach nicht ab.

»Nein, verdammt!«, sagte er verzweifelt.

Bettys Augen hoben sich zu ihm. Sie schien etwas sagen zu wollen, aber außer einem Gurgeln kam nichts aus ihrem Mund. Dann lächelte sie. Sie drückte seine Hand. Und schloss die Augen.

Jan erlebte die nächsten Stunden wie ein stummer Beobachter in seinem Körper. Als die Polizei am Tatort eintraf, saß er noch immer neben Bettys Leiche. Irgendjemand legte ihm Handschellen an und führte ihn aus der Kirche. Draußen empfing ihn ein Meer von Lichtern. Unzählige Polizeiautos und Krankenwagen blockierten die Straße. Sirenen durchbrachen die Stille der Nacht. Männer in Uniformen und Ärzte in weißen Kitteln rannten umher. Zwei Personen wurden in einen Krankenwagen verfrachtet. Irgendjemand setzte ihn auf die Rückbank eines Autos. Dann fuhren sie weg vom Lärm und den Lichtern.

Die Autofahrt verbrachte er in völliger Stille. Er wusste nicht, wie lange sie dauerte noch wohin sie fuhren. Sie hielten vor einem großen Gebäude, zogen ihn aus dem Auto und führten ihn in einen kahlen Raum. Man sprach ihn an, aber er verstand die Worte nicht. Ein Mann im Anzug stellte ihm ein Glas Wasser auf den Tisch, aber Jan konnte sich nicht bewegen. Er spürte nichts. Keinen Durst, keinen Hunger, keinen Schmerz, kein Bedauern. Sein Kopf war ein Vakuum. Leer und tot.

Die Stunden verstrichen, ohne dass er aus seiner Apathie erwachte. Eine Ewigkeit später löste sich ein einziges Wort aus seinem Mund.

»Betty.«

Gegen Mittag erkannte Jan seinen ehemaligen Chef. Klaus Bergman hatte sich zu ihm gesetzt und ihm eine Tasse Kaffee gebracht. Der Duft löste seine Starre. Jan bemerkte, wie müde und hungrig er war. Er griff nach der Tasse, trank und verzog angewidert das Gesicht. Der Kaffee schmeckte fürchterlich. Er hatte sich zu sehr an die edlen Mischungen seines Freundes gewöhnt.

Erschreckt ließ er die Tasse fallen. Der Kaffee ergoss sich über den Tisch und bespritzte das Jackett von Bergman. Chandu. Das letzte Mal hatte er ihn blutend in der Kirche liegen sehen.

»Was ist mit …«

»Alles in Ordnung«, beruhigte Bergman ihn und wischte sich den Kaffee vom Anzug. »Dein Freund und die Verrückte aus der Rechtsmedizin leben. Ich hab keine Details über ihre Verletzungen, aber die Schusswunden waren nicht kritisch.«

»Zoe wurde von einer vollen Ladung getroffen. Das überlebt normalerweise …«

»Was ist an ›Es geht ihnen gut‹ nicht zu verstehen?«, unterbrach ihn Bergman.

Jan erhob sich. »Ich muss zu ihnen.«

»Einen Scheiß musst du. Nur auf deinem Hintern sitzen und mir einiges erzählen.«

»Sie verstehen nicht«, erklärte Jan. »Die beiden wurden meinetwegen angeschossen.«

»Ich verstehe, dass du kein Arzt bist und du im Krankenhaus nichts machen kannst. Ich habe Anweisung gegeben, mir jede Änderung ihres Zustandes mitzuteilen. Sie haben überlebt, und solange ich nichts anderes höre, sind sie nicht tot.«

Jan musste sich selbst davon überzeugen, dass es Chandu und Zoe gut ging, aber Bergman würde ihn nicht gehen lassen. Es fiel ihm schwer, sich wieder zu setzen. Jan rieb sich müde über das Gesicht. Die vergangenen Tage hatten ihn alle

Kraft gekostet. Nur langsam wurde ihm das Ausmaß der letzten Nacht bewusst. Er hatte seine Freundin erschossen. Dass sie wahnsinnig war, machte es nicht besser. Jan wollte nur noch in ein Bett und die nächsten hundert Jahre schlafen.

»Kann ich was zu essen haben?«, fragte er. »Sonst bringe ich keinen klaren Satz raus.«

Bergman erhob sich sichtlich genervt und riss die Tür auf.

»Geht mal einer zum Donut-Laden und holt 'ne Zwölferpackung«, brüllte er in den Gang. »Für mich zweimal Vanille.«

Dann knallte er die Tür zu und setzte sich wieder.

»Okay, Jan«, sagte er ruhig. »Fang ganz vorne an.«

Jan begann zu erzählen. Von seiner Flucht. Wie er bei Chandu untergekommen war. Wie Zoe und Max zu ihm gestoßen waren. Wie sie den Serienmörder gejagt hatten. Er ließ kein Detail aus.

Zwischendurch kam ein Kollege und brachte einen Karton mit Donuts. Jan verschlang die süßen Teile, ohne mit dem Reden aufzuhören. Sein Magen und sein Kreislauf dankten es ihm. Jans Erzählung endete mit dem Tod seiner Freundin. Dann wandte er sich zu Bergman.

»Ich habe eine Vermutung, aber es wäre schön zu wissen, warum Betty das alles gemacht hat.«

Der Kripochef seufzte und legte einen Stapel Notizbücher auf den Tisch, die alle mit dem Wort »Tagebuch« beschriftet waren. Jan erkannte Bettys Handschrift.

»Die haben wir in ihrem Auto gefunden«, sagte Bergman. »Wir haben die ganze Nacht die Notizen ausgewertet. In den Tagebüchern findet sich das ganze Leben und Leiden von Bettina Ipig, die du unter dem Namen Betty Windsten kennengelernt hast. Manche Einträge sind entsetzlich. Einer der Kollegen hat sich nach der Lektüre die Seele aus dem Leib gekotzt.«

Bergman fuhr sich durchs Haar, als wüsste er nicht, wie er anfangen sollte.

»Der Missbrauch begann mit dreizehn. Anfänglich vergriff sich nur ihr Vater an Bettina. Die Mutter wusste von den Vergewaltigungen, war aber zu schwach, um Horst Ipig Einhalt zu gebieten. Mit vierzehn wurde Bettina das erste Mal verkauft. Der Kunde war Richter Holoch, der auf kleine Mädchen stand. Alleine die Beschreibung der Vergewaltigung ist schwer zu ertragen, aber dann zeigte sich der wahre Charakter von Holoch, der Spaß daran hatte, sie zu verprügeln. Was mit ein paar Ohrfeigen anfing, steigerte sich zu einer Prügelorgie. Mit jedem Besuch ließ sich Holoch mehr gehen, was schließlich in einem Krankenhausaufenthalt mündete. Die Eltern gaben die Verletzungen als Unfall aus und kamen damit durch.

Dann änderte sich ihr Schreibstil. Er wurde trocken, fast sachlich, als wäre sie eine unbeteiligte Dritte, die das Geschehen aus der Ferne betrachtete. Kaum wieder genesen, saß ein neuer Kunde auf ihrem Bett.«

»Michael Josseck.«

»Sie beschrieb den Bauunternehmer als fettes, stinkendes Schwein, der sie aber nicht schlug. Im Vergleich zu Holoch war er erträglich.«

»Und Holoch kam nicht mehr zu ihr?«

»Nein. Wir vermuten, dass er sich in dieser Zeit mit anderen Mädchen ausgetobt hat, die du im Fotoalbum gefunden hast.«

»Hat man herausgefunden, wer die Mädchen waren?«

»Dazu ist es noch zu früh. Ich habe eine Ermittlungsgruppe gebildet, um die Frauen zu finden. Ich bin aber nicht sehr zuversichtlich, weil einige Fotos zehn Jahre alt sind. Auch machen es die Wunden in den Gesichtern der Erkennungssoftware schwer.«

»Das erklärt, warum sie Holoch totgeschlagen hat, aber was hatte es mit dem Beton in Jossecks Hals auf sich?«

Bergman zögerte erneut. Das Gespräch belastete ihn sichtlich. »Der Bauunternehmer stand auf Oralsex.«

»Was war mit den Holzschwertern im Körper ihres Vaters und den Glasperlen in den Augen ihrer Mutter?«

»Spielzeug.«

»Spielzeug?«, fragte Jan verwirrt.

»Wenn Josseck zufrieden war, bekam Bettina Spielzeug. Nach einer besonders schlimmen Vergewaltigung schenkte ihr Vater Bettina ein Holzschwert – und ihre Mutter ein paar billige Glasperlen.«

Jan schüttelte sich. Er hatte Mühe, die Donuts in seinem Magen zu behalten. Wer behandelte seine Tochter so?

»Ein Jahr später kam ein weiterer Kunde«, fuhr Bergman fort. »Pfarrer Hinrich Anberger.«

Jan stöhnte. Er hatte es geahnt.

»Pfarrer Anberger war ein Freund der Ipigs gewesen. Er hatte Bettina sogar getauft, aber irgendwann konnte er seinen Trieb nicht mehr kontrollieren und verging sich regelmäßig an ihr. Wirklich krank war, dass er Bettina ihre Sünden vorgeworfen hat. Sie sei der Leibhaftige, der auf die Welt gekommen ist, um ihn zu verführen. So ein religiöser Mist. Vor der Vergewaltigung musste sie mit ihm beten. Nach dem Sex hat er Psalmen gelesen.«

»Was für ein Leben«, sagte Jan erschüttert.

»Leben würde ich das nicht nennen«, ergänzte Bergman.

»Wie ist sie aus dieser Hölle entkommen?«

»Dank ihrer überragenden Intelligenz. Trotz des Missbrauchs war sie eine hervorragende Schülerin. Als Jahrgangsbeste erhielt sie ein Stipendium für Medizin.«

»Und die Eltern ließen sie einfach so gehen?«

»Das kommt in den Tagebüchern nicht genau rüber. Aber mit ihrer Volljährigkeit verloren Holoch, Josseck und Pfarrer Anberger das Interesse an ihr. Wahrscheinlich war sie ihnen zu alt. Wenn ich raten müsste, würde ich auf eine Nacht-und-Nebel-Aktion tippen. Eines Tages war sie weg und begann mit dem Studium. Dann hieß sie Bettina Windsten, wobei sie nicht schreibt, warum sie diesen Nachnamen gewählt hat.«

Bergman blätterte in seinen Unterlagen.

»Die nächsten Jahre spielte sie das Leben einer Medizinstudentin und arbeitete in der Freizeit an ihren Mordplänen. Sie wollte die Vergewaltiger und ihre Eltern für die Qualen leiden lassen. Dabei ging sie mit mechanischer Präzision vor. Sie erstellte eine Liste mit Dingen, die sie wissen musste, um den perfekten Mord zu begehen. Hierzu gehörten medizinische Kenntnisse, aber auch kriminelle Fähigkeiten, wie die Schwachstellen in Häusern zu erkennen und Schlösser zu öffnen.

Ihre männlichen Sexualpartner wählte sie nach ihrem Nutzen aus. Hierzu gehörten Ärzte oder Polizisten ebenso wie Kleinkriminelle, Leute, von denen sie etwas lernen konnte.

Du brauchst dir keine Vorwürfe machen, Jan. Sie konnte sich perfekt verstellen. Vor dir verfielen zahllose Männer ihrem falschen Charme und nicht einer zweifelte an ihrer Liebe.«

»Ein schwacher Trost.« Jan konnte nicht glauben, dass alles gespielt gewesen war.

»Dann war ich nur ein Punkt auf der Liste?«

Bergman zögerte. »Ja. Du hast mit dem Wissen über Mordermittlungen die letzte Lücke geschlossen.«

»Hat sie mich auch wegen des Urteils von Richter Holoch ausgewählt?«

»Sie beschreibt es als ›perfekte Dreingabe‹. Auf so viel Glück hatte sie nicht zu hoffen gewagt. Als Mordermittler mit möglichem Tatmotiv schlug sie zwei Fliegen mit einer Klappe.«

»Darum war sie immer so interessiert. Meine bisherigen Freundinnen wollten nichts von meiner Arbeit wissen, aber Betty hat mich jeden Abend ausgefragt. Einmal habe ich sie sogar durch die Kriporäume geführt.«

»Der Liste im Tagebuch zufolge war das der Zeitpunkt, an

dem sie alles für den perfekten Mord wusste.«

»Der vorgetäuschte Tod mit dem Abschiedsbrief war auch Teil des Plans?«

Bergman nickte. »Sie wartete, bis ein Brandopfer in der Pathologie eingeliefert wurde, das ungefähr ihre Körpermaße hatte. Dann hat sie die Leiche aus der Charité gestohlen und in ihre Wohnung gebracht.«

»Das geht so einfach?«

»Eigentlich nicht, aber Bettina hat lange dort gearbeitet. Sie hatte einen Weg ausgekundschaftet, auf dem sie die Tote in ihr Auto packen konnte, ohne erwischt zu werden. Dabei hat sie sowohl das Sicherheitspersonal wie auch die Kameras berücksichtigt. Auch die gefälschten Unterlagen waren perfekt.«

»Und wie hat sie die Tote in die Wohnung bekommen?«

»Auch das war Teil ihrer Langzeitplanung. Ihre Wohnung musste eine Tiefgarage ohne Innenüberwachung und einen Fahrstuhl haben.«

»Unglaublich«, sagte Jan. »Wie lange hat sie an dem Mordplan gearbeitet?«

»Drei Jahre.«

»Und als die Leiche in der Wohnung war?«

»Einer ihrer ersten Freunde war Gasinstallateur. Sie wusste, was sie aufdrehen musste, damit die Wohnung in die Luft fliegen würde. Mit ihrem Wissen der Rechtsmedizin konnte sie die Leiche so präparieren, dass niemand an Bettina Windstens Selbstmord zweifeln konnte. Das Piercing und deine Kette waren eindeutige Identifikationsmerkmale. Zusammen mit dem Abschiedsbrief kam niemand auf die Idee, dass es die falsche Tote war. Ab dann war sie vom Radar der Ermittlungen verschwunden. Tote fallen aus dem Täterprofil.«

»Sollte ich bei der Explosion auch ums Leben kommen?«

»Nein. Du warst nur zur falschen Zeit am falschen Ort.«

»Wo hatte sie sich die ganze Zeit versteckt?«

»Bei einer Freundin, die ein halbes Jahr auf Studienreise in Südamerika war. In deren Wohnung hat sie die Blumen gegossen und die Fische gefüttert. Das große Haus war anonym genug, dass sich niemand über die neue Nachbarin gewundert hat. Zu dem Zeitpunkt wusste sie alles über ihre Opfer. Ihre Gewohnheiten, ihren Weg zur Arbeit, die kleinen Rituale des Alltags.

Die grausigen Details über den Tod von Georg Holoch erspare ich dir, aber sie beschreibt seine Ermordung als den ersten Orgasmus ihres Lebens. Ab dann war sie nicht mehr zurechnungsfähig. Viele Leute träumen von einem Mord. Manche planen ihn, aber nur die Irren führen ihn durch.«

Jan verspürte einen Stich im Herzen. Er konnte es immer noch nicht glauben, dass Betty für alles verantwortlich war.

»Steht in ihren Tagebüchern, wie sie mich in die Sache hineingezogen hat?«

»Es war genauso perfekt geplant«, fuhr Bergmann fort. »Die Leiche musste an einem Sonntagabend gestohlen werden. Zu der Zeit war die Besetzung im Krankenhaus dünn. Sie ermittelte auf Grundlage deines Körpergewichtes die perfekte Menge an K.-o.-Tropfen und Drogen, die dich den ganzen Samstag lahmlegen und dir die Erinnerung rauben würden. Laut ihren Unterlagen habt ihr nach dem Trinkgelage am Freitag noch eine Aspirin eingeworfen. In dem Wasser, das sie dir dazu gereicht hat, war die erste Dosis K.-o.-Tropfen.

Bettina hielt dich bis zum Abend unter Drogen. Dann presste sie deine Finger auf die Mordwaffe, zapfte dir Blut ab und zog dein Hemd aus, an dem wir das Blut von Richter Holoch fanden. Dann hat sie dir noch eine ordentliche Ladung Ecstasy verpasst.«

Bergman griff nach seiner Tasse. Die lange Nacht hatte auch bei ihm Spuren hinterlassen.

»Bettina zog einen schwarzen Overall an, den sie mit Schulter- und Brustpolstern ausstaffierte. Zusammen mit Militärstiefeln wirkte sie wie ein kleiner, kräftiger Mann. Ein Beobachter hätte sie niemals als die zierliche Frau erkannt, die sie war.

Sie packte ihr Mordwerkzeug ein, nahm deine Schlüssel und parkte das Auto so, dass Holochs Nachbar sich gestört fühlen musste. Sie stieg über den Balkon in Holochs Wohnung ein und lauerte ihm auf. Dann hat sie ihn mit einem Elektroschocker betäubt und ihm das Bein gebrochen, was ihn hilflos machte. Im Weiteren ging sie sehr methodisch vor. Sie wählte Stellen an Holochs Körper, die ihn nicht umbrachten, bevor sie ihm den Schädel eingeschlagen hat.

Dann hat sie das Hemd in Holochs Blut getaucht, dein Blut am Tatort verteilt und ist mit deinem Auto in deine Wohnung gefahren. Im Keller hat sie die Mordwaffe in den schlecht abgesperrten Kellerraum deiner Nachbarin geworfen. Sie ist nach Hause zurückgekehrt, hat alle Spuren beseitigt und gewartet, bis du aus deinem Drogendelirium aufgewacht bist. Dort hat dich Patrick gefunden und auf die Wache gebracht.«

»Dass ich vor der Untersuchungshaft abhaue, hat sie nicht bedacht?«

»Tatsächlich nicht, aber durch den vorgetäuschten Selbstmord hatte sie Ruhe vor dir, Untersuchungshaft hin oder her.«

»Im Grunde lief es perfekt«, sagte Jan. »Ich war mir bis zum Tod von Michael Josseck selbst nicht sicher, ob ich den Richter vielleicht umgebracht habe.«

»Die Zeit hat sie genutzt, um ihr nächstes Opfer zu beobachten und ihre Notizen zu vervollständigen. Ein paar Tage später kam die Gelegenheit für den Mord an Michael Josseck. Sie drang in seine Wohnung ein und versetzte den Cognac mit Betäubungsmitteln. Der Bauunternehmer kam nach Hause und nahm wie jeden Abend einen Drink zu sich. Als er aufwachte, fand er sich gut verschnürt auf dem Boden wieder. Sie hielt Jossecks Mund mit einem Spreizer offen und schüttete ihm Beton in den Hals.

Selbst das hat sie nicht dem Zufall überlassen. Sie testete vorher verschiedene Betonarten und mischte sie mit unterschiedlichen Mengen Wasser, bis sie die optimale Zusammensetzung fand, die lange genug in ihrem Rucksack zähflüssig bleiben würde.«

»Das Rohr zum Betoneinfüllen hatte sie bei deinem Blackout auch in deine Hand gepresst und uns damit endgültig auf deine Spur gehetzt.«

»Was auch gelang«, sagte Jan. »Aber nur deswegen konnte ich sicher sein, dass ich nicht der Mörder war.«

»Ein aus ihrer Sicht unbedeutendes Detail«, sagte Bergman achselzuckend. »Allein die Beweise bei Richter Holoch waren schon so eindeutig, dass sie durch deine Aussagen nicht entkräftet worden wären.«

»Und wenn ich in Untersuchungshaft gelandet wäre? Dann wäre nach dem Mord an Michael Josseck offensichtlich gewesen, dass ich nicht der Mörder sein kann.«

»Sie hat nicht damit gerechnet, dass wir so schnell auf die Verbindungen zwischen den Opfern kommen. Im schlimmsten Fall hätte sie ihre Eltern und Pfarrer Anberger erschossen.«

»Aber die Ipigs haben die Zusammenhänge gesehen und sind untergetaucht?«

»Das hatte Betty ihren Eltern nicht zugetraut und es hat ihre Pläne ins Wanken gebracht. Aber die Ipigs wussten nicht, dass ihre Tochter der Mörder war, und sie sind in ihr Ferienhaus geflüchtet. Das war nicht auf ihren Namen angemeldet und eigentlich das perfekte Versteck, aber Bettina wusste natürlich davon.«

»Ich habe den Tod ihrer Eltern mit anhören müssen, aber wie sind sie gestorben?«

»Bettinas Bericht liest sich wie das Gedicht einer Verliebten.

Als sie es dem Tagebuch anvertraut hat, konnte man spüren, dass sie die Freuden des Mordes noch einmal durchlebt hat.

Sie hat ihre Eltern überrascht. Ihren Vater hat sie mit dem Elektroschocker außer Gefecht gesetzt und gefesselt. Ihre Mutter ist panisch ins Schlafzimmer geflüchtet. Bettina beschreibt sie als ›hysterische Kuh, die beim kleinsten Stress in eine Schockstarre fällt‹. Sie hatte damit gerechnet, dass sich Sarah Ipig unter dem Bett verkriecht. Dass sie dich anruft, war nicht geplant.

Während ihre Mutter mit dir telefonierte, hat sie sich am Vater vergangen. Bettina hat drei Holzschwerter angespitzt und sie ihm durch den Bauch getrieben. Auch hier hat sie sich Stellen herausgesucht, die nicht sofort zum Tod führten, sondern ihn langsam sterben ließen.

Dann hat sie ihre Mutter unter dem Bett hervorgeholt, sie verprügelt, ihren Kopf zwischen ihre Beine genommen und hat ihr die Augen herausgeschnitten. Sie ergötzte sich daran, wie sie blind durch den Raum gekrochen ist. Als sie den Spaß daran verloren hatte, hat sie ihre Mutter getötet und ihr zwei Glasperlen in die Augenhöhlen gelegt. Erst dann hat sie das Telefon bemerkt.«

»Jetzt weiß ich, wer mich vor Chandus Wohnung niedergestochen hat«, sagte Jan.

»Du hattest Riesenglück. Du hattest ihr vom Unterschlupf deines Freundes erzählt.«

»Daher wusste sie, wo ich war.«

»Sie hat auf dich gewartet und wollte dir den Bauch aufschlitzen.«

»Die Lederjacke hat mir das Leben gerettet.«

»Du bist auf die Straße getaumelt, bevor sie zum tödlichen Stich ansetzen konnte, und wärst beinahe von einem Auto überfahren worden. Das wurde ihr zu gefährlich, und sie ist abgehauen. Auch wenn du nicht tot warst, hatte sie dich lange genug ausgeschaltet, damit sie weitermachen konnte.«

»Ich wäre nie auf die Idee gekommen, dass sie die Mörderin ist. Und wenn mich Chandu und Zoe nicht aus dem Krankenhaus geholt hätten, wäre ich in Polizeigewahrsam gekommen. Dann hätten wir sie nie gefasst.«

»Es waren die kleinen Dinge, die sie schließlich zu Fall brachten. Wir hatten Glück. Der Plan war zu gut, um fehlzuschlagen.«

»Woran ist es gescheitert?«, fragte Jan.

»Am Spaß am Quälen. Hätte sie den Pfarrer in seiner Wohnung ermordet und wäre abgehauen, dann hätten wir sie nie erwischt. Aber sie ließ sich zu viel Zeit mit ihm.«

»Wenn Zoe nicht den geheimen Raum bei den Ipigs gefunden hätte, wären wir nie darauf gekommen.«

»Warum sie ihn in die Kirche geschleift hat, ist unklar. Aus früheren Einträgen lässt sich schließen, dass sie als junges Mädchen gerne in der Kirche war. Nachdem ihr Vater sie das erste Mal missbraucht hatte, ging sie nicht mehr dorthin, weil sie sich schmutzig fühlte. Ab dem Moment war ihre behütete Kindheit vorbei. Vielleicht war es eine Art Klammer um ihr ganzes Leben. Dort, wo sie den letzten glücklichen Moment erlebt hatte, wollte sie es zu Ende bringen.«

Bergman nahm eines der Tagebücher und zeigte es Jan. Darauf war die Zeichnung einer Frau, stilisiert wie eine weiße Marmorstatue, gekleidet in ein weißes Gewand. Ein Tuch bedeckte ihre Haare. Zwischen ihren Händen hielt sie eine kleine Flamme. Das helle Licht beleuchtete das in Gram verzogene Gesicht. Tränen liefen ihr die Wangen herunter, als trage sie eine unerträgliche Last.

»Weißt du, wer das ist?«, fragte Bergman.

»Das ist Hestia«, antwortete Jan. »Die Göttin der Familie und des Herdfeuers. Betty hat mir von ihrer Bedeutung im griechischen Pantheon erzählt.«

»Und warum weint sie?«
»Sie trauert um eine zerstörte Unschuld.«

Kapitel 19

Jan saß neben Zoes Krankenbett. Sie hatte einen Schlauch im Arm und war an viele blinkende Geräte angeschlossen. Die Ladung Schrot hatte sie voll getroffen, aber ihre kugelsichere Weste unter der Lederjacke hatte das Schlimmste abgehalten. Das war der Grund, warum die Jacke so ungewöhnlich dick gewesen war. Trotzdem hatte eine gebrochene Rippe ihre Lunge verletzt. Nach der Operation hatte man sie auf die Intensivstation verlegt, aber der Arzt hatte versichert, dass sie über den Berg war.

Im Bett wirkte die kleine Frau zerbrechlich. So selbstbewusst, wie sie immer auftrat, war es schwer vorstellbar, dass sie etwas umwerfen konnte. Müde öffnete sie ihre Augen und wandte sich Jan zu.

»Scheiße«, war ihr erstes Wort. »Ich wäre beinahe draufgegangen, und du bist der erste Mensch, den ich nach der Operation sehe.«

Jan lachte. Eine Zentnerlast fiel von seinen Schultern. »Tut mir leid, Zoe. Ich wollte mich nur davon überzeugen, dass du noch lebst.«

Sie sah sich im Zimmer um. »Hast du meine Zigaretten gesehen?«

»Ich glaube, auf der Intensivstation darf man nicht rauchen.«

»Interessiert mich nicht.« Sie drückte ungeduldig einen Knopf auf einer Art Fernbedienung. Einen Augenblick später kam eine Krankenschwester in das Zimmer gelaufen. Zoe begann der Frau mit ihrer wenig gewinnenden Art zu erklären, dass sie sofort etwas zu rauchen brauchte, sonst würde sie sich die Kanüle aus dem Arm reißen und zum nächsten Kiosk laufen.

Anfänglich versuchte es die Krankenschwester mit vernünftigen Argumenten. Sie erklärte ihr, warum Rauchen nach einer Operation keine gute Idee wäre, aber sie sah die Sinnlosigkeit ihres Vorhabens schnell ein und passte sich Zoes Niveau an. Als Zoe zwei herbeieilenden Ärzten mit einem schrecklichen Tod drohte, sollte sie nur in die Nähe eines Skalpells kommen, nutzte Jan die Gelegenheit und verließ das Zimmer. Zoe war wieder da. Um sie musste er sich keine Sorgen machen.

Es war ein eigenartiges Gefühl, zurück zur Kripo zu kommen. Jan blieb vor dem alten Gebäude stehen und betrachtete die Fassade. Er sog jede Einzelheit in sich auf. Das alte Mauerwerk, das eher an ein Schloss erinnerte. Die vier Statuen mit Körben auf ihren Schultern, das grüne Polizeischild, das nicht zu dem alten Haus passen wollte.

Jan hatte eine Woche gebraucht, um alles zu verarbeiten. In den ersten Nächten war er schweißgebadet aufgewacht, aus Angst, dass die Polizei die Wohnung stürmen würde. Der Verfolgungswahn war sein ständiger Begleiter gewesen.

Jan hatte sich nach dem Besuch im Krankenhaus zu Hause eingeschlossen, denn die Erinnerungen begannen nur einen Stock tiefer. Er musste nur an Pfarrer Anbergers Wohnung vorbeigehen, damit sich die Bilder wie mit einem Hammerschlag in seinen Kopf zurückprügelten.

Erst Max hatte ihn da herausgeholt. Vor zwei Tagen hatte er mit vier Tüten Burgern und Milchshakes vor seiner Tür gestanden und hatte so lange dagegen gehämmert, bis Jan schließlich geöffnet hatte. Dann hatten sie ein Fußballspiel der Premier League gesehen und das Junkfood in sich hineingestopft.

Jan wusste nicht mehr, worüber sie geredet hatten, aber es hatte nichts mit Mord oder Vergewaltigung zu tun gehabt. Als der junge Hacker gegangen war, hatte Jan das erste Mal ohne Albträume geschlafen.

Am nächsten Morgen hatte er Bergman darüber informiert, dass er wieder anfangen wollte. Mehr Zeit wollte er sich nicht nehmen. Schließlich hatte der Kripochef eingewilligt, mit ihm über eine Rückkehr zu reden.

Wahrscheinlich wartete eine Horde interessierter Psychologen in Bergmans Büro, die jedes seiner Worte auf die Goldwaage legen und ihn Tintenkleckse interpretieren lassen würden. Aber das würde ihn nicht aufhalten.

»Auf in den Kampf«, sagte er zu sich und ging hinein. Die Männer am Eingang grüßten ihn unsicher. Er war bis vor Kurzem der meistgesuchte Mann Berlins gewesen.

Er kam an seinem alten Büro vorbei. Alles war noch an seinem Platz. Seinem Tisch gegenüber saß Andreas, mit dem er schon unzählige Fälle und ebenso viele Partys überstanden hatte. Er winkte ihm mit einem breiten Grinsen zu. Jan grüßte zurück und wäre beinahe mit Patrick zusammengestoßen. Sein Kollege wich einen Schritt zurück und quälte sich ein Lächeln ab. Es entstand eine unangenehme Stille. Jan wusste nicht, was er sagen sollte, und Patrick wand sich verlegen.

»Hi, Jan«, begann er. »Alles verheilt?«

»So weit. Es geht schon ohne Schmerzmittel.«

»Na dann«, sagte Patrick und trank einen Schluck Kaffee, um sein Unwohlsein zu kaschieren.

»Ich bin auf dem Weg zu Bergman und will mit ihm über meinen Wiedereinstieg reden.«

»Das ist gut. Wir haben genug Arbeit.«

»Ein neuer Fall?«

»Üble Sache.« Patrick winkte ab. »Wir brauchen alle Unterstützung.«

»Wenn mich Bergman lässt«, sagte Jan achselzuckend, »bin ich dabei.«

»Dann hoffe ich das Beste.«

Jan wrang unsicher die Hände. »Ich geh dann mal weiter.«

Mit einem Nicken schob sich Patrick an ihm vorbei. Er klopfte Jan freundschaftlich auf die Schulter.

»Viel Glück.« Dann verschwand er in seinem Büro.

Jan sah ihm nach. Das Gespräch war belanglos gewesen, wie alle Unterhaltungen mit Patrick, aber dieses Mal hatte es sich anders angefühlt. Es hatte wie »Willkommen zurück« geklungen.

Anstelle der Psychologen erwarteten ihn Bergman und der Polizeipräsident. Der oberste Verbrechensbekämpfer von Berlin hatte seinen freundlichen, undurchsichtigen Gesichtsausdruck aufgesetzt, den Jan von so vielen Fotos kannte. Ob es ein gutes Zeichen war, dass er dabei war, würde sich bald herausstellen. Er saß neben Bergman am Schreibtisch und hatte die Hände entspannt über seinem Bauch gefaltet.

»Du hast uns ganz schön Ärger gemacht«, begann Bergman direkt. Wie immer hatte Jans Chef nichts für Begrüßungsfloskeln übrig. Kein »Wie geht es Ihnen?« oder »Wie haben Sie es verkraftet, dass Sie Ihre Freundin erschossen haben?«. Nein. Immer voll auf die Zwölf. Nach dem ganzen Chaos war diese unveränderliche Konstante irgendwie beruhigend.

»Entschuldigung«, sagte Jan zur Sicherheit, wobei er nicht wusste, wofür.

»Alle Vorwürfe wurden fallen gelassen und deine Suspendierung wurde aufgehoben.«

Jan zuckte die Achseln. Das war wohl das Mindeste.

»Wegen des Schusswechsels mit Bettina Ipig gibt es noch eine Untersuchung, aber ich rechne nicht mit Schwierigkeiten. Die Tatortermittler haben bestätigt, was du ausgesagt hast.«

Bergman sah kurz zum Polizeipräsidenten. Dessen Gesichtsausdruck war unverändert.

»Da du momentan der Held der Berliner Polizei bist und die Presse dich toll findet, bekommst du noch eine Auszeichnung, die wir natürlich medienwirksam vermarkten. Mal sehen, ob wir den regierenden Bürgermeister dafür gewinnen können.«

Auch das noch, dachte Jan.

»Benötigst du noch etwas?«, fragte Bergman.

»Ich will mein eigenes Team.«

»Wie bitte?«

»Mein eigenes Team«, erklärte Jan. »Leute, die nur mit mir an einem Fall arbeiten. Mein Team eben.«

»Das ist nicht Scheiß-CSI-Berlin«, blaffte Bergman. »Wie kommst du auf so was?«

»Sie haben mich gefragt.«

»Das war eine rhetorische Frage. Da antwortet man ›Nein danke, Herr Bergman. Ich benötige nichts‹.«

»Wenn ich schon den Medienhampel spiele, will ich zumindest die Leute, die mit mir zusammenarbeiten, selbst bestimmen.«

Bergman wollte eine zornige Erwiderung geben, als sich der Polizeipräsident zu ihm hinüberbeugte und Bergman etwas ins Ohr flüsterte. Jans Chef beruhigte sich unwillig.

»Also gut«, sagte er genervt. »Welche Kollegen dürfen denn in dein Team?«

»Zuerst einmal Zoe Diek.«

»Die Blonde aus der Rechtsmedizin?«

»Genau die.«

»Die ist nicht mal Polizistin.«

»Aber klug und lernfähig. Die will ich dabeihaben.«

»Dir haben wohl die K.-o.-Tropfen die Gehirnzellen durcheinandergebracht.«

Jan seufzte und sah auf seine Uhr. »Ich würde ja gerne noch plaudern, Chef, aber leider habe ich keine Zeit mehr. Ich muss zu einem Interview.«

»Was für ein Interview?«

»Eine große deutsche Tageszeitung wollte wissen, wie man als ehemaliger Mordverdächtiger in den Beruf zurückkehrt. Wie einen die Kollegen behandeln, ob alles wie früher ist.«

»Ist das mit der Presseabteilung abgestimmt?«

»Leider nein«, sagte Jan. »Als Sie mich angerufen haben, bin ich einer … spontanen Eingebung gefolgt.«

Bergman erhob sich drohend vom Stuhl. »Willst du mich erpressen?«

Jan kratzte sich übertrieben nachdenklich am Kinn. »Wenn ich es mir recht überlege, ja.« Das mit dem Interview war erfunden, aber er hatte offensichtlich einen Treffer gelandet. Selbst der Polizeipräsident hatte bei der Erwähnung der großen deutschen Zeitung gezuckt. Bergman war kurz davor, sich wie eine hungrige Hyäne auf ihn zu stürzen.

»In Ordnung. Nimm dir die Tante aus der Rechtsmedizin. Darf es sonst noch jemand sein?«, fragte Bergman sarkastisch. »Vielleicht dein Pizzabäcker?«

»Interessanter Vorschlag, aber der wäre wohl eher was für die Kantine.«

Es war offensichtlich, dass Bergman die Bemerkung nicht komisch fand.

»Ich hätte gerne noch Chandu Bitangaro als bezahlten Informanten. Keiner kennt die Unterwelt Berlins besser als er.«

»Der Türsteher und Geldeintreiber, der dir geholfen hat? Du hast wohl nicht mehr alle …«

»Und dann noch Maximilien Kornecker, ein vielversprechender Informatikstudent, der unterfordert ist. Ein Vertrag als Werkstudent würde es leichter machen, die bürokratischen Hürden zu überwinden und ihm Zugang zum System zu gewähren.«

»Ich soll einen Hacker bei uns anstellen? Ich glaube ...«

»Natürlich brauche ich noch ein Budget, mit dem ich meinen Informanten und anfallende Spesen bezahlen kann.«

»Ein eigenes Budget? Noch ein Wort und ...«

»Fünfzigtausend Euro müssten reichen. Für dieses Jahr«, reichte Jan schnell noch nach.

Bergman konnte keine Erwiderung mehr geben. Sein Gesicht war rot angelaufen. Aus seinem Mund kamen unartikulierte Laute.

»Über den neuen Dienstwagen und den Teamraum reden wir ein anderes Mal.«

Bergman atmete tief durch. »Wenn du nicht sofort den Raum verlässt, knall ich dich ab und deklariere es als Unfall.«

Jan erhob sich. »Das wäre schade, weil ich meine Biografie fertig schreiben muss. Schließlich habe ich einen Vorvertrag mit einem Verlag. Der Titel heißt ›Von einer Hölle zur nächsten‹. Als Untertitel dachte ich an so was wie ›Meine qualvolle Rückkehr ins Berufsleben‹.«

Bergman stützte sich mit den Fäusten auf den Tisch und reckte sich angriffslustig nach vorne. Dann lachte der Polizeipräsident. Es war ein gespenstisches Geräusch in der angespannten Situation. Bergman sah verwirrt zur Seite.

Der Polizeipräsident flüsterte ihm erneut etwas zu. Jan hätte seine rechte Hand dafür gegeben, ein Wort zu verstehen, aber was immer sein Chef zu hören bekam, es schien ihm nicht zu gefallen. Sie diskutierten eine Weile. Dann stand der Polizeipräsident auf und nickte Jan im Hinausgehen kurz zu.

Als die Tür geschlossen war, hatte sich Bergman noch immer nicht von seiner bedrohlichen Haltung verabschiedet. Man konnte die Mordfantasien in seinem Kopf fast hören.

»In Ordnung«, durchbrach er die Stille. Die Worte fielen ihm schwer. »Dem Polizeipräsidenten gefällt deine verblödete Idee, die nur ein hirnloser Idiot wie du sich ausdenken kann.«

Jan unterdrückte ein Lachen. Er hätte nie geglaubt, damit durchzukommen.

»Du und dein *Team*«, sagte Bergman verächtlich, »sind Sonderermittler innerhalb der Mordkommission. Ihr bekommt eure eigenen Fälle, aber wenn auch nur einmal was schiefgeht, werde ich deinen Arsch im Eingangsbereich aufhängen.« Er atmete tief durch, als könnte er selbst nicht glauben, was er da sagte.

»Im Gegenzug wirst du in der Öffentlichkeit den perfekten Polizisten spielen. Bei jedem Pressetermin wirst du lächeln, den Journalistenfritzen erzählen, wie toll wir sind und wie schön es ist, wieder zur Arbeit zu gehen. Ich will, dass sich die Teenager vor der Polizeischule prügeln, um eingelassen zu werden.«

Bergmans Finger trommelten ungeduldig auf dem Schreibtisch. »Am Montag um acht Uhr stellst du mir deine verrückten Teammitglieder vor. Ich werde euch nur die ganz harten Fälle geben, und wenn die Ermittlungsergebnisse nicht sogar Batman vor Neid erblassen lassen, schicke ich euch in den Keller zum Postsortieren.«

Jan nickte.

»Wenn vor Montagmorgen etwas durchsickert, komme ich vorbei und erschieße dich. Keine Ahnung, wie ich das neue Team den Kollegen erklären soll. Vielleicht setze ich einen spitzen Hut und eine rote Nase auf, dann fällt es mir leichter, mich zum Deppen zu machen.«

Jan salutierte und stand auf. »Bis Montag.« Zufrieden grinsend schloss er die Tür. Er hörte noch etwas an die Wand fliegen. Da war er schon zwei Büros weiter.

Epilog

Chandus Lieblingskneipe war gut besucht. Die Musik war zu laut und vermischte sich mit den Gesprächen der Gäste. An der Bar saßen Chandu, Zoe und Max. Sein großer Freund und die Rechtsmedizinerin waren heute aus dem Krankenhaus entlassen worden, was sie nicht davon abhielt, sofort um die Häuser zu ziehen.

Auch der junge Hacker hatte gute Laune. Seine Augen waren glasig. Er winkte Jan mit einem grünen Cocktail in der Hand zu. Zoe ignorierte wie immer das Rauchverbot, während Chandu aus einer Whiskyflasche nachschenkte. Seine Krücke war an die Bar gelehnt. Es würde Wochen dauern, bis seine Beinwunde verheilt war, dann wäre er wieder ganz der Alte. Auch Zoe hatte ihre Verletzung gut überstanden. Sie wirkte blass. Bald war die Schießerei nur noch Erinnerung.

»Weißt du, Zoe«, sagte Chandu etwas lallend und hob das Glas, »wenn du nicht so eine Zicke wärst, würde ich dir glatt einen Heiratsantrag machen.«

Sie prostete zurück. »Ich bin lesbisch.«

Diese Eröffnung brachte Chandu aus dem Konzept. Er runzelte die Stirn, als würde er angestrengt nachdenken.

»Egal«, sagte er schließlich. »Sex ist nicht alles.« Dann kippte er den Whisky in einem Zug hinunter.

»Für mich schon«, antwortete Zoe und trank ebenfalls.

Jan setzte sich auf den Hocker neben ihr.

»Janni«, sagte Zoe und drehte sich zu ihm um. »Wir warten schon auf dich.« Sie schob ihm ein Glas rüber und füllte es aus Chandus Flasche. Dann schenkte sie sich nach.

Sie stieß Max an, dessen Augen an einer drallen Blondine hingen, und hob das Glas.

»Auf unseren Janni und seine wiedergewonnene Freiheit.« Dann kippten sie den Whisky in einem Zug herunter.

»Danke«, sagte Jan leise und trank ebenfalls.

Max widmete sich wieder der Blondine, während Zoe und Chandu ein Gespräch über den Sinn der Ehe im einundzwanzigsten Jahrhundert anfingen. Jan stellte das Glas auf der Bar ab und klappte seinen Geldbeutel auf. Wehmütig betrachtete er das Foto von Betty und ihm. Ihr Lachen war noch immer bezaubernd und echt. Noch immer glaubte er, dass sie ihn gemocht hatte. Für alles andere war er noch nicht bereit.

Dann spürte er die große Hand seines Freundes auf seiner Schulter. Er schenkte Jan nach, während Zoe einen Trinkspruch auf die Berliner Kripo von sich gab. Irgendwann war die Kneipe so voll, dass sich die vier eng an die Bar drücken mussten. Um sie herum waren nur fröhliche Menschen, und nach dem dritten Glas war es wieder wie früher. Damals. Als Betty noch lebte.

FSC
www.fsc.org
MIX
Papier | Fördert gute Waldnutzung
FSC® C083411

Zeitfracht Medien GmbH
Ferdinand-Jühlke-Straße 7
99095 Erfurt, Deutschland
produktsicherheit@kolibri360.de

Druck:
CPI Druckdienstleistungen GmbH
im Auftrag der
Zeitfracht Medien GmbH
Ein Unternehmen der Zeitfracht - Gruppe
Ferdinand-Jühlke-Str. 7
99095 Erfurt